ハヤカワ・ミステリ

LAURIE LYNN DRUMMOND

あなたに不利な証拠として

ANYTHING YOU SAY CAN
AND WILL BE USED AGAINST YOU

ローリー・リン・ドラモンド
駒月雅子訳

TOKYO HAYAKAWA BOOKS

A HAYAKAWA
POCKET MYSTERY BOOK

ANYTHING YOU SAY CAN
AND WILL BE USED AGAINST YOU
by
LAURIE LYNN DRUMMOND

Translated by
MASAKO KOMATSUKI
First published 2006 in Japan by
HAYAKAWA PUBLISHING, INC.
This book is published in Japan by
arrangement with
HARPER COLLINS PUBLISHERS
through JAPAN UNI AGENCY, INC., TOKYO.

ずっと前に約束したとおり、この最初の本を家族に捧げる。
母、マリオン・ディーン・ドラモンド
父、ケネス・H・ドラモンド
そして愛する兄弟、フィンレーとカーターへ

謝辞

本書は十二年にわたって書いたもので、たくさんの方々にお世話になった。

まず最初ははるか昔にさかのぼり、フリント・ヒル私立学校のアラン・ファーガスン・ウォレン大佐とルーシー・ガード・レッドフィールドから、物語の力と言葉の美しさが詰まった種火をもらった。それを母が大きく燃えあがらせてくれた。この三人には一生かかっても恩返ししきれない。

その後、ジェイムズ・ゴードン・ベネットに〝とにかく書け〟とせっつかれた。彼の根気と導きと機知に富んだ魅力に感謝する。デイヴィッド・ブラッドリーは寛大にもいくつかの作品に幅広い分析をほどこし、執筆過程で書くことについていろいろ教えてくれた。ロジャー・カメネッツからは語句の選択と行の整頓の大切さを学んだ。ティム・オブライエン、マリアンヌ・ギンガー、ロゼリン・ブラウン、マーゴット・リヴゼイ、トム・ギャヴィン、ロイス・ローゼンタール、助言と励ましをありがとう。

一九八八年から一九九一年のルイジアナ州立大学大学院芸術学研究科の方々にビールを掲げて深くお辞儀。アカペラグループ、ザ・ボブズには帽子をつまんでウィンク。仕事ではなく楽しみで教えているオンライン・ウィメンライターズ・グループとはサイバー上でハグ。

本書に取りかかったばかりの頃、ヘレンとスタンリー・ミラー、リーラ・レヴィンスン、ジーン・ローロフ、エリン・ジョンスン、ロビン・ロバーツ、シグリッド・キング、ベッツィー・ウィリアムズ、ビルとモニカ・モイン、ラルフ・ラプレアリ、ジョン・マクレーンに、コーヒーやワインや料理などなど、さまざまな形で支えられた。感謝と愛を捧げる。

テキサス作家連盟のサリー・ベイカーにはひとかたならぬご厚意にあずかった。スワニー作家会議のシェリ・ピーターズにもお世話になった。ヴァージニア創造芸術センターの皆さんは、本書の最終校正のために真の安息所(可愛い子犬も!)を提供してくれた。

セント・エドワーズ大学のコミュニティの一員であることを幸せに思う。わたしの過去と現在の教え子たちは本人が思う以上にわたしの生活を豊かにしてくれた。大学当局はさまざまな援助とフルタイム雇用と研究休暇を通じて、わたしの努力を寛大に支えてくれた。同僚たちは教えることと書くことの両立を楽に愉快にしてくれた。特にアンナ・スキナー、メアリー・リスト、リザ・マルティネス、キャサリン・レインウォーター、アラン・アルティモント、ジョン・ペロン修道士、ビル・クイン、ルー・ブルサッティ神父、サンドラ・パーチェイコに感謝する。ビル・ケネディはすばらしい写真を撮ってくれた。ブレット・ウェストブックは〈被害者サービス〉に関する情報を提供してくれた。元教え子で、今は同僚のエリザベス・シブライアンには、『わたしがいた場所』のためにスペイン語翻訳をお願いした。エリック・トリンブル、ジャネット・カズミルスキ、パム・マグルー、アニタ・シングはコンピューター、郵便、写真コピーにまつわる問題を冷静に処理してくれた。ムーチャス・グラーシアス。

本書の一部はテネシーのボブとマーギーのエアズ夫妻宅、アイダホのナンシー・ネイピアとトニー・オルブリック宅、ニューメキシコのバーバラ・デューク宅で書いた。貴重な長い孤独の時間を得られたのは、ひとえに彼らの思いやりのおかげである。

真の勇気の持ち主〝マージョリー・ラサール〟に心から感謝する。彼女はわたしを信頼し、彼女の体験を虚構の領域へ旅立たせてくれた。

ディンティ・W・ムーアは十三年間にわたって、わたしがもっとも信頼する率直で親切で、思慮深く徹底した助言を与えて続けてくれた。友よ、ナマステ。

妹のリンはいつも熱心な読者で、甥のチェイスとコールとともにわたしの人生にとって最大の賜物だ。キスをどっさり贈る。

本人が気づいているかどうかは別として、しぐさや言動が大小を問わずわたしに重要な示唆を与えた、という人々がいる。ペイジ・エリザベス・ポッチ、シェリー・スコット、ミシェル・バーンズ、キャサリン・マクダーモット、サンチ・レタ・ローラー、パトリック・リカード、ジュディ・カーン、ジャックとキャロリン・ホール、ケイシー・ミラーとパット・ジャクスン、キャシー・ブラウン、パメラ・クロムウェル、ボニー・ジーン・ディクスン・ウィンズラー、メアリー・ジャネスク＝フリードマン、カトリーナ・ディットモア、リンダ・シャノンとジェイムズ・ヴァンス、テッド・レイダー。わたしの人生にいてくれたことを深く感謝する。

次の人々からも愛と支えをいただいた。アニー・プロヴィンス、キミー・ジョジョ・アトキンズ、ベヴァリー・アレグザンダーとエルドン・ブライアン、モリーとラスとトミー・フレミング、ジョーン・ラスキン、リーボブ・エドワーズ、スティーヴ・ミラン、〝ジェリーベア〟・ラトリッジ、ベヴ・デイヴィス、ピート・エリクスン、ウェンディ・ヴェアミューレン、ジョンスミス、トム・キンメル、アブ・アリ・アブドゥル・ラーマン。あなたたちの美しさと勇気に感動した。

アニベルはロバートスン・デイヴィスの引用句を探す作業で、わたしとともにいくたびも茨の道を歩んでくれた。

特別に感謝したい。

マージョリー・ブラマンは最初から熱烈だった。イエスと言ってくれたことと本書への慧眼と傾倒に感謝する。ケリー・ベアはつねに陽気に支えてくれ、答えを惜しみなく与えてくれた。

わたしの著作エージェント、ジャンディ・ネルスンは、まさにすてきな天使！　底なしの熱意、無尽蔵の忍耐力、貴重このうえない専門知識。あなたの信望はわたしの宝。食べ物と本について何時間も語り合い、とてもためになった。ドゥルー、ステファニー、マーク、ルーシーにも感謝する。

バトンルージュ市警の大勢の元同僚たちには、抱えきれないほどたくさんのご助力をいただいた。グレッグ・フェアーズ元本部長とパット・エングレイド本部長は時間を割いて面会に応じてくれ、マイク・ゴフ警部補はそのための労をとってくれた。リッキー・コクラン警部補はわたしがずっと以前に見た〝ジャネット・ダラム〟の犯行現場写真の原物を探してくれた。ロジャー・タリー巡査部長とバーバラ・スピアズはわたしが十八年前に書いた交通事故報告書を箱の中や倉庫で探してくれた。デイヴィッド・ウォーリー巡査部長とジェイムズ・カーツ巡査部長は体験談や熱い討論をいつもコーヒーと一緒にふるまってくれた。ブレンダ・ミセリ巡査部長は見えない指紋についての知識を披露してくれ、サム・ミセリ警部補とジョン・コルター刑事には体験談と答えをいただいた。マイク・コウルター警部は何年も前のエドのコートのことをわたしに辛抱強く思い出させてくれた。マリアン・マクリン巡査部長はいつもそばにいて、もっともふさわしくないときにわたしを笑わせてくれた。アイク・ヴァヴァサー巡査部長には友情と信頼と殺人事件捜査に対する眼識と、わたしを車に同乗させてくれ、本を貸してくれ、ドアを開けてくれ、わたしの大量の質問に丁寧にユーモアたっぷりに答えてくれたことに感謝する。レイ・ジャクスン、あなたが天国のような世界に住んでいようと、あなたに教わった価値観と手本を決して忘れない。同乗を許してくれたルイジアナ州立大学警察とバトンルージュ市警の皆さん、支援に心から感謝する。

最後に、本書はわたしの守護天使たちがいなかったら始まりも終わりもしなかった。リンダ・ルー・ウッドラフ、リンダ・ゲイル・マニング、そしてケネス・ロビンスン、わたしが自分の声と真実と核を見出すのを手伝ってくれてありがとう。

目次

装幀／勝呂　忠

あなたに不利な証拠として

キャサリン　Katherine

人は潔白さと引き換えに自らの謎を知る。

——ロバートスン・デイヴィス

完全

Absolutes

これは本当にあったことだ。今までは誰にもすべてを話していない。人に訊かれれば、「いいえ、誰も殺していないわ」と答えてきた。そのたびに申し訳ないような気持ちになるのは、相手はわたしが肯定するのを望んでいるとわかっているからだ。わたしが肯定すれば、相手はさらに突っ込んだ質問ができる。そうやって、人々は男を射殺した女を頭の中でいろんなふうにねじ曲げ、当人になったつもりで、自慰的な事実の代償行為にふけるのだろう。

事実のみを述べよう。わたしは一人の男を殺した。彼を撃ったのは午前一時三十三分。彼が死亡したのは一時五十七分。その時刻にわたしは彼に脈がなく、心臓も停止していることを確認した。その時刻に救急隊員らが到着し、わたしに代わって心肺蘇生を開始した。やがて救急隊員の一人に、「だめだ。あんた、彼をあの世送りにしたよ」と言われたが、男の胸にあいたこぶし大の穴を見るまでもなかった。わたしはついさっきまでそこに両手を押し当て、そのろくでなしに向かって生き返れと叫びながら心臓マッサージをしていたのだ。彼が死んでいるのはわかっていた。

これが実際に起こったことだ。まったき事実だ。彼は二十歳で、名前はジェフリー・リュイス・ムーア。銃を所持していて、わたしに撃たれた。わたしの職務は法の執行と市民の保護である。警察官ハンドブックには、警察官は自身もしくは他者の生命が著しく危険にさらされた場合にのみ武器を使用すること、と明記されている。これは絶対に守られるべきだ。

わたしは毎晩、勤務を終えて帰宅すると、服を脱ぐときに全身を軽く撫でまわす。指先が読めない地図を探り、手や腕の小さな赤いツタのような新しい引っかき傷に触れる。手錠が食い込んでできた擦り傷に初めて気づく。脇腹には理由のわからない新しいみみずばれができている。銃があたる腰の部分に居座っている打ち身は、日ごとに黒ずんだ紫色になっていく。膝の裏側には、盛りあがってでこぼこした奇妙な赤い痣《あざ》が残っている。昨夜あった腕のこぶは小さくなっていて、痛みも和らぎ、表面は鮮やかな黄色味を帯びた濃い緑色をしている。防弾チョッキをつけていた胸はひりひりして、さわると痛い。わたしは編んでいた髪をほどき、揺らしながらほぐす。手の爪が一枚裂け、血が出ている。とっさにその錆びた甘さを舌でなめる。他人の汗の味がする。

シャワーの下に立つ。両手を壁にあててシャワーに向かって身体をそらし、背伸びしながら全身の筋肉を伸ばす。オーケイ、と自分に言う。毎晩、自分にオーケイと言う。

新聞にはわたしたちの名前は出なかった。初めのうちは。わたしは〝制服警官〟で、彼は〝被疑者〟だった。正式書類には〝ジョーバート巡査と加害者ムーア〟と記載された。死亡記事にだけ、ジェフリー・リュイス・ムーアという彼のフルネームが出た。遺族は母親と二人の兄弟と一人の妹、大勢の伯母や伯父やいとこ。故人はローズヴェルト高校を卒業し、スケートボードが好きで、学校では聖歌隊に入っていたそうだ。二人の兄弟が棺の付添人を務める。死因は伏せられていた。

各紙が犯罪増加に関する社説を載せた。武装強盗、侵入盗、カージャック、それから殺人。記者連中が警察署やわたしの家に押しかけた。「自分の行動は正しかったと信じていますか?」と彼らは尋ねた。「人を撃つのはどんな気分ですか? 過去にも経験がありますか?」ある記者は女性警官の特集記事を書きたがった。わたしにとって話をするチャンスだ、と彼女は言った。「どんな話を?」とわたしは訊いた。

新聞に武器使用に関する統計が載った。バトンルージュ市では昨年、そして過去二十年間、どのくらいの市民が警官によって殺されたか。うち何件が〝適正な〟発砲で、何件がそうではなかったか。《職務執行上――警官が人を殺すとき》と題した連載記事が組まれ、わたしの発砲についてしつこく細かく論じられた。新聞にはわたしのことが、二十二歳で警官歴十五ヵ月と出ていた。ボーイフレンドのジョニーは言った。「あいつらは警官が何人殺されたり殺されかけたりしたか知らないんだよ、ケイティ」でも、わたしはまだ生きてるわ、とわたしは言った。「そのとおりだ」と彼は答えた。

新聞ではわたしは正しいとされた。「キャサリン・ジョーバート巡査は完全《アブソルート》に決められた手順にのっとり、事態を正しく処理した」という市警本部長のコメントが載った。彼はそれを「不運な出来事《インシデント》」と呼んだ。二人だけのとき、本部長はわたしに、自らの人殺しの体験を語った。「あの男はいかれてた」と彼は言った。「撃たれた瞬間、そいつは後ろへひっくり返ったんだ。すごい衝撃だったよ。ああいうのは見たことがない」希望するならカウンセリングを受けさせよう、と本部長は言った。

道をはさんだ向かいに住む女性が、玄関ポーチを掃いている。彼女はいつも掃いている——玄関ポーチ、庭内の小道、車回し、歩道を。たまに道路まで掃いている。わたしはここに一年以上住んでいるが、ミス・メアリーは雨の日以外は毎日、掃き掃除をする。彼女は七十歳近い老女で、肌はプラムのように黒光りしている。「あんたはまだまだ子供だよ」と彼女はいつも言い、そのたびにわたしは笑う。彼女はわたしを見るとカリフォルニアにいる娘さんを思い出すそうだ。歯を見せて笑う表情がそっくりだと言われる。わたしがあちらの庭へ行って彼女の手が届かない枝からイチジクの実をもいであげると、決まって帰りに、太陽で温まった甘いイチジクをおみやげに持たせてくれる。

発砲事件のあと、わたしは仕事から戻ると毎日のように自宅の玄関の踏み段に坐り、ラム・アンド・コーク片手にジョニーがくれた小さな聖ミカエルのメダルをいじりながら、ミス・メアリーの掃き掃除を眺めた。最初の数日間、彼女はわたしと目を合わせず、荒っぽくさっさと掃いていた。

わたしは自分の住んでいる場所が好きだ。特に家の前の通りが。オークの老木は養生植物のボールモスをぶら下げていて、さも重そうで、サルスベリの木がそれらと場所や光を争っている。通りを風が吹き抜ければ、木々が歌いかけてくる。近所の家々はショットガンハウスと呼ばれるウナギの寝床式で、三〇年代の事業促進局による計画のもとで建てられた。庭はどこも手入れが行き届き、一年中何かの花が盛んに咲き乱れている。住民は大半がブルーカラーだ。高級住宅街のすぐ外側、西へ二ブロック行ったところに位置し、地図ではマグノリア・ヒルズとなっているが、誰もがどん底街《ザ・ボトムズ》と呼ぶ。

同僚たちからは、あの地区に住むなんてどうかしてる、なんでそんなところに家を買ったんだ、と言われる。「あそこじゃ番犬は一睡もできないだろうね」ジョニーは言う。「自分ががさ入れに行くような場所に住むべきじゃない」

言葉について考えると、その定義の嘘っぽさに驚かされる。古いぼろぼろの辞書を引っ張り出して、incident のページを開く。正常な流れを乱す、または危機をもたらす出来事、となっている。kill は死に至らしめること、あるいはあてのない活動で時間をつぶすこと。absolute は条件や例外に制限されないこと、絶対的あるいは明確であること。たとえば、absolute truth（絶対真理）は空間、質量、時間の基本的関係から派生した度量法に対して使われる。

じっと見つめるうち、それらの単語はぼんやりと灰色にかすんでいく。立派で冷ややかな文章を指でなぞってみるが、どの定義も血の通っていない作り話だ。そこには毛穴や骨や耐えがたい痛みはない。答えもない。本当に明確《アブソルート》な答えは見つからない。

何が起こったかについて、今もさまざまな角度から確かめている。うずく歯を舌で突っつくように、記憶を現実と照合しながら双方がぼやけてしまうまで徹底的に調べている。たらればの仮定はなしだ。なんの意味もないから。

わたしは仕事へ行き、長い散歩をし、家を掃除し、植木に水をやる。スーパーマーケットでは肉売り場を避ける。ジョニーと自分のために時間をかけて料理を作り、二人で洗いたてのテーブルクロスをかけ、対角線上に二つのキャンドルを置いた食卓につく。生暖かい夕べの空気の中、炎は横になびいたり上へ立ちのぼったりする。わたしはワインを注ぎ、ゆっくり嚙んで食べる。

夜はぐっすり眠る。だが、彼が息をし始めたとたん目が覚める。ジェフリー・リュイス・ムーアはわたしの耳の奥で呼吸している。あのときと同じ、あえぐような荒い息づかいで。

警官は誰しも、被疑者の無条件反応を望む。即座の反射的な反応、明確な反応を。

「止まれ」とわたしは叫ぶ。「警察だ」わたしの声は太く強くしっかりしている。相手は止まって両手を上げるはずだ。

「両手を頭の後ろへ」わたしは命じる。相手が逃げようとする気配を見せるか、こちらが恐怖感を抱いたときは大声で命じる。相手に考える余裕を与えてはならない。考えさせたら、闘いになる。

警察学校の訓練フィルムや教官は、安全で快適な教室にいる生徒にこう教える。一つ命令するたびに「今すぐだ！」とつけ加えろと。しかし現実にはそんな時間はない。相手が反応するか、しないかだ。しなければ、怒鳴りつける。「さっさとしろ、くそったれ！」自分を殺気立った野卑な人間に見せ、下手に逆らえば撃たれてしまうと相手に思わせたいからだ。

「膝をついて坐れ」わたしは命じる。実際に自分でやってみると、両手を頭の後ろで組んだまま膝をつくのはかなり難しい。痛みも伴う。顎まで痛みが走る。

被疑者が膝をついたら、こっちは決断しなければならない。そばへ行って手錠をかけるか、顔をコンクリートや土や砂利や草や泥の地面につけろと命じるか。

そばへ行って手錠をかける場合は、相手のふくらはぎをかかとで力いっぱい踏みつける。左利きだとわかっているとき以外は右のふくらはぎだ。銃はホルスターに収めるが、安全ストラップは閉めないでおく。手錠を取り出してまず相手の左手にかけ、次に右手にかける。そのとき低い鋭い声で助言を与えることにしている。「ちょっとでも動いてみろ、頭を吹き飛ばしてやる」

そのあと、被疑者にミランダ権利を告知する。〝ミランダする〟とわたしたちは言っている。うんともすんとも返事がないときは、相手が何か声を出すまで怒鳴りながら乱暴に揺さぶる。口頭による応答がなければ、裁判で認められないからだ。

被疑者が命令にすばやく応じたならば、肘を持って立ちあがるのを助けてやる。「立て」と、あるときは穏やかに、あるときはそうではない声で命じる。どっちになるかは彼らのボディランゲージと顔の表情次第だ。もし反応が速やかでなかったり、何か口答えしたり、わたしをいらいらさせたりした場合は、ハッピー・チェーン、つまり手錠のあいだの細い鎖をつかんで上へ引っ張る。「早く」と言って再び鎖を引っ張り、無理やり立ちあがらせる。相手は支えを求めて足を小刻みにさまよわせる。このとき、たまに彼らの肩で筋肉が裂ける音が聞こえる。シーツが破れるようなかすかな音だ。

「他に打つ手はなかったんですか?」生活のために銃を携帯する必要のない者たちは、人を殺した警官にそう尋ねる。

できることなら、そういう連中にも理解できそうな、銃がらみではない話で説明してあげたい。だが、それはどんなにがんばっても無理だ。銃にたとえられるものは一つもない。

「あきらめろ」ジョニーは言う。「どうせ無駄だよ。兵士ならわかってくれるだろうけどね。たぶん消防士や医者も。だけど彼らの仕事は人命を救うことであって、奪うことじゃない」

「わたしたち警官も人命を救ってるわ」とわたしは言った。「いつだって」

ジョニーは首を振り、わたしの顔にかかっていた髪を耳にかけた。「世間はそうは見ないんだよ、ケイティ。警官が人を撃ったときは」

わたしは話題を変えた。彼も本当にはわかっていない。わたしより十四歳年上で、警官歴も十一年長いが、ジョニー・シッポーンは誰も殺したことがないし、職務中に銃を発砲したことさえない。ただの一度もだ。彼はそれを誇りに思っている。

わたしは家の中をそろそろと歩く。突然、あの晩の記憶が断片的に前ぶれもなくよみがえる。彼の匂い。わたしにのしかかってきた彼の重み。高層ビルで屋上の端を曲がろうとしているような、生暖かい吐き気をもよおすめまいが襲ってくる。食器を洗おうとふと視線を落とせば、自分の手は彼の手になっている。右手のこぶしの傷まで同じだ。空気のきめが変わり、わたしの身体中の分子が皮膚や腱や骨や体液から離れ、室内へ漂い出る。それらは再び織り合わされて形を取り戻し、手が乾いていくまま立ちすくんでいるわたしの中へ戻ってくる。

「わたしのものよ」とわたしはつぶやく。「あなたのじゃない」

初めてそういう状態になったとき、クーラーを止めて震えながら毛布にくるまった。自分が彼の世界へ踏み込んでしまったのか、それとも彼がわたしの世界へ入って来たのか、わからなかった。


「あんたがうちの息子を殺したんだ」それがジェフリー・リュイス・ムーアの母親がわたしに放った唯一の言葉だった。彼女の声は低くて落ち着きがあり、くたびれていた。現場でわたしが刑事たちから離れると、どこから来たのか知らないが、彼女が突然目の前にいた。肌は淹れたてのコーヒーのような色で、鼻と頰に細かいそばかすが散っていた。服装は黒のストレッチパンツにピンクのTシャツで、靴は履いていなかった。足の爪はマニキュアを塗ったばかりで、濃いローズ色に染まっていた。警察車の赤と青のライトに顔を照らされながら、彼女はわたしをまっすぐ見て言った。「あんたがうちの息子を殺したんだ」わたしはうなずいた。あれ以来、彼女の姿は一度も見ていない。

「あなたでなくてよかった」発砲事件のあと、母はわたしに言った。そして生まれたばかりの赤ん坊にするように、わたしの身体を手で軽く叩いて確かめた。指は手も足も十本そろい、五体満足だった。

ミス・メアリーの掃き掃除を眺めていると瞑想状態になり、考えなくて済む。結果はどうなろうと過程に希望を持てる。掃いたものは風にそっくり吹き戻され、木々は葉を落とし続け、花を咲かせたサルスベリは地面に赤い斑点をこしらえているが。

発砲事件から数週間後、玄関へ行ったら、ちょうどミス・メアリーがうちのドアマットに何か置こうとしゃがむところだった。わたしが急いでスクリーンドアの掛け金をはずすと、彼女は両手にキャセロールを持ったまま、ゆっくりと立ちあがった。

「あんたにあげようと思って」彼女は静かに言った。

わたしはドアを開け、彼女は一歩下がった。

「食べる物?」とわたしは訊いた。

彼女はうなずいて鍋を差し出した。彼女の手は手織りのコットンのように柔らかそうで、小波のような細かいしわの寄った腕の内側は小川の砂地の底を思わせた。

「食べる物?」わたしはもう一度訊いた。

ミス・メアリーの目はいつもの深い暗い光を宿らせていた。「そう、食べる物」彼女はわたしにキャセロール料理を持たせ、手を引っ込めた。

「ありがとう」わたしはうろたえつつ言った。

彼女は再びうなずくと、少しためらってから背を向け、片手で手すりにつかまりながら階段を下り始めた。

「ミス・メアリー」わたしは呼んだ。彼女が振り返ると、わたしは鍋を彼女に向かって軽く掲げて見せた。

そのあとわたしたちは何時間も立ちつくしていたように感じたが、実際にはたった四秒程度だったのだろう。やがて、彼女はかすかに笑って言った。「こういうときは助けてあげないとね」

翌日、玄関の前には別の料理が置かれていた。

犯行現場に到着した刑事たちは、透明のビニール手袋をはめてからジェフリー・リュイス・ムーアに触れた。彼らは死体の上に群がり、ぐったりした死人の指をインクパッドの上で転がして紙に押しつけた。銃創の射入口と射出口、地面に落ちているわたしの銃の薬莢、そして死体を写真に撮った。そのあと計測メジャーと証拠品袋を取り出した。そばに立っていた一人がわたしを見て言った。「彼よりきみのほうが血だらけだな」

わたしは肩をすくめた。「蘇生を試みたから」

刑事は鼻を鳴らした。「蘇生だって？　正気か、ジョーバート？　よくこいつの胸に手を突っ込めたな。こういうやつらは病気を持ってるんだぞ。あとで検査してもらったほうがいい」

ジェフリー・リュイス・ムーアを二発続けて撃つ寸前、時間が止まった。わたしたちは継ぎはぎだらけの芝生の上でぶざまにぜいぜい息を切らし、わたしの全神経は引き金にかかった指に集中していた。そのあと時間が止まり、わたしたちはただの汗だくの肉体と、呼吸と、相手の目の中の小さな光でしかなくなった。圧迫するような空気に包まれた。音はなく、聞こえるのは互いの息づかいだけ。重々しい吐く音と吸う音。やがて、彼が何か言ってまた一歩進み、わたしは引き金を引いた。二回。

人々はわたしが警官だとわかると、こう訊きたがる。「銃を使用したことは？　誰かを殺したことは？」わたしは首を振る。「いいえ」決まって嘘をつく。「誰も殺していないわ」

ジェフリー・リュイス・ムーアは、ミシシッピ・リバー・ブリッジ近くの終夜営業のレストランへ盗みに入った。わたしは彼を追いかけ、おもちゃや錆びた金属品が転がる雑草だらけの狭い庭を走った。人家のあいだを縫いながら、自分の腰に巻いた十五ポンドのガンベルトをうらめしく思った。走ると身体のまわりでいろいろな物が飛び跳ねた。ホルスターと銃、黒いハーフケースに収めた携帯無線機、夜警棒の二倍も長い乾電池四個型の懐中電灯、大きくてやかましいキーホルダー。警察バッジまでが胸ポケットの中でぱたぱた鳴った。おまけに防弾チョッキがガンベルトに押しあげられ、チョッキの上端が跳ねるたびに首の皮膚が強くこすれた。

事件の一報が入ったのは夜勤中の午前一時頃で、ジェフリー・リュイス・ムーアは銃を持っているということだった。もっとも、そのときはまだ名前は知らず、単に黒人男性、身長約百七十センチ、年齢十七歳から二十五歳、浅黒い肌、中肉、服装はTシャツとジーンズにテニスシューズ、とわかっていただけだ。もちろん、銃を持っていることもわかっていた。〝でかい〟銃で、弾が〝いっぱい〟こめてあった、と興奮したレストランのカウンター係は言った。のちに装弾数五発、銃身二インチのグリップをはずした三八口径チーフスペシャルと判明した。だがどんな銃だろうと、自分に向けられれば大きく見えるものだ。

わたしは他のパトカーに被疑者を発見したことを伝えられなかった。携帯無線機の調子が悪かったのだ。それでも追跡を続けた。男との距離はおよそ二十ヤードで、わたしは息を切らし、あえいでいた。途中で時間が数分あるいは数秒途切れる場所があり、周囲の音がすっと引いた。時折、白い家に回転する赤い光がちらりと映し出された。他の警官たちもジェフリー・リュイス・ムーアを探していた。

ある家の角を曲がって正面に出ると、男は玄関ポーチの下へ足からもぐり込もうとしていた。わたしと同様はあはあと大きく息をしながら、地面の土を蹴っていた。それは予期していたことだった。追われる者は必ずこの界隈でどこかの家の下へ逃げ込む。だから、それがどの家かわかるよう相手との距離を詰めておかなければならない。

予期しなかったのは、ジェフリー・リュイス・ムーアが隠れ場所から出て、銃を手に近づいてきたことだ。銃は怖くなかった。わたしは防弾チョッキを着ていたし、切羽詰まった状況で発砲した場合、十フィート以内の標的をしとめられる確率はせいぜい十七パーセントだ。わたしが恐れたのは、彼がもう一方の手に握っているナイフだった。それこそ、〝でかい〟ナイフだった。が、たとえポケットナイフだったとしても、わたしは震えあがっただろう。

銃は身体に穴をあけるが、撃たれても死ぬとは限らない。だがナイフは傷をつけ、肉を切り裂く。切り刻んで、切り開いて、深々と突き刺さる。内臓や血管を切断し、長い苦痛をもたらし、大量の出血をまねく。ジョニーの知っているニューオーリンズの警官は、自分は撃たれたら絶対に死ぬと確信していた。実際に撃たれたとき、被弾箇所は腕のつけ根だったにもかかわらず、彼は死んだ。「致命傷ではなかったんだ、ケイティ。わかるかい?」ジョニーは言った。「彼は自分が死ぬと思い込んでいたから死んだんだ」

情けないことに、わたしもナイフに対して彼と同じだった。

それなのにジェフリー・リュイス・ムーアは銃とナイフを持ち、わたしは助けを呼ぶ術《すべ》のない状況だった。彼を不利にするためにそんな話を、と思われるかもしれないが、絶対的《アブソルート》なものに逆らうことは誰にもできないし、これは本当のことなのだ。

「動いたら撃つ」わたしはあまり威厳のない金切り声を放った。

彼は聞き入れなかった。それまでの被疑者はいつもわたしが本気だと信じ、おとなしく言うことを聞いた。乱暴な口調の命令と、銃と、警察バッジが物を言って、銃をかまえた女はいつも相手を止まらせることができた。だが彼は止まらなかった。にやりと笑っただけだった。ひきつった笑いのままナイフを突き出し、半歩前に進んだ。

「止まれ!」わたしは数回叫んだ。ハチドリのように震え、身体を出入りするすべての空気が口を通った。けれども、彼は奇妙な薄笑いを浮かべて進み続けた。あの場面は今でも夢に見る。わたしは彼に向かって自分の声とは思えないかすれ声で叫び、止まれ、さもないと発砲する、と警告した。決定的瞬間だ。彼かわたしか。銃はナイフと同じくらい脅威になった。そして彼がわたしに襲いかかれる距離に迫り、恐怖の匂いを放ち、目が硬い茶色の石から光を反射する深い淵に変わったとき、彼が低い下卑た声で「やってみろよ」とささやいたとき、わたしは発砲した。

学校の射撃場で教わったとおりに二発撃った。すばやく確実に、両腕を伸ばして左手で右手を支えて。急所の胸を狙った。弾は命中し、彼は衝撃で数歩あとずさり、真っ赤な血の花びらが飛び散った。茶色の深い淵のような目が大きく見開かれ、光がさっと射し込んだ。彼は前によろめいて銃とナイフを落とした。それからふらりとわたしに倒れかかり、血がわたしの手と制服を濡らした。わたしは両腕に彼を受け止めたまま、地面に坐り込んだ。

前に一度、車を運転中に鳥とぶつかったことがある。田舎からの帰り道で、窓をすべて下ろしていた。鳥はいきなりやって来た。よける暇はなかった。フロントガラスに衝突し、血と黄色い体液と羽が飛び散った。そのとき、わたしの中で何かが動いた――体内を温かい光が勢いよく駆けめぐった。やがてそれは去り、わたしは自分の中の新しいものに頭がくらくらした。

同じことが、ジェフリー・リュイス・ムーアの死に際しても起こった。ごぼごぼ流れ出ていた血と空気が止まり、彼の腕、胸、脚が痙攣をやめたとき、わたしの全身を走る温かい震えは肺の中で静止した。

以来、彼はそこにいる。内部調査局はわたしを潔白と判断した。全員一致で、わたしの発砲は正当防衛だと結論づけた。それはジョーバート巡査の落ち度ではなく被疑者の選択だ、というのが武器審査委員会の見解だった。わたしは彼らにありのままの事実を話した。被疑者は銃とナイフで武装していたため、こちらの命が危なかったのだと。警官には人を殺す可能性がついてまわる。だから、わたしは気に病んではいない。本当だ。今では仕事に復帰し、受け持ちは自宅近くではないが、ちゃんと勤務に就いている。

それでも、時々自宅の廊下に一人で坐っていると、ジェフリー・リュイス・ムーアがわたしの身体の表面や内側でちらちらうごめく。頭蓋骨の奥で脳みそにくるまれ、彼がわたしの中に存在する。彼のかけらが今もここに残り、わたしは彼を追い出せずにいる。カーペットを敷いていない長い廊下に、ジェフリー・リュイス・ムーアと二人きりで坐っていると、耳元で彼の声がする。「やってみろよ」彼がささやく。「やってみろよ」わたしは耳を澄まして彼の次の言葉を待つが、あたりはしんとしている。わたしは一人取り残され、二人は死者のごとく静かだ。

味、感触、視覚、音、匂い

Taste,Touch,Sight,Sound,Smell

わたしは新人警官たちを訓練する際、最大の過ちは自分がなんでも知っていると過信することだ、と教える。「そんなことはありえないのよ」と言う。「わたしだって警官を六年やってるけど、今でも毎日新しいことを学んでるわ。テクニック、人間の行動に対する洞察、法律のしくみ、それから自分の肉体の限界についても」

決まって新人たちはうなずき、予感と、たいていはかすかな恐怖に身をこわばらせる。わたしは彼らの恐怖の地勢が読み取れるようになった。恐怖は感じなくても、わたしにおびえる者もいれば、激しい恐怖とわたしに対するおびえの両方を抱く者もいる。だがほとんどの者は恐怖心を抑え、自らの死すべき運命を認め、頬骨の下かなめらかな首筋をぴくりとさせる程度だ。彼らの恐怖を見ると嬉しい。

わたしは彼らに、恐怖を感じるのは名誉なことだが、そのせいで必要な行動を思いとどまるな、と忠告する。恐怖の導きがなければ、まちがいを犯す。恐怖がなければ、あっさり殉死しかねない。勇気と愚かさはまったく異なるものなのだ。

彼らの顔を眺めながら、なんて若くておっとりしているんだろう、これが仕事でどのくらい変わるんだろう、と考える。「これじゃだめ」と注意したくなるときもあるが、言っても無駄だとわかっている。彼らを見ていると、警察学校に入ったばかりの頃の、自分は何もかも知っていると思い込んでいたわたし自身を思い出す。

一緒にパトロールに出る数ヵ月間、わたしは彼らに自分が指導教官から教わったことを教える。実践技能、必須技能、調査技能、人命救助技能などを。

警察学校も、いろいろなことを教える。

たとえば、訓練生に死の様相と匂いに対する心構えをさせる。そのために検死解剖や犯行現場の写真を見せるのだが、わざわざ一番むごいのを選んで熟視を促す。死んだ子供、残虐な殺され方をした男女、膨張した死体、ぐちゃぐちゃになった人体のパーツ。諸君が嗅いだことのないような匂いだ、制服や髪にくっついて消えないだろう、と教官は言う。さらにその場合の対策として、葉巻の煙、コロンに浸したハンドタオル、コーヒーの粉、酸素マスクを挙げる。

訓練生はそれらをきちんと書き留める。ノートは毎週チェックされるから、書き留めないわけにはいかない。

蒸し暑い八月、わたしは三十九名のクラス中、二名の女子の一人としてバトンルージュ警察学校を卒業し、ブロードムア署所属の昼間勤務の制服パトロール警官に任命された。指導係のジョニー・シッポーン巡査は、わたしが彼のパトカーの助手席に乗って「準備できました!」と言うと、腹の底から大笑いした。

「のんびりやろうじゃないか、ジョーバート。違反切符を切ったことは?」

二週間後には、ジョニーと一緒にエアライン・ハイウェイ脇のトレーラーハウスの奥で、便器に頭を突っ込んだ死後一日の死体を見下ろしていた。弱々しい朝の光は濁った灰色で、腐った肉やバナナの異臭と、何週間も経ったオレンジのつんとする匂いがあたりに充満していた。通ってきた部屋はどれも、かび臭いしみだらけの家具でごった返していた。わたしの横で、死体の夫である九十二歳のよぼよぼの老人が、わたしの手を骨が砕けそうなほどきつく握りしめてすすり泣いていた。わたしはいったいどこを使って、コーヒーの粉をすくったり、タオルをコロンに浸したり、酸素マスクをはめたりすればいいのだろう?

気持ち悪くはならなかったし、吐かなかったし、顔をしかめることさえしなかったが、匂いに反応すまいと必死だった。現場を去ったあと、時間をかけて手の爪に近い皮膚のしわを親指で伸ばし、あま皮を丹念に調べた。

「この仕事では心臓に気をつけるんだな」ジョニーは言った。「それから、死臭に慣れることだ。どうにもできないんだから」

彼の言うとおりだ。酸素マスクをした警官は一人しか見たことがない。爆弾処理班の刑事で、死体処理にあたって酸素マスクを自分の車から出してきた。だが、市警は制服パトロール警官には酸素マスクを支給しない。警察学校ではコーヒーの粉を鼻の穴に詰めろと教わったが、それを実践している警官にはまだ一度もお目にかかっていない。検死解剖の場では、よく鼻の穴のまわりに塗りたくるためにヴィックスヴェポラッブが配られるが、検死解剖はそうやって準備万端で取りかかる余裕がある。しかし実を言うと、その方法でも匂いは少ししか防げない。

なぜなら死体はものすごく臭いからだ。しかも他のどの匂いとも似ていない。知人や初対面の知りたがりの人には、言語に絶する匂いだと言っているが、本当はそれでは表現し足りない。もっと知りたがりの人や、州間高速道でめちゃめちゃになった血だらけの人体を見るためにわざわざ十マイルにスピードを落とすような人には、こう説明している。腐ったハンバーガーの匂いを想像してほしい。その一ポンドの肉が百五十から二百二十ポンドあるのと同じで、匂いは二十四時間経過するごとに五十倍、夏の死体ならさらに三から四倍増しだ。しかもその悪臭を放つ肉は蛆《うじ》がわいて、腐乱していて、体液がじくじくしみ出している。それが死体だ。たとえられるものは一つもない。

わたしはすぐに死体の匂いに関して専門家並みになった。それ悪臭から、死後どれくらいかおおよそ見当がついた。それを重宝がってくれる同僚と組んで現場の廊下や部屋へ入り、最初の紛れもない死臭を嗅いで、死体がどれくらい前から死体だったかを判断した。

新しい死体は、むごい死に方でなければ、かすかに甘ったるい穏やかな匂いだ。自殺体の中にも同じ甘い匂いを漂わせるものがある。たまに火薬の刺激臭が目や鼻や喉につんとくる。暴行を受けた死体は何日間も強い匂いと味を放ち、濃厚な灰色の霊気にめまいがしそうになる。焼死体が一番気持ち悪い。苦くてむっとしていて、処理すべき部分はあまり残っていないが、皮膚の破片がひらひら舞ってこっちの腕や服や顔や髪にくっつく。ほとんどの死体は尿と糞便の匂いがする。誰も教えてくれないし、映画やテレビも見せてくれないが、死ぬと膀胱や腸は出入口の調節が効かなくなり、筋肉が弛緩し、体内に残っていた無駄なものはすべて外へ流れ出るのだ。

肉体が活動を停止すると、たまった体液が放出される。死体を扱うのに最適なのは体液がしみ出る前だ。死後硬直が始まると、死体は膨張して大きな黒い水泡になり（ルイジアナの情け容赦ない暑さではそのスピードが速い）、しまいに皮膚がはじける。そのときの匂いは、味になる。わたしは死の味が舌や喉や肺をびっしり覆ってしまうとは知らなかった。煙草を吸ってもだめだった。コーヒーや、思いつく中でもっとも刺激の強いアルコール、ストレートのジンですすいでもだめだった。死体に触れたあと何日間も死を味わわされた。

わたしの見た限り、警官、少なくとも私服刑事が決まって選ぶ苦肉の策は、有害な死体のそばではジャケットを脱ぐことである。その場面に初めて遭遇したのは、ルイジアナらしい猛暑の夏の午後のことだった。フラナリー・ロード沿いの荒廃したアパートの外階段をのぼっていくと、死体の匂いがした。死後三日と見積もった。実際にはそれより一日短かったが。

「あそこで何か死んでる」管理人が言った。

「ええ、そのようね」

「動物だろう？　犬とか」彼の年齢にしては希望的観測に満ちた口調だった。

「たぶん」

死体は奥の部屋のベッドで、上半身を起こしていた。暴行の痕も、家に押し入った形跡もなかった。死体は腐乱がひどく、〝彼〟が黒人なのか白人なのかわからなかった。膨張して形が崩れていたので、性別を見分けるのがやっとだった。

わたしは無線で通信係に、殺人課の刑事と救急車と検死官と地方検事補をよこしてくれと伝えた。前に何度か事件現場で顔を合わせたことのある、レイ・ロビロという背の低い辛らつな刑事が一番乗りだった。彼はコートを脱ぐと、わたしに渡した。

「持ってろ」彼はそう言って中へ入った。

わたしは彼のコートを手に立ったまま、どうしたらいいのかわからなかった。感じ悪い男ね、わたしはあなたの奥さんじゃないのよ。そう思って彼のあとに続いた。彼は煙草をふかしながら、わたしに発見時の状況を尋ねた。わたしは匂いを嗅がないよう鼻をつまみ、喉をカクテル用ストローくらい細くして、変てこな声で質問に答えた。

突然、ロビロはわたしが手に持っているコートに気づいて甲高い声で叫んだ。ドライクリーニングに出すはめになったじゃないか、誰が持ってこいと頼んだ、と。

「制服警官はへぼ刑事のコートを持つためにいるんじゃないわ」わたしはきっぱりと言い返した。

彼は一歩踏み出しかけて止まり、舌を上下の歯のあいだに突っ込み、それから声をあげて笑った。「タマがついてんじゃないのか、ケイティ・ジョーバート?」

制服パトロール警官には、死体に触れる際に着ているものを脱ぐという選択肢さえない。当時、わたしは勤務が終わると一直線に家へ帰り、すぐに服を脱いでなるべく熱いシャワーを浴び、ぶつぶつしたローズマリーの石鹸で死の表面的な痕跡を洗い流した。髪は二回洗ってコンディショナーでマッサージし、シャワーから出ると全身にバニラの香りのローションをたっぷり塗り、脈を打つところすべてに香水をつけた。それから服を着て、髪を背中の真ん中まで垂らした。

「おいおい、いったい何をつけたんだ?」ジョニーはわたしが結婚後初めて死体に触れたとき、そう訊いた。「グショー・デパートの香水売り場をそっくり買い占めたような匂いだぞ」

「グショー・デパートで買ったんじゃないわ」とわたしは言ってから、その日の死体について彼に話した。死後二日の絞殺された小学校の先生で、うたた寝しているみたいにベッドに横たわり、ブラジャーはつけていたが、下ははいていなかった。わたしたちはボーイフレンドが怪しいとにらんだ。

翌週、ジョニーはパフュームオイルとローションと石鹸の詰め合わせバスケットを手に帰宅した。「すべて天然素材なんだ」彼ははにかんで説明した。「気に入ってもらえるかな」三年かかったが、わたしはバスケットの中身をすべて使いきった。

死の匂いに浸かった制服は、自宅の洗濯機や乾燥機には放り込まない。しつこい残留物が他の衣類にまでくっつきそうだからだ。何人かの警官は、地面に掘った穴に服を数日間埋めて匂いをとるそうだ。わたしはそんなことはしない。自分の制服を埋めるなんていやだし、あまりにもばかげている。キーン・ドライクリーニング店は死の現場に立ち会った制服に、二度洗いしたうえ蒸気をあてるという特別処理をほどこしてくれる。それも通常料金から五割引きで。わたしは制服を白いビニール袋に入れて口をしっかり閉じ、ガヴァメント・ストリートのキーン・ドライクリーニング店のナンシーのところへ持っていく。彼女はそれを三日後に、のりをきかせ、透明のビニール袋につるして返してくれる。

それでもまだ匂う気がした。繊維が、洗っても消えない厄介なものを吸収してしまったように思えた。吸収したのは自分だと気づいたのは、つい最近のことだ。死の匂いはわたしの一部であり、子供の頃の記憶と同じくらい純粋でリアルで生き生きしている。

子供時代はほとんど毎朝、酵母と小麦粉と、たまにシナモンの温かい眠気を誘う香りに包まれて名残惜しい気分で目覚めた。ベッドに横たわったまま、階下で五時から起きている母がたぶんまだカーラーを髪に巻いて、ふっくらと黄金色に焼きあがったパンを背にボストン・グローブ紙を読みながらコーヒーを飲んでいる姿を想像した。わたしの部屋に続くバスルームからは、少年時代を懐かしみながらうとうとしている父が陶製のバスタブの中で身動きするきゅっきゅっという音と、勢いのない水の音が聞こえた。

母はみんながまだ寝ているうちにパンを焼き、父は湯の中で遠い追憶に浸かっている。これがほぼ毎朝の、両親の家でのわたしの目覚め方だった。

マサチューセッツの秋といえば、落ち葉焚き、焼き栗、小春日和、とろとろと煮た豆、遠い海から運ばれたしょっぱい空気、それからディープサウスには絶対にないさわやかさだ。冬の退却前は水しぶきが輝き、風が渦巻いてぱりぱりの木の葉がわたしを取り囲むように降り積もる。濡れた大地は腹を空かせ、活発な草と腐葉土はかぐわしい匂いを発する。冬、窓の外は香りをなくして冷たい。黒と白のまばゆいおとぎの国だ——きらめきと雪が模様を織りなし、腰の高さまで積もったふわふわの雪が、木々や塀や母の庭を覆い隠す。

春から夏にかけて、わたしたちの家は花と木の芳香に満ちる。松、藤、パンジー、レンギョウ、スミレの香りが、いつも外から、母がこよなく愛する庭から漂ってくる。母はよく薔薇や芍薬の花びらを集め、フレンチラベンダーやバジルを摘み、それらを手の中で押しつぶして言った。「ほら、嗅いでごらん」弟とわたしは言われたとおりにした。母の手の土っぽい温かさを嗅いだ。その後何年も経って、わたしは恐怖を感じたときにその優しさを懐かしく思い起こした。暗いビルの中をそっと進むとき、自殺を思いとどまらせようと説得するとき、どこかの家屋で自分より二倍も大きい泥棒と二人きりでいるとき、どういうわけか急に母の手が恋しくなった。あの手に顎を包まれ、ざらざらした湿った皮膚と、謎と期待に満ちた砂っぽい土を感じたくなった。

大きくなって十歳を過ぎると、わたしは家で弟や両親のいない一人ぼっちの時間を求めた。部屋から部屋へぶらぶら歩き、ドアの前に一分ばかり立って室内の様子と匂いと感触を受け止めた。そうすることで、母と父のあいだや、両親とわたしのあいだのますます遠く謎めいていく関係を読み取り、修正できるかのように。

わたしはよく、両親の二つに仕切られたクローゼットの薄暗がりに立った。最初に父が使っているほうへ行き、コートの袖にそっともたれた。ウールの生地がちくちくして、特徴のない洗剤の匂いと、父がつけている4711（十八世紀からあるドイツのオーデコロンのブランド名）のほのかなレモンの香りがした。それからネクタイを指でかき分け、つやだし剤でぴかぴかした靴の列を眺め、並んだベルトを手でひと撫でし、棚の上に散らばっている小銭を数えた。

次は母のほうだ。母の服を引き寄せて、そこに顔をうずめ、残り香を吸い込んだ。シャネルの香水と、いつも母の鎖骨のくぼみに巣ごもっている、甘いムスクに似た体臭が秘めた涙と混ざり合った匂いだった。嗅げば母をより理解できるとでもいうように、わたしは長いことそうしていた。

高校時代に父が「経済状態に合わせる」と言って一家でルイジアナへ引っ越すまで、わたしの親友は向かいに住んでいたメアリーとエマのロング姉妹だった。メアリーは同い年で、エマは二つ年上だった。わたしはエマにあこがれていた。彼女の笑い方、薄いブロンドの髪、ジャングルのような深いグリーンの瞳、前にかがんでも段ができないおなかに。メアリーはずんぐりした体型で、まじめな性格の普通の子だった。わたしは内気で不器用で、感情に動かされやすかった。両親によると、彼らはわたしが六歳のときの私立学校の入学願書に、〝喜びや悲しみに敏感に強く反応する繊細な性格。いったん人や状況に慣れれば、それになんとか対処しようと努力する子〟と記入したそうだ。

わたしが思うに、あれから何も変わっていない。メアリーが行方不明になり、エマがドラッグと売春の果てに自殺したことを除けば。

こんな遊びをしたのを覚えている。午後遅い明るい陽光が、木の鏡板を張った母のキッチンに射し込んでいた。わたしたちは大人たちに邪魔されないようドアと雨戸をすべて閉めきった。しょうゆのつんとくる匂いと蜂蜜の濃厚な香りが室内にたちこめていた。メアリーとエマは目隠しをして、字を覚えたての頃の弟とわたしがeやcを深々と刻みつけた古いサクラ材のテーブルの前に坐った。テーブルの上には母の黄褐色の皿が並び、苦心して選んだ食べ物がいっぱい盛られていた。試食ゲームだ。

分厚い黒い眼鏡をはずしたメアリーは、歯列矯正器をむき出して笑っていた。髪をポニーテールに結ったエマは、静かに落ち着いた表情で待っていた。エマの頬骨に光があたり、ミケランジェロの傑作『ピエタ』のモデルのようだったのを思い出す。わたしは二人の正面に立って、どれから試食させようかと思案していた。

その光景が脳裏で静止する。二人は目隠しをし、そばでわたしは次に起こることの決定権を握って観察している。自分はどっちの役割が好きなのだろう。試す側か、試される側か。結果を思うままにできる立場になりたいが、物事をずばりと見抜く興奮も捨てがたい。わたしたち三人は代わる代わる進行役を務めながら、試食ゲームを何時間も続け、自分たちの味覚と嗅覚を試した。目を閉じていてもどういう状況か言い当てられるのが楽しかった。

わたしは新人警官たちに、手はあなた方が思っている以上に大切だと話す。すると彼らは顎と頬をゆるめ、わたしをじっと見る。当惑しているか、わたしをばかにしているかのどちらかだ。

そこでわたしは、自分が学んだことすべてを根気よく話して聞かせる。

ある晩、わたしが警察学校を卒業してまだ日が浅く、ジョニーの指導を受けながらパトロール勤務に就いていたとき、彼はハレルズ・フェリーロード沿いの寂しいがらがらの駐車場で車を停めた。

「降りるんだ」と彼は言った。「銃の排莢と装弾を目の前でやって見せてくれ」

わたしは暖かい秋風の中に立ち、自分の拳銃から弾をいったん抜き取って再び装塡した。一度に二個ずつというすばやい手さばきを誇らしく思った。

「だめだ」彼が黒髪を風に乱されながら言った。「まず、ここは射撃場じゃない。つねに弾は自分のてのひらに出すべきだ。きみは地面に落としているが、セメントに弾があたったらどうする？　転がって金属製の物にあたったらどうする？　誰かがきみに狙いを定めていたら、音できみの銃が空っぽだとわかってしまうぞ」

わたしはその的確な助言にはっとし、うなずいた。

「次に、装塡は手の感触だけでできなければならない」彼は言った。「きみは他の物へ目を向けておく必要があるからだ」

わたしはそれを練習した。あるときは夜、ベッド脇のテーブルに銃を置いて就寝する前に。あるときは夜勤中、早朝四時から五時という町がまだひっそりとしている時間帯に。親指でイジェクトピンを押して弾をてのひらに受け止める動作を、何度も何度も繰り返した。目をつむって、溝にあてがった親指で弾倉を回しながら弾を送り込む方法で、六個の弾丸を薬室にすばやく装塡した。スピードローダーという黒い観覧車のような優秀な装置ができ、つまみをひねるだけで全弾を一気に薬室に落とせるようになると、両方の装塡方法を練習した。

わたしが少しずつ身につけた触覚は貴重な道具だった。手でボンネットに触れれば、その車がどのくらい前に使われていたかわかった。トランクに触れれば、それが完全に閉まっているかどうか判断できた。わたしの手はドアノブをそっとひねることや、スクリーンドアを軽く叩くことや、窓を静かに引きあけることができた。人の身体の緊張を探ることもできた――彼または彼女が従順に行動するか、それとも闘いを挑んでくるかを見極めるために。

「手を鍛える理由は」とわたしは新人たちに言う。「観察、すなわち間近で瞬時に詳細を把握することが重要だからよ」

だいたいの場合、処理すべき細かい事項が大量にあるので、手の感覚を研ぎ澄ましておくことが生死を分かつ。わたしは出動すると、武装強盗だろうと交通妨害だろうと不審人物だろうと家庭内のもめごとだろうと、まず自分の両手に神経を集中し、その次に目に頼る。「手はきみを殺す」ジョニーは繰り返し言った。「目はきみに告げる」

昨年の終わり、サラ・ジェフリーズとわたしは家庭内のもめごと発生の通報を受け、状況確認のため出動した。わたしたちは性格も経験年数もちがい、彼女はベテラン警官より新人警官に近かった。だが二人とも直感を信じていて、現場の状況や人の気配を重視していた。サラはそれを〝雰囲気を読む〟と呼んだ。わたしたちは一年以上同じシフトで働いていたので、互いの考えや状況を即座に無言で察することができた。サラは若いが有能で、のみこみが早かった。

わたしたちが向かったアパートは老朽化した建物で、ルイジアナ州立大学に近いニコルスン・ドライヴ沿いにあり、住民のほとんどは学生夫婦か外国人留学生だった。狭くて長い廊下と、一人ずつしか通れないもっと狭くて長い内階段が二階へ伸びていた。しかも薄暗かった。怒声と、家具――あるいは人――が壁にどしんとぶつかる音がその部屋から聞こえた。

「いやな予感がする」サラが言った。

「同感」

わたしは階段をのぼりきったところの床の端に立ち、ドアをノックして腹の底から大声を出した。「警察です」サラは数段下にいた。わたしたちの手はめいめい拳銃の床尾に置かれ、ホルスターの安全ストラップははずしてあった。わたしは自分がどこにも行き場がなく、身を隠すものは何もないと悟っていた。

ドアが七インチほど開き、二十代後半で、身長百八十センチ以上のがっしりした白人男性がわたしを無表情で見つめた。彼の手が片方だけ見え、そこには何も持っていなかった。彼の汚れたブロンドの髪は肩まで伸び、目はどんよりしていた。彼の後ろで、奥の壁を背景に長い黒髪の女性が行ったり来たりしていた。彼女の顔は腫れあがって出血し、恐怖でこわばっていた。

男になんと言ったかは覚えていない。たぶん、いつも言っていたことだろう。「通報があったんです。近所の人たちが心配してますよ。中へ入って話をさせてもらえないかしら。力になりたくて来たんです」

男の顔はぴくりともしなかった。ただあの目でこちらをじっと見て、内心で眉をかすかに上げただけだった。わたしは懸念を深めた。

「ドアから離れて、両手を見せてください」

返事はなし。

サラが携帯無線機に向かって小声で応援を要請しているのがぼんやりわかった。いったいどこに、どうすれば全員が入りきれるんだろうと思ったが、確かにもっと警官がいたほうがよさそうだった。

わたしは穏やかだがしっかりした口調で話し続けた。彼の注意をこちらに向け、暴力も怪我もなくこの場をおさめるため、言葉を口から滔々と流れ出させた。彼の視線を引きつけておこうと、左手を身体の前で安心させるように小さく動かし続けた。細かいことは覚えていないが、わたしは家庭内のもめごとの際の決まり文句を言った。「誰でも問題を抱えることがあるわ。わたしたちは助けにきたの。

部屋に入れてもらえれば、問題を解決できるわ。きっとうまくおさまるはずよ。奥さんは大丈夫？　あなたのほうはどう？　室内に武器はある？」

最後の質問に妻は夫の後ろで立ち止まり、勢いよくうなずいた。

わたしの懸念は冷たい恐怖に変わった。

さらにそれがパニックになりかけたとき、サラが階段を下り始めた。ちょっと、どこへ行くのよ。一触即発の状態だってことがわからないの？

それでもわたしはしゃべり続けた。男の目を見つめ、顔の筋肉と、視界に入っている片方の手と、身体の輪郭を監視し、彼が動きそうな兆候を探していた。見えないもう一方の手にはおそらく銃が握られているだろう。わたしは自分の武器はまだ抜かなかった。彼にエスカレートするきっかけを与えなくないからだ。

一瞬、この場を離れてサラのいる階下へ行き——もう、彼女はどこなのよ？——応援が来てから一緒にここへ戻ってこようかと考えた。だが、そのときはもっとひどい危険な状態になるだろう。わたしがいないあいだに、男は妻をさらに傷つけるかもしれないし、闘う準備を整えてわたしたちを待ち構えるかもしれない。彼のこの目はすでに、攻撃しようかどうか迷っている。

何を使って攻撃するかが問題だ。もしドアに隠れているほうの手に銃が握られているとしたら、わたしが助かる見込みはない。銃弾はドアを難なく貫通する。おそらく彼はすでにわたしの胸を狙っているだろう。わたしは防弾チョッキを着ているにもかかわらず、頭や脚や肩を撃たれるのではないか、自分の銃がホルスターから落ちるのではないか、階段から後ろ向きに落下するのではないかと心配した。

もし彼が持っているのがナイフなら、わたしはナイフは大嫌いだが勝機はある。彼はわたしに切りつけるためドアを大きく開けなくてはならない。わたしがもし階段から落ちなければ、もしパニックと恐怖が冷静な反応を妨げなければ、銃を抜いて襲われる前に相手を撃つだろう。

もし、もし、もし。

わたしはしゃべり続けた。彼はわたしを見つめ続けた。

妻は彼の後ろで行ったり来たりしながら泣き続けた。

気がつくとサラが戻っていて、わたしの横で銃を握った手を男から見えないよう脚に沿って下ろしていた。「無線の調子が悪かったけど、なんとか通じたわ。応援はもうじきよ」彼女は小声で言った。わたしはうなずいた。

「聞いて」わたしは男に言った。「他の警官がこっちに向かってるけど、騒ぎにしたくないし、あなたもそうだと思うわ。わたしたちは問題を起こしに来たんじゃないの。ドアから下がって、わたしたちを中に入れて」

彼とわたしは見つめ合った。やがて彼の目の中で何かが動き、ほんのかすかな筋肉の動きが顔じゅうに広がり、結んだ唇にわずかに力が入った。サラが銃を上げたと同時にわたしも銃を抜き、膝を曲げた。男は一歩下がってドアを勢いよく開けた。

わたしは中へ飛び込んだ。タックルするフルバックのつもりで両手にこぶしを握り、腕を胴体と直角に突き出して男の胸に猛然と体当たりした。サラも片手でわたしの背中を押してあとに続いた。わたしは男を部屋の奥まで押し込み、壁に押しつけた。彼もわたしも一言も発しなかった。彼は力が強く、わたしたちは二人がかりで彼を両手両脚を開いた恰好で壁に向かせた。応援が到着し、三名の警官が金属階段を駆けあがってきたとき、わたしは男が腰の後ろのくぼみに隠していたオートマティックをジーンズのポケットから引き抜くところだった。装弾されていて、安全装置ははずしてあった。

彼の目の中の表情はいまだに覚えている。ああいう目をこれまでの仕事で何度か見てきたが、そのたびにわたしは生き延びた。どういうわけか。時々、彼の目が夢に出てきてはっと目が覚め、ドアの外にいたあのときと同じくらい生々しい恐怖をおぼえる。なぜ彼が発砲しなかったのかは謎だ。だがわたしたちの仕事に起こること、あるいは起こらないことの多くが謎なのだ。

そして、運次第なのだ。

もう一つ、新人警官たちに聞かせる体験談がある。明け方四時、北部の寂れた工場街でアカディアン・スルーウェイ沿いの大型倉庫の音なし防犯ベルが作動し、わたしたち四人は状況確認に向かった。そこの防犯ベルはしょっちゅう作動するが、いつも誤報だった。ジョー、ベス、ジェリー、わたしの四人だった。倉庫は中も外も常夜灯が消えていた。あたりは暗闇で、夜の湿気がベルベットのような肌触りだった。

軽く笑いながらそれぞれの車から降りたとき――わたしたちはその晩ずっと一緒に出動指令をさばいていて、上機嫌だった――わたしはふと、洞穴の入口のような真っ暗なくぼみに目を凝らした。

暗闇では物を直視してはいけない。じっと見すぎると想像上の動きを作り出してしまうからだ。危険を察知し、評価するためには、対象をじっと見てはならない。わたしが視線をわずかに右にずらすと、ショットガンがわたしの胸を狙っているのがはっきりと見えた。迷わず自分のショットガンを構え、他の警官を大声で呼んだくらいはっきりと。仲間が一斉に援護に駆けつけると、正体不明の射撃手は建物の向こうへ逃げ、後ろ姿が夜の毛布に溶け込んだ。わたしたちは心臓の鼓動を喉元でとどろかせ、アドレナリンを痛いほどあふれ出させて現場をあとにした。

まずい、危険だ、とわたしに知らせたのはかすかな金属音だった。それが夜盗の持っていた鍵なのか、建物の壁に触れた銃なのか、彼の袖のボタンにあたったベルトのバックルなのかは、男がまだつかまっていないのでわからない。だが倉庫の裏の駐車場から、装弾されたショットガンが見つかった。

その出来事はわたしたちのあいだでいまだに語り草である。他のもっと多くの、もっと重大な出動に比べれば取るに足らないちっぽけな出来事だが、あの瞬間はとてつもなく大きかった。なぜなら、わたしたちは運命の手に顔を撫でられたのを感じたからだ。わたしたちが音に気づき、射撃手が撃たないことに決めたという理由だけで、わたしたちの生命は無傷で息をしている状態で返してもらえたのだとわかっているからだ。

視覚や触覚と同じく、聴覚も生き抜くためには不可欠だと新人警官たちに話す。音はしばしば悪い状況を示す最初の手がかりだからだ。聴覚は未発達な感覚で、わたしは両親の声を識別しようとする子供のように最初はただ貪欲に耳を傾けていたが、ジョニーから不明瞭な音と明瞭すぎる音の聞き取り方を教わった。空気の層を一枚一枚はがしていくように一心不乱に見て聞くので、その緊張から頭痛持ちになった。声の調子、金属が触れ合うかすかな音、タイヤのきしみ、あるいは音がしないことも含めて、音は多くの秘密を明かしてくれる。

わたしは聴覚が鋭くなったおかげで、サイレンを聞き分けることができる。消防車、レスキュー車、緊急医療隊、アカディアン社の救急車、ギルバーツ社の救急車、警察車など、それぞれが微妙に異なるサイレンを鳴らす。緊急医療隊のサイレンは鋭いディードゥー、ディードゥーという音で、運転手は交差点に進入するときだけスイッチを押すため、鳴ったり止まったりする。警察車はわめく。

あのサイレンはまるで泣き叫ぶ妖精バンシーだ。車内でもわんわん鳴り響いて、全身の毛穴をふさぎ、自分自身がサイレンになった気分になる。道をあけろ、助けが来たぞ、迎えに来たぞ。急げ、急げ、急げ。

今でもサイレンが聞こえると、どこのサイレンか識別しようとつい立ち止まる。そのことでジョニーにからかわれるが、パブロフの犬と同じで、わたしにとっては生理的な条件反射なのである。そして、もし警察のサイレンなら、わたしはその知らない警官の隣にいるつもりになる。気をつけて、といつも心でつぶやく。お願いだから、慎重にね。

わたしは新人警官を単独でパトロールへ送り出す前に、ジェフリー・リュイス・ムーアを撃った体験を話す。事実だけ、それ以外はなしで。話し終えると、パトカーの中はしんとなる。かなり長いあいだ。彼らは何も質問しない。

ある晩、ミシシッピ河の堤防で、ジョニーやジョーや他の非番の同僚と宴会を開き、無駄話をしたり、思いつきのくだらない質問をしていたときのことだ。「きみの子供時代の音はなんだい？」そう訊かれて、レンガ塀にぶつかった気分だった。返事も音も浮かばなかった。

わたしは音がほしかった。ジョニーの音はパパのバス釣りボートのエンジン音だった。ジョーの音は食後の家族のげっぷ。ベス・サンダースンは、自分の音は家の裏のキッチンでスクリーンドアがばたんと閉まる音だと話した。彼女のパパはいつ愛人と逃げ出すかわからない状態だったそうだ。めいめいが自分の音にまつわる話を披露し、おかしい話には皆でげらげら笑い、悲しい話にはビール瓶をかちんと合わせた。

けれども、わたしには何も聞こえてこなかった。いらいらしながら、自分の子供時代を定義づける音を必死で探した。その音で、かつて子供だった自分と警官になった自分をまとめて理解できるような気がした。

「ケイティ、そんなしかめ面をしたら、かわいい顔が台無しだぞ」ジョーが言った。ジョー・ブードローはジョニーの親友だった。ひそかにわたしに首ったけだったが、みんながそれを知っていた。「たいしたことじゃないよ。さあ、ぼくに笑顔を見せてくれ」

わたしは言われたとおり笑顔を作ったが、見せた相手はジョニーだった。彼は笑い返した。わたしはその笑いじわを、彼の顔の貴重な断層線であるかのように指でなぞるのが好きだった。それからわたしたちはキスし、他の者たちは冷やかし、しばらくのあいだわたしは自分の音探しを忘れた。

けれどもその質問は脳裏にこびりつき、わたしは耳を澄まし続けた。

春と秋、うちの家族が住んでいたボストン郊外の路地に建ち並ぶ家々は、窓やドアをすべて開け放していた。その短い袋小路で子供たちはいろんな遊びをした。かくれんぼ、缶けり、ボールの取りっこ、鬼探し。

わたしたちの遊ぶ声に混ざって、音楽が聞こえた。情熱的な怒りのこもったピアノだ。メアリーとエマの母親であるミセス・ロングは、非常勤のピアノ教師で、コンサート・ピアニストになれないことに挫折感を抱いていた。ベートーベンとショパンがわたしたちの頭上を嵐のように吹き荒れると、わたしは彼女の大きなそばかすだらけの手が次の瞬間に鍵盤を叩き割る光景を想像した。

わたしは彼女の鍵盤に対する情熱と支配力に畏怖の念をおぼえていた。自分のピアノの先生が隣のミセス・カラザスでよかったと思った。ミセス・カラザスはプリッシーという名前のチワワを飼っていて、急に動いたり速く動いたりするとかかとに噛みつかれた。プリッシーはカラザス家の唯一の危険で、ロング家のものほど危険ではなかった。ロング家からはソナタとエチュード以外にも騒音がしょっちゅう聞こえた。晩夏の夕方や早春の朝は、悲鳴と、人の手で人の身体を打つ音が周囲に流れ出ていた。

「そのことは何も訊かないで。何も言わないで」エマはわたしに言った。

両親に殴られたりひっぱたかれたりしている親友たちのことを、何も考えまいとするのは難しかった。虐待場面をじかに目にしたこともあり、彼女たちは髪をつかんで引きずられ、壁に投げ飛ばされ、手の甲で何度もぶたれていた。そのせいで音は想像を通して一層残酷に聞こえた。

けれども、わたしはそれについて一言も触れなかった。立ち止まって、その家をのぞくこともしなかった。近所の誰もがそうだった。大人も子供も。

しかし、あの悲鳴はわたしが警官という職業を選んだ動機の一つではあるが、子供時代を代表する音ではない。

もう一つ音がある。弟は枕に頭を打ちつけていた。頭を繰り返し上下させながら、喉の奥でうっとうめいていた。これはいまだにわたしを彼に縛りつける強烈な記憶だ。四、五年にわたってほとんど毎晩、わたしは厚さ数インチの壁の向こうで弟が立てる、どん、どん、どんという音を聞かされた。

わたしもたまに弟と一緒になって頭を振り下ろし、二人の声が入り交じるときの幸福で心地よい気分と、痛みのない静かな忘却のとりこになった。壁を隔てて弟と頭をつき合わせ、五分かそれくらいおきに互いの名前を呼びながら語り合ったこともある。階下の部屋からは、なんと言っているのかわからないが、両親がぼそぼそと話す声が聞こえた。

ジョニーによると、わたしは時々寝ているときに鼻歌を歌うそうだが、これも探し求めている音ではない。

とうとう、ある音を子供時代の象徴として認識できた。それは触感や匂いや視覚と切っても切れない関係にあった。

わたしは生まれ育った家の奥にある二階の自分の部屋に、裸足で立っていた。あたりには本が散乱していた。窓から昼間の光が射し込んで、わたしから二歩離れたところにあるハシバミ色のラグに光の模様を描き出し、細かい塵をけだるげに漂わせ、草と地面の甘い香りでわたしを包んだ。

　音は何もなかった。無音が音だった。深い、待っている静けさだ。家族はみんな外に、どこか他の場所にいた。たぶん母は庭で藤のそばに立っていたか、わたしが七歳のときにみんなで植えたクリスマスツリーの下でキュウリをもいでいたのだろう。父はカーキ色のズボンと白いVネックのTシャツを着て、落ち葉を熊手で掃除していたのだろう。弟はまだ生まれていなかったか、母のおなかの中で世の中に出るのを待っていたか、もう生まれて父のそばでよちよち歩き、夏、冬、秋、春の落ち葉を熊手でかくまねをしていたのだろう。

　すべてがその静寂の中で止まった。死ぬ前の最後の鼓動だ。わたしは家の中に一人きりでいた。一人で待っていた。自分の人生の先端で待ち、まるで世界全体が宇宙の峡谷の崖っぷちで息を止めているようだった。何かが起こりそうで、その子供と警官と女が記憶の中で一つになる。その感覚こそ生きる力だ。

キャサリンへの挽歌
Katherine's Elegy

わたしたちはキャサリンのことを会う前から聞いていた。バトンルージュ警察学校の訓練生は皆、遅かれ早かれ、ジョニー・シッポーンと彼の未亡人キャサリンのことを知る。ノース・ブールヴァードに面した旧地方裁判所ビルの教室を訪れた警官は、決まって二人の話題に触れ、当時は三年前だったジョニー・シッポーンの悲劇的な最期を語った。わたしたちが卒業してから二十年経つが、その話はきっと今も語り継がれているだろう。

教室では大勢の警官にまつわる多くの逸話を聞かされたが、この話だけはちがっていた。どの警官もそろって同じ態度で語るのだ。簡潔で早口で淡々としているが、なんとなく後悔を引きずった、忘れようとしていた昔の恋人に触れるような口調で。少なくともわたしたちはそう感じた。

今もそうだが、彼らがそういう感情を表わすことはまれだったので、ますますジョニーとキャサリンに興味をそそられた。

だからジョニー・シッポーンの名前が出ると、わたしたちはじっくり耳を傾けた。それは単純な話で、どんな優秀な警官も殉職するんだというたとえ話として語られた。だがそこに登場するキャサリンの存在が、心を動かさずにはおかなかった。

ジョニー・シッポーンは勤続十七年のベテラン警官で、規範厳守の態度と、冴えた勘と、バス釣りへの情熱で知られていた。妻のキャサリンは彼よりかなり年下で、当時のハイランド署所属の制服警官だった。二人はキャサリンが警官になって二年目に結婚し、それから五年が過ぎていた。ジョニーとキャサリンの出会いはすてきなラブストーリーだったが、それをだいぶあとになって聞かされたとき、心を満たされるどころかかき乱された。

ジョニーが死んだ日、彼とキャサリンは昼食の待ち合わせをしていた。ジョニーは白昼強盗が頻発していたモントレー付近で、二名のティーンエイジャーを取り押さえた。規則にのっとって型どおりに進めた。ジョニーは不要なリスクを冒すタイプではなかった。

すぐに二人を地面に転がして一人目の身体検査をしたところ、銃が見つかった。それを厳重に保管してから無線で応援を要請し、二人目のほうに取りかかろうとした。

それは十二月初旬の肌寒い日で、空気は冬の最初の気配をはらみ、サルスベリは最後の葉を落としていたことだろう。白人男性二人が他人の車回しをうろついている現場へジョニーが出動したとき、キャサリンはそこから九ブロック離れたレストラン〈ジョーニーズ〉の駐車場に車を入れたところだった。無線を聞いて彼女はただちに応援に向かった。警官の誰もが頭の中で呪文のようにこう繰り返している。手があいていればつねに、どんなに小さな取るに足らない事件に思えても、一番近くにいる者が応援に向かうこと。

キャサリンともう一台のパトカーがジョニーの応援要請からわずか数秒後に到着すると、二人の白人男性がパトカーの横で仰向けに倒れている警官を残し、現場から逃走するところだった。

「警官が倒れた」キャサリンは無線マイクに怒鳴った。「至急、救急車と救命措置を」

のちの目撃証言によれば、ジョニーが二人目の身体検査を始めようとしたとき、一人目がもう一挺の銃を抜いた。股ぐらまで深く突っ込んであったためジョニーが見逃したのだ。少年はジョニーを続けざまに三発撃ち、そのうち二発が胸に当たった。どちらも防弾チョッキは貫通しなかったがジョニーを地面に倒し、三発目が頭に直接命中した。

すべてが一分足らずの出来事だった。

語り手の警官の多くはここで指をぱちんと鳴らし、「そういうこともあるんだ」と言う。「ズドンと一発、一巻の終わり。反射運動と同じだ。だから行動の前に反応しなければならない」そのあとで再び指を鳴らす。「犯人になったつもりで考えろ。全員を疑え」

訓練生はそろってうなずきながら、その場面を思い浮かべ、自分は絶対にジョニーみたいに油断しないぞ、と早くも決意する。

警官たちの話によれば――彼らはミランダ警告のように細かく正確に暗記していて、誰もが同じ内容を語った――キャサリンはジョニーに駆け寄って脈をとり、彼のサングラスをはずし、彼の顔にキスし（目と言う者もいれば頬と言う者もいたが、とにかくのちに病院へ現われた彼女には彼の血がついていたそうだ）、そのあと犯人たちが逃げた方向へ走り出した。

「彼を動かさないで」彼女は叫んだ。

救急車がジョニーを病院へ搬送するときも、キャサリンは二人の白人男性を追って同僚警官らとあたりを捜索中だった。付近の住民に聞き込みをし、ガレージの中や家の下をのぞき込み、コンクリートの排水溝に下りて三ブロック先まで調べた。

「ここにいるはずよ」キャサリンは同僚たちに言い続けた。「遠くまで行けるはずないわ」

しかし警察学校の教官がつねに注意するように、犯罪者になったつもりで考えなければならない。恐怖は人を飛ぶように走らせ、絶望は愚行と同じくらいたやすく悪知恵に結びつくものだ。警官たちは自らのもろさと死すべき運命を突然思い知らされ、憤怒に駆られた。何台ものパトカーがタイヤやブレーキをキーキー鳴らして通りを疾走した。不届きにも仲間を撃った虫けらどもを、死に物狂いで狩り出そうとした。

この部分を聞かされると、アドレナリンが体内を駆けめぐり、血が怒りでたぎり、実際の現場にいるかのような緊張感に息がつけなくなった。やけに白く明るい教室に押し込められていることが、それまで以上に腹立たしかった。

そのときのキャサリンは、職務を遂行しながらもジョニーのことを考えていたはずだ。半狂乱の状態だったろうに、それを表に出さなかった。結果的に彼女が正しかった。少年たちはそう遠くへは行っていなかった。少なくとも片方は。キャサリンともう一人の警官は、現場から半マイル離れた排水管に隠れている少年の一人を発見した。

「諸君、彼女はまさにプロの鑑だ」と教官は語った。別の警官が被疑者の権利を読み上げる横で、キャサリンはその少年——まだ十五歳だった——に手錠をかけた。彼をパトカーの後部座席に乗せるときは、ドアの上枠にぶつけないよう頭のてっぺんに手をあてがってやった。

「彼女はやるべきことをやった。しかも適切に」と教官は言い、そのとおりだとわたしたちは思った。彼女はそういう性分なのだ。地面に倒れているジョニーを見たときの反応からも、それがよくわかる。

だが、もう一人の被疑者は逃亡中だ。一時間以上経ってジョニーの血がセメント上で黒く変わってからようやく、鑑識班がサンプルを採取して証拠品がないか地面を探し、殺人課の刑事らが一軒一軒捜査を始め、現場にいない警官はなじみのタレコミ屋に連絡し（タレコミ屋を仕込んでおかなかった者は半径五マイル以内の場所をしらみつぶしにし）、警部はキャサリンを彼の車に乗せてアール・K・ロング慈善病院へ連れて行った。

そうとも、当然アール・Kだろう。エアライン・ハイウェイ沿いの、世間では病院で通っている荒廃した巨大な建物は、撃たれるか刺されるかした者が運び込まれる場所だ。彼らを乗せたストレッチャーは、酔っ払いや、麻薬中毒者や、浮浪者や、ホワイトトラッシュ（無学無教養で貧しい白人）や、売春婦や、その他の役立たずどもが五十人くらい待っている横を転がされていく。そして何人かは五時間後に目を覚まし、看護婦やその道の権威である医師——彼らは名札や立派な手術着はつけていないが、レイク病院やバトンルージュ・ジェネラル病院が半年間に扱うより多くの刺し傷や銃創をたった一週間で扱う——の顔を拝むことができる。

キャサリンはほぼ二日間ジョニーのかたわらに付き添い、内部にとどまっている銃弾のせいで彼の脳がどんどん腫れあがって、目が鉛筆くらいの細さになり、鼻が液体でふくれた顔の肉に沈み込むのを見守った。心臓モニターのゆっくりしたピッピッという音を聞きながら、脳の活動を表わす数字が徐々に小さくなっていくのを見つめた。数字が三十台になったとき、彼女は病院の人に酸素チューブと点滴をはずさせ、ジョニーが息を引き取るまで手を握っていた。

語り手は必ずここで口をつぐみ、初めて誰の目も見ないでわたしたちの頭越しに教室の奥の壁の一点を見つめ、そのあと穏やかだが力強く断言する。使う言葉は人によって少しずつちがうが、言っていることは同じだ。

強い女性。

きわめて優秀な警官。

気丈なレディ。

男のようにふるまった。

一度も取り乱さなかった。

制服警官の誇り。

彼女の姿が目に浮かぶようだった。葬式でチャコールグレーと黒の制服を着た、長身のまっすぐな姿。磨かれた真鍮、警察バッジのちょうど真ん中につけた黒い喪章、顔が映りそうなくらいぴかぴかの靴。帽子は目深にかぶり、縁を眉のあたりまで下げている。黒っぽいサングラスをかけて、全身から自制心とプロ意識をこれでもかと放っている。涙は静かに流れ、顔は少しもゆがまない。棺の前で夫に敬礼するときは、キスはせず、儀杖兵のように手首を鋭く正確に返しただろう。

男子訓練生は、どの代もそうだろうが、キャサリンにほのかな恋心を抱いた。女子訓練生は彼女のようになりたいと願った。

そして誰もが、早くパトロールで実力を試したくてうずうずした。

リチャード・マーカスは警官になるように生まれついた男で、それは誰の目にも明らかだったから、クラス委員に選ばれた。身長はあまり高くなく、百七十三センチそこそこだった。一見ずんぐりしているが、がっしりした筋肉質の体格だ。南北どちらかのカロライナ州で育ち、そこの訛があった。爪はいつもきちんと手入れされ、カーキ色の訓練生の制服にはきれいにアイロンがかかり、赤みがかったブロンドの髪は短く剃り上げていた。すべてにおいてクラスのトップだった。一般教養テスト、射撃テスト、体力テスト——綱のぼりでは体育館の垂木に一番先にタッチし、両脚を上げた姿勢でジャクスン巡査部長に腹の上を歩かれても顔色一つ変えなかった。鷹揚さと激しさが組み合わさった独特の雰囲気を漂わせ、魅力的だが近寄りがたかった。

彼には同じくらい短い髪のエリンというかわいい婚約者がいたが、二人とも放課後のパーティーでは一滴も飲まず、みんなから少し離れて誰にも入って行けない世界を作り出していた。けれども彼らに反感を抱く者は一人もいなかった。それが彼らしさだと認めていた。そして二人の静かな自信と、揺るぎない視線と、ダンスフロアでのすばらしい身のこなしをうらやんだ。

リチャードは親切な男だった。警察にまだ残っている者に訊けば、今もそうだと答えるだろう。

当時、警察学校には二十三週間通うことになっていて、半ばの十三週目で実際にパトロールを体験し、そのあと再び教室に戻って残りの十週間を過ごした。今は何もかも変わった。十三週目のパトロールはなくなり、卒業すると実地訓練官がついて、四ヵ月間、新人警官の指導法を心得た者による注意深い監督下におかれる。だが一九八〇年代初めは、未熟で気負った丸腰の訓練生と快く同乗してくれる勤続三年以上の警官か、その週に巡査部長や警部補にお目玉を食らった誰かに預けられた。わたしたちの中には、巡査部長昇進試験にどうしても合格できず、毎日親戚の家やコーヒーショップに立ち寄るだけのうだつの上がらない警官で終わった者もいる。だがほとんどは、なんでも刺激するのが好きで、厄介事にかかわるのは仕事を立派にやっている証拠だと信じる熱血警官になった。

リチャードはわたしたち五人とともに、貧困層の多い犯罪多発地区を管轄する当時のウィンボーン署で、警官がドッグシフトと呼ぶ夜十一時から朝七時までの夜勤を命じられた。初日の晩の点呼に集まったときは、がちがちに緊張していた。だがあのときどんなに緊張していたかは、長い月日を経た今になってようやくわかる。わたしたちは目立っていた。靴は光りすぎ、髪は刈りすぎ、顔はあまりに青白くつるつるで、動作はきびきびしすぎていた。ほとんどの者が身支度に二時間以上を費やした。名札と警察バッジとベルトのバックルを真鍮磨きでぴかぴかにし、靴の内側を靴磨き石鹸でこすり、ほつれ糸を残らず始末した――学校のジャクスン巡査部長はほつれ糸をロープと呼び、点呼の際に一本でも見つけると腕立て伏せ十回以上を命じたからだ。

署での最初の数分間は今もぼんやり覚えている。汗だくの制服警官たちが押し合いへし合いしながらショットガンを点検し、携帯無線機をテストしてガンベルトに留め、電話が鳴り、無線がごちゃごちゃ言い、鍵がかちゃかちゃ鳴り、大きな話し声と笑い声が響き、罰当たりな言葉と世間話が飛び交っていた。署の大部分を占めるベージュ色のタイルの三つの小部屋には、自分のやっていることがわかっていて、そこにすっかりなじんでいる男女がひしめいていた。

わたしたちは居心地悪い思いで壁に寄りかかり、早くここに慣れたいと願い、点呼が始まったら両手はどうすればいいんだろうと迷っていた。リチャードだけが落ち着き払って壁にもたれ、用心深い顔つきで腕組みしていた。

点呼は今もあまり変わっていない。まず警部補から短い訓示があって、報告書の書き方と召喚状の署名の仕方についての注意事項、非合法営業の歓楽街と張り込みの情報、受け持ち区域で制帽をかぶって無線のスイッチをオンにしておくといったパトロールの基本事項が述べられる。点呼が退屈なだけで終わるか、からかいと叱責とやんわりした脅しが混ざったものになるかは警部補次第だ。そのあと各班の巡査部長がどうでもいい意見を言い、それぞれの班に分担地区が振り分けられ、任務に出発する。

そわそわして、たくさんの顔や情報に囲まれていたにもかかわらず、わたしたちの誰もが署内に一歩入った瞬間、二人の人物に目が行った。前歯が一本欠けた、どら声でフットボール選手並みに大きい無骨そうな猛者《もさ》と、黒髪をきつく編み込んだ、眉の濃い、制服に不釣合いなほどきれいに化粧をした長身で細身の女性だった。

仲間のマーク・デナックスがその巨体の猛者、ジョー・ブードローというベトナム復員兵と組むことになった。そしてリチャード・マーカスが長身の女性と組んだ。

彼女の名前を聞いたとき、すぐにはぴんと来なかった。

「マーカス、きみはシッポーンの車に乗れ」巡査部長が命じ、リチャードとその女性がうなずいた。

ショットガンを肩に立てかけた彼女が近づいてきて、K

・シッポーンという名札が見えて初めて、これがあのキャサリンだ、ジョニーのキャサリン、われらがキャサリンなんだ、と認識できた。
キャサリンがリチャードをちらりと見下ろしたとき、彼が赤面したのは目の錯覚だろうか。だが彼の声が急にかすれたのは決して気のせいではない。

「マーカス以外の名前はある？」キャサリンは訊いた。彼女の声はもっとかすれていて、予想より荒っぽい調子だった。

「リチャードです、マアム。リチャード・マーカスです」早口の弱々しい言葉で、普段以上に訛が強かった。彼はもう壁にもたれていなかった。

キャサリンは顔をぴくりとさせ、にっこりとほほえんだ。輝くばかりの明るい笑顔だった。「ちょっと、お願いだからマアムはやめて。老け込んだ気分になるじゃないの。キャサリンでいいわ」

リチャードはうなずいた。

「じゃあ」彼女は言った。「行きましょう、リチャード・マーカス」

二人の会話はそこまでしか聞こえなかった。残るわたしたちもそれぞれのパートナーと顔合わせをし、裏の駐車場へ向かう途中でどうふるまえばいいかいろいろ指示された。要するに〝自分にならえ〟、〝無線応答はこっちに任せろ〟、〝邪魔をするな〟ということだったが。すると脱色したショートヘアと日に焼けた肌の年かさの女性警官、ベス・サンダースンが、廊下でみんなを追い越していったリチャードとキャサリンを見てつぶやいた。「彼女の新しいお相手ね」その言葉の重みがわかったのは、ずっとあとになってからだった。

わたしたちはリチャードがうらやましかったが、同時にほっとした。これからの一週間は性格や警官としての適性を試される。生ける伝説と一緒にいたら、平静を保てるわけがない。

実際にそのとおりだと、あとでわかった。さすがのリチャード・マーカスも平常心ではいられなかったのだ。

近頃、わたしたちのような勤続十五年以上のベテラン警官は、シフトをともにする者同士の友情と親愛の欠如を嘆く。「みんな自分一人でやってる気になってる」と、肩をすくめてこぼす。「昔はお互い助け合ってたのにな」二人一組のパトロールが廃止されたせいで、持続的協力とシフト単位の宴会という、いいチームを作るために不可欠な要素が減ったと主張する者がいる。交替シフト制から連続シフト制に変わったから、競争意識や階級意識が生じたんだと指摘する者もいる。だが本当は、昔から一致団結した班もあれば、ばらばらの班もあったのだ。

わたしたち六人が配属された班は、とりわけ結束が固かった。当時はたいていの者が一年以上一緒に働き、制服パトロール隊長の気まぐれを除けばめったにメンバー交替はなかったようだ。

そんなわけで、最初の数日間はリチャードとキャサリンを頻繁に見かけた。応援に駆けつけた現場で、コーヒーショップで、コンビニエンスストアで、警官同士が集まって冗談を言い合い、情報交換し、眠気を覚ます、午前四時から五時までのひとけのない駐車場で。

ジョー・ブードローとキャサリン・シッポーンが中心的存在であることはすぐにわかった。ジョーが大声で強引に自分の意見を押し通そうとする一方、キャサリンは出動時にすさまじい声を放つ以外は落ち着いて静かだった。子供の頃、東海岸に住んでいたらしく、しょっちゅう突拍子もない言葉を口にし、口調も投げやりだったが、たまに見せる本物の笑顔は彼女をかわいい女性からはっとする美人に変えた。

わたしたちは最初のうち警官たちの会話にあまり参加せず、何か訊かれたときだけ口を開いた。もっぱら聞くことと見ることに専念した。そしてわたしたちだけで隅っこに集まり、出動した事件やパートナーについて感想を述べ合った。

「彼女はどうだい?」デナックスがリチャードに訊いた。デナックスは小柄で頭の毛が薄くなりかけていたが、学校で伏せ身の訓練のあいだみんなを笑わせてくれた。リチャードはクラスの中でデナックスと一番近しかった。射撃訓練や体力訓練ではいつも接戦になり、二人とも良きライバルとの競争を楽しんでいる様子だった。

「いいよ」リチャードが答えた。

「どんなふうに？」

「タフで、プロだ。すごく厳しくて、練兵隊の軍曹みたいだよ」

「腕立て伏せを命じられたかい？」そう訊いたのはホーキンズだった。彼は痩せぎすで喉仏が突き出し、警察学校で落ちこぼれと見られていた。みんなは彼を怪訝そうに見た。

リチャードはポケットに両手を突っ込んで地面を見下ろした。「つねにテストだよ。〝われわれの現在地点は？〟と、一晩に二十回くらい訊かれる。〝わたしに何かあったら、あなたが代役を務めるのよ。自分のいる場所をしっかり把握しておきなさい〟ま、こんな具合だ」

「そうか。ブードローも同じだよ。おれがちゃんとできないと、かっかする」

「彼女は怒らない」リチャードが言った。「黙ってる」

「何も言わないのか？」

「次の指示に移るだけだ」

「たとえば？」

「相手の手と目をどうやって観察するか、暗闇でどうやって見るか、懐中電灯はどうやって持つか、車へ接近するときはどうするか、自分の手をどう使うか、人にどうやって話しかけるか、部屋でどう立つか」

ホーキンズは顔をしかめた。「サンダースンはそんなこと全然教えてくれないよ。無線にさわらないで車でじっとしてろ、これしか言わない。ちぇっ、あのレズ女め」

「それはちょっと的外れじゃないか、ホーキンズ」リチャードが言った。

わたしたちは二人の男性警官としゃべっているベス・サンダースンのほうを見て、どっちに非があるんだろうと思った。サンダースンが無能なのか、ホーキンズが不平たらたらなのか。

「学校よりずっと面白いな」デナックスが言った。

リチャードがうなずいた。「どっちもためになる」

全員が一瞬沈黙した。

「彼女はジョニーのことを話したかい？」

「ちょっと、ホーキンズ！」リチャードは首を振って、少し顔をしかめた。「いいや」

「認めろよ」ホーキンズが返事を迫った。「彼女はすばらしい人だって」

リチャードはゆっくりとうなずき、話題を変えた。

三日目にはわたしたちの緊張はかなり解け、無言の招待で、エヴァンジェリン通りの古い縮小化された高校の駐車場に半円形に停まった六、七台のパトカーに仲間入りした。ルイジアナの真夏の夜らしい蒸し暑さに、警官の何人かは防弾チョッキを脱いで、携帯無線機と一緒に車のボンネットに置いていた。

警官たちは出動時以外は噂話に興じているらしかった。サンダースンはホーキンズが侵入盗の通報で現場へ行った際、懐中電灯を車に置き忘れた話をし（「おまえは夜目がきくのか、坊や」とブードローがからかった）、すぐに他の警官も誰か他の警官の話を始めた。ほとんどはホーキンズがやったような滑稽で間抜けな失態についてだった。

「ブードローが二年前に組んだ新人を覚えてるか？　ジャックとかなんとかいう名前の」

「あいつはほんとにどじなやつだったよ」ジョー・ブードローが言い、アイスコーヒーのストローで折れた歯をつつきながら続けた。「あいつが卒業したてのとき、アカディアン・スルーウェイで武装強盗の被疑者を追っかけてたら、いつ銃に弾をこめるんですかと訊きやがった！　あの大ばか野郎め、空っぽの銃を持って走ってたんだ」

わたしたちは笑って目配せし合い、そのジャックとかなんとかというやつは本当にばかだなと思った。ホーキンズは女の子のようにくすくす笑っていた。

「あいつは長くはもたなかったな」巡査部長の次に偉い、色も形もナスに似ていて、ダースベイダーみたいなひどいしゃがれ声のエイカーズという警官が言った。「あのあと二カ月くらいだっけ？」

「見習い期間の途中で挫折したのよね」キャサリンが言った。

「あなたが訓練係だったら」サンダースンが口をはさんだ。

「きっと彼を一人前にできたでしょうに」

「そんなやつは見捨てたほうがいいんだよ、ベス」ブードローが辛らつな口調で言ったが、身振りや態度はいつもと変わらなかった。

「あんたっていやなやつね、ジョー」サンダースンはガンベルトのバックルを握りしめた。

「いやなやつが警官を続けてるのよ」キャサリンは穏やかに言って夜空を見上げた。

　ブードローが短く鋭い息を吐いた。

「ホーキンズ」キャサリンが振り向くと、ホーキンズの身体が操り人形のように前へ傾いた。「あなたの動機は？」

「えっ、マアム？」

「どうして警官を志したの？」キャサリンは一語ずつ強調してゆっくりと言った。

「ええと、それは、祖父がテキサス・レンジャー（テキサス州だけが持つ独自の警官隊）だったからです」ホーキンズは答えながらあたりをきょろきょろ見回したが、キャサリンのほうだけは見なかった。

「へえ、かわいいな」エイカーズが鼻を鳴らした。

「自分と十歳も離れていない年上の女性を、マアムと呼べと教えたのも彼？」

「えっ、マアム？」ホーキンズは目を細めてキャサリンを見た。

　みんな笑った。キャサリンも。ホーキンズは照れ笑いした。

「他の坊主どもは？」ブードローが訊いた。「どうして警官になりたいと思ったんだ？」

　わたしたちははにかみながら、そっけなく似たり寄ったりの返事をした。人のためになる立派な仕事をしたいから、地域に恩返ししたいから、と。リチャードは無言だった。

　警官たちは困った顔で笑った。ちらちら視線を交わし、眉を上げ、互いを軽く小突き合った。キャサリンだけが左耳の真珠のイヤリングをいじりながら、わたしたちを黙って見つめていた。

「パトロールに出て一カ月も経たないうちに、そんな気持ちは吹っ飛んじまうさ」ジョー・ブードローが言った。彼は煙草に火をつけて大きく吸い込み、煙を荒々しく吐き出した。「人のためになる立派な仕事？　ふん、くだらねえ。おれたちはただ出動命令に従うだけだ。怪我しないようにケツを隠してな」

「ま、そんなところだな」エイカーズがうなずき、垂れた顎の下が小さく揺れた。

「リチャード、あなたはどうなの？」キャサリンが顔にかかった髪を耳の後ろへかき上げた。香水の壊れやすくて甘い香りがふわりと漂った。

リチャードは一同を見回してほほえんだ。「興奮です」

「よし、正直でいいぞ！」ブードローはリチャードの肩を軽く叩いた。「ケイティ、こいつ、なかなか見込みがありそうじゃないか」

「そうね」キャサリンは言った。「命知らずのカウボーイってわけね、マーカス」キャサリンはホーキンズのときの教訓を生かし、はっきりとしゃべった。

「そんなふうに見えますか？」リチャードの口調は静かだがこわばっていた。

全員が息をのんだ。

「彼女はそうであってほしいと望んでるけど」ベス・サンダースンが小声で言った。

キャサリンは片方のブーツの爪先を街灯の光があたるよう小さく上げ、じっと見つめた。「ベス、噂話をしたければ、わたしの知らない話にしたら？」

ジョー・ブードローは煙草の吸殻を投げ捨てた。「どっちだろうと――」

「十四歳のときに男を殺しました」リチャードが言った。

「おっと」エイカーズがつぶやいた。

午前五時の列車が、遠くのチョクトー・ドライヴの脇をがたがた走っていった。全員がリチャードを見た。

「男がうちへ押し入ったとき、ママと小さな弟と自分しかいませんでした。パパは少し前にどこかへいなくなってました。女ができたんでしょう」リチャードは話しながらキャサリンだけを見ていた。「男はナイフを持ってました。自分はパパのショットガンを持ってました」

「よかったじゃないか」ブードローは親指で口ひげを撫でながら、リチャードを上から下まで眺めた。「ショットガンさまさまだ。ナイフより有利だからな。相手をきれいに片付けられる」

「ぐちゃぐちゃでした」リチャードは淡々と言った。

「それが普通だ。だが気分はすかっとしたろう？」ブードローはリチャードににやりと笑いかけた。

「本部から1D84へ」通信係の声は非情で差し迫っていた。

ベス・サンダースンは顔をしかめ、ますますしわだらけになり、ケースから携帯無線機を取り出して口にあてた。

「こちら1D84、どうぞ」

「シグナル45、発砲事件の可能性あり。場所はスターリングと十二番街の角。コード2（緊急灯をつけてサイレンはなし）で急行せよ」

「了解、ただちに出動する」サンダースンは答えながらパトカーへ向かい、ホーキンズについて来いと合図した。

ブードローも無線マイクを口にあてながら自分の車へ行った。「こちら1D79、応援に向かう」

スターリングと十二番街の角といえば、今でも警官が二の足を踏む場所だ。当時、危険地帯がいくつかあった。たとえば警官のあいだで〈撃って刺して〉と呼ばれていたアカディアン・スルーウェイ沿いのレストラン〈飲んで食べて〉、グリーンウェル・スプリングスのビリヤード場、ガス・ヤングと三十九番街の角、ハーディングのトレーラー駐車場、プランク・ロードとノース・フォスター界隈の民家。近頃はそういう場所はもっと多いが、二十年前のスターリングと十二番街の角はまさに恐怖ゾーンだった。警官はたとえ昼間でも決して一人では近づかなかった。

だからホーキンズと一緒に現場へ到着したサンダースンが応援を求めても、誰も驚かなかった。ブードローとデナックスの組もあとに続いていたが、現実には応援は一人だけなのだ。デナックスとホーキンズには銃も職権もない。しかし、その数秒後に無線からブードローのすぐに応援をという声が聞こえると、すでにパトカーの中にいたキャサリンは珍しく動揺を浮かべ、リチャードにシートベルトを締めてしっかりつかまるように言い、赤色灯とサイレンのスイッチを入れた。四台が彼女のすぐあとに続いた。

ブードローから二度目の応援要請があったとき、わたしたちは現場まであと二分のところにいたが、その二分が二時間に感じられた。ブードローのような人間がこう叫んだのだから。「シグナル63、緊急事態。助けが要る」ブードローの声の後ろで、わめいたりののしったりする大勢の怒声が聞こえた。

シグナル63――警官はそれを聞くとアドレナリンがどっと噴き出し、武者震いする。援護が至急必要なだけではなく、傷害やもっと悪いことが今にも起こりそうなのだ。警官はこのシグナルをむやみやたらには使わない。そんなことをしたらパトロール警官は務まらない。たぶんブードローなら警官人生の中で三、四回しか使わないだろう。

緊急車両専用の周波数で、再び通信係の静かな声が聞こえた。「本部から全緊急車両に告ぐ。可能な車両はコード3（緊急灯とサイレンをつけて）で急行せよ。現場はスターリングと十二番街の角。暴動と狙撃者の危険。この周波数は全緊急車両用」

スターリングと十二番街の角は五つの通りが集まる不思議な交差点で、上流志向の道路工学エンジニアが、ブルーカラーの住むウナギの寝床式の白い木造ショットガンハウスを小粋な感じに見せたかったのだろう、気味の悪い幾何学的レイアウトになっていた。だが数十年のあいだに白さはなくなり、ブルーカラーもいなくなり、麻薬ディーラーのお気に入りの場所になった。大量の葉っぱで詰まった排水溝に証拠品を捨てるよりも逃げるほうを選んだ場合、いろんな方向へ逃げられるからだ。警官にも気に入られている――その交差点が好きだとはっきり言い切れる警官がいるならばだが。見通しがいいので、自分のいる通りはもちろんのこと、誰がどこで何をしているのか一目瞭然だからだ。

三ブロック先で、二台のパトカーの周囲と、かつては黄色だったのだろうが、今はくすんだ色としか表現しようのない家の庭に人だかりができていた。三十五人から四十人くらいの年齢さまざまな黒人たちで、その数は刻々と増えていく。しかも友好的な集団ではない。

ショットガン片手に玄関の踏み段に立っていたブードロ

ーが、もう一方の手をてのひらを水平にして前へ出した。デナックスはポーチでサンダースンの横に立ち、サンダースンは頬から血を流しながら、カフェオレ色の肌のやつれた若者の腕を押さえつけていた。若者はおびえて反抗的な顔つきをしていた。ホーキンズの姿はどこにもなかった。

キャサリンの車を含む数台が野次馬の端で急停車した。彼女はショットガンをドアと座席のあいだから取り出し、リチャードに渡した。

「必要なときのために。使い方は知ってるわね、身体のそばに構えるのよ。くれぐれも怪我をしないように」それから彼女はもう一挺の警察支給のショットガンを後ろの網棚から出した。

わたしたちがその晩以降長い年月にわたって学んだのは、上映が始まっている映画館へ入ったように何もわからない状況に放り込まれたら、自分の度胸と勘と経験、そして運がよければ一緒にいる警官たちを頼りにするしかないということだ。何がどういう理由で起こったのかは、終わってから少しずつわかる。

あのあとの八分間は記憶がぼやけている。断片的な光景と印象と感情の連続で、わたしたち訓練生のあいだで一致する意見はほとんどない。

全員で群集の中へ突入し、キャサリンはショットガンを身体の横で垂直に構えながら言った。「道をあけなさい。下がって下がって」感情のない声だったが、野次馬の怒号の中でもはっきり聞こえるくらい大きく、威厳があった。すぐあとに続くリチャードは頭のてっぺんが彼女のうなじとちょうど同じ高さで、ショットガンの先を夜空と周囲の群集とのあいだのどこかに向けていた。彼らの左右に警官が二名並んで通り道を広げ、その道を他の警官たちが銃を持った数人の訓練生とともに狭めまいとしていた。訓練生の銃はショットガンではなかったが、現場に到着したとき、身の危険を感じた場合だけ使うようにとそれぞれのパートナーから突然手渡されたものだった。

玄関ポーチの上で、サンダースンが激しく毒づいていた。デナックスは小さな三八口径を構えて口を真一文字に結び、身体を張ってサンダースンを守っているかのようだった。

わたしたちを見ると、歓喜と警戒の混ざった表情になった。

ブードローが大声で言った。「どこからかはわからないが、一発発砲された。手すりをかすめてベスにあたった」

わたしたち八名は踏み段の上で半円形に並び、リチャードはキャサリンの一段下に立った。キャサリンはブードローに耳打ちした。「ご近所の方々はどうやらご不満そうね、ジョー」

「犯人は家に向けて発砲した」彼は言った。「誰にもあたらなかった。ホーキンズをびびらせただけだ」

「ポーチから離れたほうがいい」エイカーズが怒鳴った。

群集が叫びながら迫ってきた。「クレイを放せ。警察のくせに一般市民に何しやがる」

「ホーキンズはどこ？」キャサリンは訊いた。

「家の中」サンダースンが叫んだ。「あとでお仕置きしてやるわ」

「おまえ、一緒に来い」エイカーズがリチャードを指差して踏み段を上がった。

「彼女と一緒にいます」リチャードは言った。

「坊や、言われたとおりにしろ」

「いいえ、パートナーから離れません」リチャードは群集を見据えたまま答えた。

「離れてもいいのよ、マーカス」キャサリンが言った。

「いいえ、あなたから離れません」

「デナックス」ブードローが大声で命じた。「エイカーズと家に入れ」

エイカーズとデナックスはすぐにポーチへ戻ってきて、ホーキンズを片手で押し出した。ホーキンズは上目遣いで眉をひそめ、デナックスの手を振りほどいた。

「あとで殺すわよ」サンダースンが叱った。「ここから出られたら」

「さあ、移動するぞ」ブードローが叫んだ。「全員だ」

そのとき群集の中から銃声がして、家の脇に生えている木が砕けた。全員が頭を引っ込めた。キャサリン以外は。彼女はショットガンに一発装塡し、銃口を弾が飛んできたあたりへ向けて叫んだ。「下がれ！」数秒間、彼女は平原に生えた一本の葦のように突っ立っていた。

するとリチャードが立ち上がり、踏み段を下りようとしたキャサリンを前に引き寄せ肩を押し下げた。それから宙に向かって一発撃ち、夜空が鋭い銃声に引き裂かれた。彼はショットガンに次の一発をこめると、群集に振りかざした。「さっさと下がれ！」

「行くぞ」ブードローはリチャードの腕をつかみ、彼に短くうなずいた。

わたしたちはゆっくりと着実に前進した。身体をくっつけ合って銃を外側に向け、迫ってくる汗臭い身体を押しのけながら横歩きでパトカーへ戻った。唾を吐きかけられようが顔や制服をぶたれようが無視して。

それで終わった。倒れるようにして車に乗り込んだとき、応援の警官が続々と到着した。わたしたちは彼らに万国共通のオーケイサインを出して人差し指をくるくる回し、無線でコード4〝応援不要〟と伝え、署の留置場目指して走り出した。脇道に他のパトカーが二台残った。野次馬が付近の家や住民に鬱憤晴らしをしないよう解散させ、狙撃者の正体を突き止めるために。

署へ引き揚げる途中、汗びっしょりで神経過敏になっていたわたしたちは、見習いの身分で銃を持たされたことやリチャードが発砲したことは署のお偉方や警察学校の訓練官には黙っていろ、とパートナーから口止めされた。

「何もなかった。わかったね」と言われた。よくわかった。警官たちは失職するかもしれないし、わたしたちは失格になるかもしれないのだ。

パトロールを終えて署へ帰還するときはだいたいいつも、興奮の余韻のせいで生きていることが無性に嬉しかった。

「こういう日は宴会だな」サンダースンが留置手続のため本部へ向かったあとブードローが提案し、全員勢いよくうなずいた。サンダースンは被疑者を留置場へ入れてしまってから、頬を何針か縫うことになるだろう。彼女はホーキンズを置いていき、警部補はぶっきらぼうにホーキンズは今夜はもう帰したほうがいいと言った。

こうして、ウッドワードにある家具の少ないワンベッドルームのアパートで、わたしたちは初めて本物の警官の宴会に参加したのだった。これは今では当たり前になっている昔からの慣習だ。アパートの管理人は特別警備と引き換えに空室を警察に提供する。通常は警官と、たまにその家族が住むわけだが、当時は同じ班かシフトの警官連中がセカンドハウスとして利用することが多かった——勤務中なら食事やバスルームのために立ち寄り、非番なら勤務にそなえて仮眠をとるか、〝いちゃつく〟とぼかした言い方をしていた配偶者をあざむく行為に使った。

アパートには必需品がだいたいそろっていた。酒、炭酸飲料、コーヒー、壊れたカウチ二脚、フロアクッション、ラジカセ、プレッツェルとポテトチップとクッキーの徳用袋。トイレットペーパーはいつも不足しがちだった。わたしたちはガンベルト、靴、ブーツ、制服シャツ、防弾チョッキを脱ぎ捨て、Tシャツと靴下と制服ズボンという姿で歩き回った。ビールがふんだんにふるまわれた。語らい——語り直し——が始まった。大声で話し、ホーキンズに起こったことを熱心に聞き(彼は跳弾がサンダースンにあたった最初の発砲におびえ、家の中に逃げ込んだ)、犯人についても詳しく知らされ(彼が抵抗すると、ガールフレンドは通りに駆け出して彼が警官に暴行されていると叫んだ)、狙撃者は誰だろうと考えた(本件は麻薬課へ回されて数人のタレコミ屋にあたることになるだろう)。さらにキャサリンがポーチで立ち上がって、警官を至近距離から狙撃しようとしている者の恰好の標的になったことと(「あのときはぎょっとしたよ」)、リチャードがとっさに彼女に身を伏せさせたこと(「いい警官になるぞ」)を思い返し感想を述べた。

ビールを三、四本あける頃には、何人かはキッチンの狭い通路でカウンターに寄りかかり、残りの者はドアのまわりに集まっていた。

「よくやったな、坊や」ブードローはリチャードの背中を、彼の持っている缶からビールが吹き飛ぶほど勢いよく叩いた。リチャードはにっこり笑い、わたしたちが見たこともないほどリラックスした。「あっぱれだったぞ。ジョン・ウェイン顔負けのショットガンさばきだった」

「ランボーそっくりだったよ」誰かが言った。

「ゴジラみたいだった」

「ごほうびに、命令にそむいたことを報告書に書かないでおいてやる」エイカーズはからかい口調で小言をはさんだ。リチャードはウィンクして、缶ビールをエイカーズに掲げて見せた。

「あんたはどっちみち書かなかったさ」ブードローが言った。

「まあ、そうだけどな」とエイカーズ。

「ありがとう、優しいカウボーイさん」キャサリンがそう言ってリチャードの頬にキスした。

リチャードは真っ赤になった。彼女の目を見ずに、帽子のつばをつまんで挨拶するふりをした。「どういたしまして、マアム」

「もう、それはやめてったら」キャサリンは笑いながらブードローを見た。「みんな寄ってたかってわたしをおばあさんにするつもりよ、ジョー」

「きみはおばあさんなんかじゃないさ、ケイティ」ブードローが言った。

「そうですとも、マアム」数人の警官が口をそろえて言った。

リチャードとキャサリンがいつ抜け出したのかはわからない。さっきまでみんなと床に坐っていたのに、気がついたら消えていた。誰もそれを口にしなかったが、その後数日間、わたしたち訓練生のあいだで大いに話題になった。

二人がいなくなったあと、残った者は明け方の冒険談を八回くらい繰り返してから、再びポーチで仁王立ちになったキャサリンに話を戻した。

「すごい女だ」エイカーズは大きな胸の上に器用にビールをのせていた。称賛と懸念の両方を含んだ口調だった。

「彼女にしては賢明さに欠けてたんじゃないか?」別の警官が言った。「あんな危ないまねをするなんて」

「あれがキャサリンなのさ」年配の白髪交じりの警官が言った。

「彼女のような人間は他にどこにもいない」ブードローは壁にもたれ、両脚を前に投げ出して坐っていた。

「でも、あの行動はまずかったと思うな」デナックスはもごもごと小声でつぶやいた。

ブードローはデナックスに向かって人差し指を振った。
「わかったような口をきくんじゃない、坊や。彼女はすごく優秀な警官なんだ」

神話から真実を、つまり希望的観測から現実を切り離すことは、事実が繊細な作業で組み立てられている以上、不可能だ。時間が経った話は独自の道を進み、細かい事柄を新たに見つけ出して入念につけ加えたり、辻褄が合わなければ捨てたりする。どんな新人警官も犯行現場を二、三回経験すれば何か語れる。だが詳細に至るまで真実だといったい誰が請け合えるだろう。誰もがそれぞれの見方を持っている。目がかすんだり、閉じたりすることはないだろうか？　強調や誇張はないだろうか？

もっとも、骨組みが事実で核となる感情が本物ならば、厳密な真実はどうでもいいのかもしれない。

わたしたちがリチャードとキャサリンのあいだに何があったのかを知ったのは、話の完全版らしきものに到達したか、到達しかけてからで、それまでに長い年月を要した。

リチャード本人からの断片的な情報と、後輩の訓練生からの一見無関係そうな質問と、キャサリンやリチャードと同じシフトで働く仲間の観察と、どの署にもある他人の私生活に関する噂話をふるいにかけたものをつなぎ合わせた結果である。

だが、そうやってこしらえた真実とおぼしき話は、仲間内だけの秘密だった。今でもキャサリンのことは黙っている。別の代の多くの警官たちと同様、彼女とジョニーの話が出ると、本当はもっと知っているが教えるつもりはないという顔でほほえむ。だが本当は、キャサリンを守るため、リチャードを守るために。自分たちを守るために。はるか昔の、熱意に燃えて楽観的でうぶだった自分たちを。

例のアパートにもう一つ、キャサリンや他の数人の警官だけが鍵を持っている空室があった。彼女はそこへ、普段より多いビールで頭がぼんやりしているリチャードを連れ込んだ。二人きりでゆっくり静かに話せる場所へ行きましょう、と誘ったのだろう。リチャードは片手にビールの六本パックを、もう一方の手に丸めた制服シャツを持った。キャサリンは彼の肩に手を置き、ガンベルトと防弾チョッキをもう片方の手にぶら下げ、狭い廊下を彼と腰を触れ合わせながら歩いた。

二人はしばらく低い静かな声で話した。子供時代のこと、他の警官たちのこと、スターリングと十二番街の角の事件のことを。心地よい沈黙もあったが、リチャードはキャサリンが笑うたび、身体を近づけてくるたび、胸が高鳴った。彼は興奮の余韻にまだ酔っていて、自分が生きているという感覚をもう一度確かめたかったのだろう。

やがてキャサリンは片手を伸ばしてリチャードの頰に触れると、指を耳の上の髪に差し入れ、頭皮を梳くように優しく撫でた。それから美しい笑顔で、彼の顔を間近に引き寄せて言った。「何も考えないで、カウボーイさん。キスして」

彼女に身体を押しつけられながら、両手で背中を撫で下ろして抱き寄せられたら、誰がノーと言えるだろう。彼女の舌の甘い毒が口の奥へ入り、彼女の胸の感触が伝わってくる。彼女の手がベルトのバックルに、スナップに、ジッパーにかかり、服をすばやくはぎ取り、肉体と肉体が性急に重なり合う。ゆっくり速く、何度も何度も。

どれくらいのあいだかはわからないが、二人はしゃべったり、キスしたり、触れ合ったりした。キャサリンはリチャードの胸毛をくすぐりながら彼の肩に頭をのせ、リチャードは両手で彼女のウエストと腰をさすり、制服の下の素肌の白さに驚いた。彼はその日自分のアパートに帰って、婚約者のエリンになんと言ったのだろう――帰ったとしての話だが。

その晩、点呼に現われたリチャードは疲れて元気がないように見え、キャサリンの一挙一動を目で追っていた。彼女は生気に満ちて大きな声でよく笑い、点呼が終わるとリチャードに「行くわよ、カウボーイ」と言った。

「ちょっと、キャサリン」ほっぺたに大きな絆創膏を張ったサンダースンが、裏の駐車場へ向かう際に言った。「いいかげん慎んだらどうなの」

「あら、ベス」キャサリンは明るいおどけた口調で言った。

「無理しないでうちへ帰って、子供たちにキスしてあげたら？」そのあとリチャードの肩を軽くさすって彼に鍵を渡し、駐車場を出る前にパトカーの点検をするようにと指示した。彼は優しさと敗北感のこもった微笑で答えた。

その晩遅く、ひとけのないガソリンスタンドで昨夜とは別の即席の班が集合したとき、キャサリンとリチャードの組も短いあいだ顔を出した。彼女は柔らかくてふわふわした感じだった。二人がいなくなると、ブードローがデナックスに言った。「幸せなときの彼女はいい女だろう？」

「幸せでなくてもそうです」デナックスは答えた。「たまに神経が高ぶるようですね」

「それがケイティさ。くるくる変わるんだ」ブードローが肩をすくめた。「だがな、あれほど優秀な警官はいないぞ。前に男を一人殺したが、びくともしなかった。タフな女だよ。それに良き訓練係でもある。彼女は新人を教えるのには慣れてるが、見習いとパトロールするようになったのはほんの二年前なんだ」彼は短く笑い、座席の中で身動きした。「あの女は初日から警官だったよ。見習いのときもな。ジョニーとおれは知ってる」

「彼女の夫のジョニーですか？」

「そうさ。おれは彼とブロードムア署で組んでたんだ。ケイティは警察学校の十三週目に彼の車に同乗した。なんだ、知らなかったのか？ それが二人のなれそめだよ。彼女はかわいくて気性が激しかった。そしてジョニーを尊敬してた。彼女が学校を卒業したあともジョニーが指導した。いい警官だったよ、ジョニーは。死ぬべきじゃなかったんだ」ブードローは窓の外へ煙草の吸殻をひょいと放った。「肝に銘じておけよ、坊や。これは誰にでも起こることなんだ。どんないいやつにもな。ジョニーは最高にすばらしいやつだった」

デナックスはもっと質問したかったが、我慢した。のちにわたしたちにこう言った。「なんだかすごく複雑な気分だったよ」

翌週、わたしたちは学校へ戻ったが、パトロールを体験してますます教室を窮屈に感じ、早くこの状況を脱したいという思いではちきれそうになった。続く十週間はのろのろと過ぎた。高い小さな窓の向こうには気持ちよさそうな青空が広がっているのに、何時間も机の前でノートをとり、授業に無理やり集中しようとした。それでも次第にゴールがはっきりと見えてきた。リチャードは悩んでいる様子だったが、わたしたちにしょっちゅう混ざるようになった。パーティーへ一人きりで現われては深酒した。誰も婚約者のエリンのことは尋ねなかった。リチャードの成績はがくっと落ちたが、体育と射撃では踏みとどまっていた。わたしたちはキャサリンの話は出さなかったが、ときどき彼女が昼休みにやって来て、屋根つき通路でリチャードと少しのあいだ一緒にいるのを見かけた。パトロールで別のシフトだった同級生らは、飲み物や煙草を買いに行くふりをして屋根つき通路の二人の前を通った。リチャードとキャサリンはうなずいて挨拶したが、それだけだった。

卒業まであと三週間というとき、予想どおりホーキンズが目標を断念した。とても合格できるような成績ではなかったし、十三週目のパトロール評価も低く、現実には抗えなかったのだ。射撃の腕も平凡だった。彼は正真正銘のぐずだった。それでもみんな彼の背中を叩いて、会えなくなるのは寂しいよと言い、また挑戦しろよと励ました。

リチャードが気難しく短気になったのは、ちょうどその頃だった。目の下にくまができ、授業中も指導教官の向こうの壁をぼんやり見つめていることが多くなった。点呼ではジャクスン巡査部長に制服の乱れを指摘され、腕立て伏せ二十回を命じられた。キャサリンはもう昼休みに来なくなった。

どの時点で彼女が手を引いたのか、いつ完全に終わりにしたのかは知る由もないが、卒業前であることは確かだ。何年も経ってから、彼女のパターンは決まっていたのだとわかった。警察学校から男子訓練生を一人選び、必ず卒業前に終わらせる。彼女はリチャードに静かに淡々と別れ話を切り出し、いつもどおり卒業プレゼントを渡したのだろう。

「ちょっと早いけど」と彼女は言う。「いよいよね、カウボーイ。このことはわたしたちだけの秘密よ。別れる前にこれを受け取って」

彼女が箱から聖ミカエルの小さなメダルを出し、リチャードの首にシルバーチェーンをそっとかけたとき、彼は何か言っただろうか。どうしていいかわからず、胸の鼓動をとどろかせながら、ただ呆然と彼女を見つめていただろうか。

「これでよし」彼女は指で軽く素肌に触れ、メダルがリチャードの胸の真ん中に来るようにする。「聖ミカエルが誰なのかは知ってるわね。警官の守護聖人よ。べつにカトリックでなくてもいいの。これから先、聖ミカエルはあなたを守ってくれるわ」彼女は身をかがめて名残惜しげに優しくキスすると、起き上がって服を着る。

「今まで楽しかったわ、カウボーイ。でももう終わり。あとくされは一切なし。婚約者のところに戻りなさい。そして立派な警官になるのよ」

リチャードは甘えて懇願しただろうか。それとももっと冷静で、理屈の通った主張をしただろうか。不満を爆発させて、愛しているから一緒にいたいと言い張っただろうか。どうしたにせよ、彼は捨てられたくなかったはずだ。彼女と離れたくなかったはずだ。だから、もっと裸のありのままの自分をさらけ出しただろう。そうにちがいない。

だがキャサリンのリチャードへの返事は、彼の前やあとの訓練生に対するものとまったく同じだったのではないだろうか。

「あなたは伝説の女と寝たのよ、マーカス。おめでとう。さあ、これで終わり」

わたしたちは卒業してパトロールに出た。なんだか大昔のことに思える。実際に大昔で、二十年近く前だ。今では同級生の半分が警察を去った――自分から辞めるか、馘首《くび》になるか、身体障害者になるかして。二人が死んだが、殉職ではなかった。残りの者は巡査部長や警部補まで昇進し、殺人課、自動車盗課、犯罪記録課、本部長室など、さまざまな部署で働いている。いまだに制服パトロール警官の者もいるが、監督者の立場なので実際にパトロールに出ることはめったにない。リチャードは武装強盗課に長くいたあと現在は市警本部の企画調査課に勤務している。エリンとではないが結婚し、二人の息子がいる。

キャサリンはわたしたちが卒業した七年後に死んだ。通信係との最後の交信によると、彼女はシグナル34〝不審者がうろついている〟との通報で、セント・ファーディナンド通りへ出動した。満月の金曜日の忙しい晩だったため、別の一台がようやく十分後に応援に駆けつけたとき、彼女は激しい格闘の痕をとどめていた。腕や顔や脚を何カ所も切り裂かれ、かなり深い傷もあった。大腿部動脈から血が噴き出していた。犯人は彼女の上に半分覆いかぶさって倒れ、頬に彼女の銃がのっていた。キャサリンは麻薬で自暴自棄になった相手にめった切りにされながらも、銃でそいつの頭を吹き飛ばしたのだ。他の警官が駆けつけたとき、彼女はかろうじて意識があり、わけのわからない言葉をつぶやいた。彼らは彼女をパトカーの後ろに乗せ、ノース・ブールヴァードを疾走してバトンルージュ・ジェネラル病院へ運び込んだが、彼女の心臓はすでに停止していた。出血多量だった。

葬儀は盛大に営まれた。警察車の列が墓地まで一マイル以上にわたって続いた。わたしたちは全員、彼女の棺に敬礼した。警察のらっぱ手が永別のらっぱを吹いた。

市警本部の壁には彼女の写真がガラスケースに入って飾られている。〝名誉の壁〟とわたしたちは呼ぶ。殉職したバトンルージュ市警の警官は皆そこに掲げられる。その数はあまりに多い。毎日そこへ出入りしていると、彼らの顔を見ないようになる。だが用事のある証拠品保管室や鑑識課へ廊下を歩いていると、その壁はわたしたちの皮膚の奥で激しくうずく。

ときどき足を止めて、殉職者の顔の長い列をじっくり眺めることがある――カール・ダバディ、チャック・スティーガル、ウォーレン・ブルサード、ベティ・スモザーズ、ヴィッキー・ワックスといった、皆がよく知る優秀な警官たちを。

リチャードもたまに立ち止まることがあるだろうか。わたしたちの記憶よりだいぶ若くて真剣な面持ちのキャサリンに、視線を向けるだろうか。彼女の隣に並んでいるもう一人のシッポーン、ジョニーを見るだろうか。そしてここに立って、わたしたちと同じように過去を思い出すだろうか。世界が立派で明るくて、わたしたちも生き生きして可能性に満ちていた頃を。

リズ　Liz

誰が死者を代弁する？　誰もしない。普通、死者を代弁する者はいないんだ。われわれを除いて。

――アンディ・ローゼンウィーグ刑事（フィリップ・グールヴィッチ著『迷宮入り事件』より）

告白
Lemme Tell You Something

ジョージが前庭に生えているねじれた桑の大木のずんぐりした枝を切り始めると、マンゴー色のおがくずがあたり一面に飛び散った。彼はわたしが梯子を勧めたのに断わったので、頭より高い位置にチェーンソーを使うと紺色のスウェットシャツがずり上がり、背中からお尻にかけてのなだらかなふくらみと、その下の黒い逆さのYの字があらわになる。わたしは笑って顔をそむける。

彼はまだ五十九歳だが、八十歳のセイウチみたいで、膝がくっついたまま離れないような動き方をする。朝と午後、黒いパグ犬の散歩でうちの前をのんびり往復するのが日課だ。奥さんがいるそうだが、一度も見かけたことがない。彼が退職したのは知っているが、どこに勤めていたのかは知らない。

「聞いてくれ」彼はわたしが引っ越してきた数週間後、初対面の挨拶のときに言った。「おれはほとんどの警官は好きだ。あんたらは大変な仕事をしてる。みんなはあまりそれをわかっちゃいないが、おれはわかってる」

わたしは丁寧に礼を言い、この仕事が大変なのは本当だけど、あなたの思ってるような理由からじゃないわ、と内心でつぶやいた。

「あんた、ここをいい家にしたね」ジョージはぜいぜいする息の合間にしゃべった。「たいがいのやつはちゃんと手入れしない。あちこち荒れ放題にしちまう。だが、あんたはそんな人間じゃない」彼はわたしの耕したばかりの庭と、掃除したての窓と、きれいに刈った芝生を眺めながら、唇を引っ込めて頰をふくらませ、顎を揺らしてうなずいた。

わたしは彼の瞳に映った自分の家と庭に目を細め、肩の力を抜き、背筋をぴんと伸ばした。そうよ、わたしはそんな人間じゃないわ。

今はここに住んで五カ月なので、ジョージが大の話し好きだと知っている。人に会うごとに、聞いてくれと言って何か話している。

たとえば、今朝のように。

「聞いてくれ、リズ。差し出がましいことを言うようだが、あの桑の木は枝払いして切り口に薬を塗っておかないと枯れるよ。簡単な作業だ。ま、余計なお節介かもしれないけどな」残り少ない髪の毛が、そよ風に吹かれてとんぼ返りした。

わたしは桑の木を見てうなずき、アンディがこういう雑用は大嫌いだったことを思い出した。彼とは八カ月前、わたしが警察に入る直前に離婚した。そうだ、同じシフトで働く男性警官の誰かにチェーンソーを借りて、使い方を実演してもらおう。ハンマーで釘を打つために生まれてきたような姉の夫に頼んでもいい。チェーンソーと銃、いったいどこがちがうんだろう？　両方とも使いこなされるためにある、ただの道具だ。わたしはあの振動する機械を両手に持って、手際よく木の形をそろえていくのを想像しながら、指を曲げ伸ばしした。終わったときに努力がはっきりと目に見える作業だ。

だがジョージには別のアイデアがあった。わたしが止めたにもかかわらず、彼は十分後、さも嬉しそうにチェーンソーを手に戻って来た。

「どんなふうに使うか、やって見せてくれるだけにして、ジョージ」わたしは懇願した。

彼はわたしの頼みをすげなく断わった。「いいから、任せとけ」そう言って、ネズミが唇の上を横切ったみたいにちらりとほほえんだ。「公共サービスへのせめてもの恩返しだ。すぐに終わるよ。三十分もかからんだろう」

わたしは譲歩し、彼は張り切った。

作業しながら、ジョージはいろいろなことをしゃべった。実際には十五分しゃべって、五分枝を切って、また二十分しゃべって、の繰り返しだった。わたしは腕時計に目をやり、あくびを嚙み殺した。すぐに終わるって言ったじゃないの。仕事に行くまであと二時間もないのに。

ジョージは自宅の車回しから除草剤を盗まれた話をした。「くれって言えばくれてやったのに、盗むことはないじゃないか。ちくしょう」彼は不快そうに首を振った。「おっと、あんたに愚痴ってもしょうがないよな、リズ」それから再びチェーンソーのスイッチを入れ、別の枝に取りかかった。

彼はしゃべりながら地面か木を見つめた。三人の未亡人のために芝刈りをしてやったことや、彼女たちの夫の死について話した。心臓発作と、すい臓がんと、アルツハイマーだそうだ。「三人とも親切な女性でね。ほんとに気の毒だった」彼のドイツ製チェーンソーの歴史も話題にのぼった。「聞いてくれ、こんなのはどこにもないよ。一度も壊れたことがなくて、近頃売ってるのとは全然ちがうんだ。みんな節約しようと思って安物を買うが、どうせ半年後には壊れちまうのさ！」バトンルージュ郊外のグリーンウェル・スプリングスに買った土地についても語った。「あっちへ引っ越そうと思ってる。じきにな。街暮らしはもううんざりだ。泥棒に入られたら撃ち殺してもかまわないってんなら、話は別だがな」

彼がわたしを怒らせようとしてわざと言ったのか、本気でそう信じているのかはわからないが、聞き捨てならない言葉だった。そこでさりげない口調で、どこに住んでいようと、相手が泥棒だろうとなんだろうと、人を撃ち殺していいはずはないと諭した。

ジョージは口をすぼめ、顎を少し前に突き出し、わたしの車回しに停まっているパトカーをじっと見た。それからはるか頭上の別の枝を切り始めた。再び臀部の逆さのYが、さっきより下まで見えた。わたしは笑いをこらえた。同僚の男性警官に話したら、きっと受けるだろう。

枝が地面にどさりと落ちると、ジョージは振り返ってわたしの目をまっすぐ見た。「聞いてくれ。実を言うと、前に人を殺したことがある。ヴェトナム戦争でのことだ。あそこに三年いた。もちろんヴェトコンも殺した。だがおれが言ってるのはそのことじゃない」ジョージがこちらに近づいてきて、体臭がぷんと匂った。わたしは後ろへ下がりたいのを必死で我慢した。

「誰かの頭に銃を突きつけて、引き金を引いたってことを言ってるんだ。あるアメリカ人がいた。おれと同じ軍人だ」彼は頬をリスのようにふくらませ、長く息をついた。

「そいつは小さなヴェトコンの娘を十一回も十二回もレイプした。なんの害もない小さな娘をな」彼は視線をさまよわせた。「黙って見てることはできなかった。だからそいつを殺した。聞いてくれ、おれは悪夢に襲われることはあるが、全然後悔してないんだ」

ジョージはチェーンソーのスイッチを入れると、向こうを向いて爪先立った。チェーンソーの歯が枝に嚙みつき、おがくずが吹き上がった。わたしは今度は笑わなかったし、目もそらさなかった。ジョージのがっしりした身体や、筋肉の盛り上がりやくぼみ、毛虫のような髪の房をしげしげと眺めた。急に彼の半分露出したお尻にそっと触れたくなり、自分でびっくりした。

だが実行はしなかった。ただ彼の後ろに立って、あたりにおがくずが蛍のように舞う中、すべてを受け止めた。むき出しのお尻、深い割れ目、そしてわたしたちの壊れた秘密の心を。

場所
Finding a Place

警察を去って二年になる。ときどき痛いほどの深い喪失感に見舞われ、手術で脚を切断した人がもう存在しない身体の部分へ手を伸ばす気持ちがよくわかる。あの頃の笑い、語らい、連帯感、興奮が懐かしい。

四カ月前にやっと、銃を枕の下からベッド脇の床へ移すことができた。クローゼットの前をすぐに離れられるようにもなった。それまではそこに長いことたたずみ、黒いスカートとホルタートップにしようか、ブルージーンズと白いリネンのシャツにしようか、それとも花柄のワンピースがいいだろうか、とぐずぐず迷っていた。

「顔が穏やかになったわよ、リズ」と姉は言うが、自分では変化がわからない。

今でも電話に向かって「もしもし！」とがなり、立つときは足を小さく開いて腰に手をあてる。一晩に一回は不審な音に目が覚めて調べに行き、他人の真意をいちいち疑う癖が抜けず、まわりの状況にどんな人種の者より敏感だ。それに、今でも悪夢を見る。あの若者の目は何色なんだろうといまだに考える。

防弾チョッキ、男物の黒靴、真鍮磨き、手錠二個、夜警棒、乾電池六個型の懐中電灯、警棒、分署バッジ、ブロック体の文字で〝L・マーチャンド〟と刻まれた銀製の胸当てを、いったいどうすればいいんだろう。金属製の違反切符入れ、報告書をはさむクリップボード、プラグ式スポットライト、九年間の出動の詳細を記録した、走り書きの文字でぎっしりの手帳十冊以上も。

そういう生活から脱して新しい世界へ踏み出すのは、わけないと思っていた。以前の仕事が肌や血液、細胞、脳の生理作用にまで浸透し、遺伝子をも変えてしまっていたとは少しも気づかなかった。

どうして辞めたのかとよく訊かれる。大学の知り合いや、デート相手の男性や、カクテルパーティーで顔を合わせる初対面の人々に。正直言って、どう答えたらいいのかわからない。彼らの表情にはいつもとまどう。ああいう目で身体やステッキを見られると、思わずこぶしを握り締めてしまう。彼らの目は貪欲だ。おぞましくて、恐ろしくて、ぞっとするものを遠巻きに見物したがっている。自分たちの命は安全だと思いたいのだ。

普通は彼らの質問に肩をすくめてこう答える。「長いあいだ交通課にいたから、衝突事故やら違反切符やらで、いいかげんうんざりしちゃって」それでたいがいうまくいく。彼らは自分が違反切符を切られたときの話を始め、〝感じの悪い警官だった〟とか、〝法定速度をたった三マイル超えただけなのに〟と悔しがり、〝他につかまえるべき本当の犯罪者がいるのに〟違反切符なんか切ってる場合じゃない、と不平を唱える。違反切符を免れる秘訣を尋ねる人もいる。「おとなしくすることね」とわたしは答える。「急な動作や口答えは禁物よ」そのあと内心でにやりと笑う。相手がこれから態度を一変させてわたしに食ってかかり、再び自らの体験を持ち出し、警官がまちがっていて自分が正しい理由をむきになって主張するとわかっているからだ。辛抱強くいられるときは、彼らにこう説明してあげる。毎年、警官の死亡数は出動した事件現場より信号待ちの交差点のほうが多く、警官の死傷原因は銃やナイフより車の衝突事故のほうが多いのだと。

どうして辞めたのかと訊かれ、脚とステッキを指してこう訊き返すこともある。「あなたなら、これでも警官を続ける？」そして話題を変える。

「きみはすごく身構えてるね」と男性なら言うだろう。「険《けん》のある女だ」彼らは二度とわたしを誘わない。

姉には自分の社会的技能を誇りに思うべきだと言われる。「リズ、あなたにはなんの落ち度もないのよ。どうしてはっきりそう言わないの？　事故に遭って、自分のせいじゃないのにこんなふうになったって言えばいいのよ。複雑な問題じゃないんだから、複雑な答えはいらないわ」

わたしは姉を愛している。四人の子持ちで、現実的な楽天主義を無限に供給してくれる。「いい一日を」と本心から言える人だ。

けれどもあの事故は、わたしが病院で六週間、展示用のマカジキのように脚を高々と吊られるはめになった事故は、簡単な答えではあるが本当の答えではない。

実を言うと、郊外族の中年主婦の車がわたしのパトカーに横から突っ込んだとき、すでに警察を辞めようと固く決心していた。普通の燃え尽きた警官にありがちな理由もあった。低賃金、たくさんの面倒な装具、苦情を言う市民、無能な上官、職務遂行にともなう疲労。だがどれも理由の一部でしかなく、全部ではなかった。

なぜ辞めたのかと自問するとき、パトカーのダッシュボードに貼りついていた血染めの手袋が目に浮かぶ。事故に遭う半年前の晩が脳裏によみがえるたび、自分の心がギヤチェンジして走り出したのはいつだろうと考える。

あれはマルディグラ祭直後のきりっと寒い二月の晩の、午前零時から八時までの夜勤がもうじき明けようとしていたときのことだ。わたしは交通課からパトロール課へ異動してまだ日が浅かった。まあまあ静かな晩で、通報は治安妨害と家族げんかが数件に、窃盗が二件だけだった。午前四時頃、わたしは誰もいないエクソンのガソリンスタンドにパトカーをバックで停めた。報告書を少し書いて、うたた寝して、煙草を吸って、夜明けの光を待つつもりで。心地よい時間帯だった。自分だけの小さな世界にくるまり、静寂を破るのはたまに無線から流れる声だけ。とても平和だった。信心深い者は神聖だとさえ感じただろう。

すると、突然ヘッドライトが現われた。わたしはぎくりとして首をすくめ、目を細めた。ライトが消えて別のパトカーがわたしの隣へ静かにすべり込み、運転席同士が並んだ。ゲアリーだった。いつも朗らかな小柄でがっしりした、ヤマアラシみたいな眉の同僚だ。わたしたちは夜気に包まれながらそれぞれの運転席で前かがみになり、しゃべっては沈黙し、遠くの声に耳を澄ました。

間もなくもう二台のパトカーがやって来た。実は、そのガソリンスタンドの駐車場は勤務中の溜まり場だった。上官から隠れる場所はたくさんある。Ｋ９（警察犬）隊のフランクとラリー、それからＡＲＡＢ――武装強盗・侵入盗課

――の二人が新たに仲間入りした。

寒さをしのごうと車のそばで互いに身を寄せ合い、低い声で談笑し、四方山話に花を咲かせた。色が薄いことを除けば州警察にそっくりな新しい制服に不満を漏らし、今年はザリガニが大漁らしいと期待した。モナとわたしは、上層部が女性警官に支給しようとしている銃の最新情報について論じた。彼らは新しい三五七口径は女性の手に余ると考えているそうだ。みんなでてのひらの大きさを比べ合った。シドとゲアリー以外の全員が、モナとわたしの手は明らかにシドとゲアリーより大きいと断言した。

思い返せば、ほっとできる楽な晩だった。緊張やストレスは一切なく、迷惑な人間は一人もいなかった。そういう晩は警官になってよかったと思い、今日は家に帰ったらスコッチを一、二杯引っかけるまでもなく眠れそうだと安心する。その仕事が好きでたまらなくなり、心から笑うことができる。

バートは警察犬が彼のパトカーの後部座席で、マットの下から大きな足の指を一本見つけた話をした。本物の毛深い足の指だったそうだ。黄ばんだ長い爪がついていて、まちがいなく男のものだった。みんなでその爪先の持ち主はどうしたんだろうと話していたとき、通信係から州間高速道のジャンクションへ出動指令が入った。

わたしたちは無言で視線を交わした。現場までほんの六、七分、コード3の緊急出動なら二分の距離だったが、朝方のそんな時刻には誰も行きたくない。

再び通信係の声がして、ジャンクションで大事故発生と伝えた。モナはわたしを見てにやりとした。「リズ、お呼びよ」わたしは首を振って、勘弁してよと思った。

この時刻だと可能性は次のどちらかだ。一つはちょっとへこんだ車と酔っ払いの組み合わせ――この場合はレッカー車の到着を待ち、状況によってはその間抜けを血中アルコール濃度測定器にかけて数値が一・〇を超えていないかどうか調べなければならないから、夜勤明けがかなり遅くなる（酔っ払いを家まで送り届けるだけで済んだ場合でも、パトカーの後部座席を小便や吐瀉物で汚される危険性はきわめて高い）。もう一つは本当に大きな自動車事故――病院へ行ったり家族に連絡したりで時間がかかるし、書類をどっさり作らなければならない。いずれにせよ誰もやりたくない仕事だ。だから皆、通信係が誰かを指名するのを待った。

「2D78」通信係が呼んだ。「応答できますか？」

モナに肘で小突かれ、わたしはため息をついて携帯無線機を取り出した。それぞれのパトカーに受け持ち区域があり、州間高速道のジャンクションはわたしのだった。

「こちら2D78、どうぞ」

「一台の車がジャンクションの少し先、東行き車線で大事故を起こしたとの通報あり。車は道路脇に飛び出している。現場で救急車への助言と他の緊急車両の支援を頼む」

了解、ただちに出動する、と答え、通信係や衝突事故についてぶつぶついつもの文句を言いながらパトカーに乗り込んだ。他の警官はわたしの車からぱっと離れ、助けが必要だったら呼んでくれと笑って言った。シドは「交通事故の呼び出しじゃ、さすがに逃げられないよな、マーチャンド」と憎まれ口をたたいた。わたしは彼に向かって指を立てた。モナに一緒に行ってほしいかと訊かれたが、ノーと答えた。事故車両は放置しておくだろうから、すぐに戻れると言って。

タイヤを甲高くきしませながら――もっぱら効果音として――駐車場を出ると、赤色灯とサイレンのスイッチを入れ、州間高速道へ向かった。道はがらがらで快適なドライヴだった。空回りするエンジン、いっぱいに踏み込んだアクセル、振動するハンドル。

十二号線の立体交差に近づいて速度をゆるめると、路上にスリップ痕と破片が現われ、前方にまっすぐ起きてはいるがひしゃげた車が一台見えた。運転者は進入路のカーブでハンドルをとられたのだろう、三、四回宙返りしたようだ。

わたしは五十ヤード手前で停車すると、スポットライトで現場を照らし、通信係に現場へ到着したと伝えた。それからゆっくりと車を降り、青いトヨタの左側へ大回りで接近した。車内に人影は見えないので、歩きながら車と路肩と付近の林に代わる代わる目をやった。運転者は車がとんぼ返りしている最中に外へ放り出されたのかもしれないが、路上の破片に人体らしきものはない。

トヨタの粉々に割れたフロントガラスは左外へゆがみ、血しぶきが飛んでいた。ボンネットは半分陥没して、ぐしゃぐしゃだ。運転席のドアの横へ行って初めて彼が見えた。道路のハロゲン灯が頭蓋骨を明るく輝かせていた。ぎざぎざの骨のあいだで脳が震えながら脈打ち、首や肩へ血液をどくどくと流れ出させ、脳漿が黒いカールした髪にしみ出ていた。彼は一人きりで運転席のドアにもたれ、バケットシートで脚を広げていた。服でガラスの破片がきらきら光った。頰に無精ひげが生え、まつげは濃くて長い。十八から二十歳くらいだろう。

わたしは手袋をはずして彼の脈をとった。

「2D78より本部へ」あいているほうの手で腰の無線機を抜いた。「大事故発生。車両は一台。男性が頭部に重傷を負った。救急医療隊による救命措置、消防隊、事故監督者、レスキュー隊を要請する。負傷者と車を切り離す必要あり」

通信係は了解、と答えた。若者の脈は弱くて途切れがちだったが、脈にはちがいなかった。

わたしは深呼吸して両手をいっぱいに広げ、砕けた頭蓋骨をつかんで出血している穴と裂傷を圧迫した。素手の親指を脳みそにしっかりとあてがった。

それから両腕に力を入れ、彼の首を後ろへ引っ張って顔をわずかに上向かせた。彼が息を吐くと口の中に血が混じった細かいあぶくが見えた。アルコール臭が漂い、車の周囲にビール瓶が四本散らばっていた。車検ステッカーは期限切れだった。左ウィンカーが単調な旋律を奏で、ついたままのラジオからビリー・ジョエルの懐かしのバラード《素顔のままで》が流れていた。

時の流れが遅くなり、一秒一秒を意識できた。かさついた夜の冷気がまわりでヒューヒューうなった。眼前にがらんとした道路が広がり、パトカーの点滅する赤色灯が木々に跳ね返った。どこにも動きや生命はない。この両手のあいだのものを除けば。

ドアに脚をくっつけて車内へ身を乗り出しながら、自分の脈が遅くなって彼の脈とそろうのを感じた。血が腕をつたい落ちるのもかまわず、母がお化けを怖がるわたしをあやすときに歌った古い子守唄を口ずさんだ。彼の眉から下は穏やかで無傷だった。目は何色なんだろう、この唇が最後に触れたのは誰の唇なんだろう。

次第にサイレンの物悲しい声が夜を漂ってきて、むせび泣きでわたしたちを包んだ。救急医療隊の到着だ。

現場はにわかに活気を帯びた。止血パッドを貼り、静脈注射を打ち、首に添え木をあてる。気道を確保して酸素吸入が始まる。血圧と体温を測定する。病院と無線中継がつながる。隊員たちは短い言葉を交わしながらてきぱきと動く——目の前の人体を安定させることに全神経と全技能を注ぐ。

「そのまま上方向へ牽引して。動かないで」彼らはわたしに指示した。

言われなくてもそこをどく気はなかった。若者とわたしは依然一つになって呼吸していたが、さっきより距離ができ、緊迫状態をより強く感じた。

他の警官が到着した。そばへ来たゲアリーが立ち止まって目を丸くした。わたしをちらりと見てから、慎重に若者の救出作業に取りかかった。彼を車から引き離す道具が必要だった。一人の警官がドアの隙間に大型スプレッダー、ジョーズ・オブ・ライフの鋭い先端をこじ入れ、スイッチを押し、金属板をめくりながらはがしていった。ガラスが砕け飛ぶと、わたしは自分の頭で若者の頭をかばった。二人の警官が彼の両脚を引っ張り出し、そのあいだ二人の救急隊員が背中と首をそれぞれ支えていた。ストレッチャーへ移すときも、わたしの両手は若者の頭にあてたままだった。

彼にショックズボン——下肢を固定して内出血を抑えるための空気充塡可能なゴム製ズボン——をはかせてから、貴重な荷物を抱えてすたこら走るヤドカリみたいに、皆でストレッチャーを救急車まで転がした。それから静かに彼を持ち上げ、待っていた救急車の抱擁にゆだねた。わたしはしゃがんで中へ入り、ゲアリーにあとで病院まで迎えに来てと叫んだ。

若者の首の牽引を維持するため、中腰でお尻を救急車の内壁に押しつけて踏ん張った。金属の留め具が脚に食い込む。運転手は無線で病院と話していた。もう一人の隊員は二本目の点滴を始めた。わたしは腕が痛くてひりひりしてきた。救急車の内部は別世界で、煌々とともる黄と赤のライトが各人の顔を照らした。わたしは若者の顔を見つめた。道のカーブにさしかかると、バランスを保つため全身の筋肉を引き締めた。次のカーブでストレッチャーから血が一筋流れ落ちると、制服のズボンにかからないよう足を動かした。救急隊員がそれを見て笑った。わたしもほほえんだが、内心決まり悪かった。若者が死にかけているのに、制服が血で汚れるのを気にするとは。

レディ・オブ・ザ・レイク病院に到着したとき、彼はまだ生きていた。わたしの腕はまるで火のついた長い編み針で、背中の真ん中がずきずきした。全員で彼を急いで緊急救命室へ運んだ。ロビーを通ると、人々が立ち止まって振り向いた。前方の目的地で医師が外傷担当看護婦らと待ち構えていた。わたしたちがガラス扉を入ると、彼らが一斉にまわりを取り囲んだ。

気がつくとわたしの両手は空っぽだった。若者の頭のわたしが押さえていた箇所から血があふれ出し、床にしたたり落ちた。看護婦たちが止血処理のため慌しく動き回った。

わたしは隅に立って見守った。胸が切開され、さらに大量の血が床にこぼれると、医師と看護婦はすべらないようすり足で歩いた。わたしは背を向けて部屋を出た。

「淹れたてのコーヒーをどう？」入院受付係が声をかけてくれた。過去のこういう晩を通じて親しくなった人だ。わたしは首を横に振った。

外に出ると風がやんで、薄雲が空にぽつぽつ浮かんでいた。救急車の後部をホースの水で洗っている救急隊員たちを眺めながら煙草に火をつけたが、ふと気づくとフィルターをつまむ自分の手袋に赤いしみがついていた。すぐに煙草を捨てて手袋を脱ぎ、携帯無線機でゲアリーを呼んだ。

「こっちは終わったわ」わたしは言った。「迎えに来て」

「行けない」と答えが返った。「別の事故現場へ向かうところなんだ。さっきの現場にはモナが残ってる」

モナは現場を離れるわけにいかないし、上官たちも忙しいだろうから、救急車の乗組員に頼んで現場まで送ってもらうことにした。

「さっきの坊や、かなりひどい状態だったな」運転手が言った。

「あっさり死んだほうが本人のためだよ」もう一人の救急隊員が言った。

「あの世には何も心配事はないしな」運転手がぽつりとつぶやいた。

モナのパトカーはわたしのパトカーのそばに停まっていた。わたしが救急車を降り、運転手と彼の相棒にありがとうと手を振ったとき、モナはもう出発するところだった。

「夜勤明け直前に災難がどっと降りかかってくるのは、いったいどういうわけ?」彼女は愚痴をこぼした。「レッカー車がもうじき来るわ」

わたしはうなずいて、モナが発生中の侵入盗事件か何かで新たに出動するのを見送った。

両手がひりひりしたまま、その場に一分ほどたたずんだ。腕時計を見ると、午前六時ちょっと過ぎだった。東の空は青く染まろうとしていた。

とりあえず目の前の仕事に取りかかった。計測を行ない、車両情報を記入し、残骸を集めて記録した。血染めの手袋をパトカーのダッシュボードの上に放って、グローブボックスからビニール袋を取り出し、ベルトから懐中電灯をはずした。

路上で一人きりだった。パトカーの赤色灯が彼のつぶれた車を照らし、点滅しながら回転していた。わたしはしゃがんで仕事を始めた。ゆっくりと、アスファルトの上から脳と頭蓋骨の小さなかけらを拾った。

衝突事故に遭って入院していたとき、あの若者のことをよく考えた。とても安らかだった顔が目に浮かんだ。自分の事故と同じくらい頻繁に彼の事故を思い起こし、彼の車の運転席にいるつもりになり、彼にも次に起こることは絶対に防げないと悟った瞬間があっただろうかと考えた。

もちろんわたしの場合は飲酒運転でも夜間の事故でもな

く、命を落とすはめにもならなかった。また姉が指摘するように、わたしに落ち度はなかった。

カトリック高校付近のスクールゾーンで駐車違反を取り締まるため、わたしはキャピトルハイツ・ブールヴァードを走行していた。それと直角に交わる右方の道路に緑色のヴァンが見えた。ヴァンは止まれの標識で速度を落とした。こちらの道には止まれの標識も徐行の標識もないから、わたしが優先だ。ところがヴァンは急に速度を上げて突っ込んできた。衝突の直前、息が止まった。空気が重くなり、わたしは時間の中で宙ぶらりんになった。長い滑空だった。一秒、二秒、三秒と、熱い吹きガラスのように時間がにゅっと伸び、道路を何分間もするすると横切った。

そのあと現実の時間がわっと押し寄せた。慌てて右足でブレーキを踏み、そうすれば時間を止められると思ったのか膝と腰にぎゅっと力をこめ、衝撃を脇にそらそうと左へ急ハンドルを切った。金属の重い衝突音、キーッとこすれる音、降り注ぐガラスの破片。音で時間が流れ、すべての出来事を二秒遅れで聞いた感じだった。

わたしの身体は左から右へ振られ、何か鋭いものが膝とふくらはぎと足首に入った。そのあと再び左へ振られた。車は前後にがくんと揺れたあと、交差点の中で停まった。わたしはふらふらしてドアにもたれ、頭を低くした。

ぼんやり意識が戻ると、身体のこわばりを解こうとした。無線でパトカーと救急車を呼ばなければ、車から降りて衝突相手の状態を確認しなければと思った。その直後、ハンドルを握っていた手がゆるんだ。脚から力が抜けて刺し貫くような激痛に襲われ、再び息が止まった。

頭をゆっくり右へ動かし、無線台のそばの床にある靴を見つめた。日差しは明るく、わたしのものにちがいない黒のレッドウィング（頑丈なワークブーツ）が、立体的に飛び出して見えた。まわりの物はすべて真っ平らだった。靴は血まみれだった。ちゃんと血の匂いがして、本物らしく見えた。

次に靴を履いている脚を見た。見覚えがあるようでなかった。誰かの脚が大きくねじ曲がって、空気にはなじみのない湿った白い骨が、一インチほど外へ鋭く突き出ていた。

それから先は何もかもが急速だった。人々がしゃべりなから駆け寄ってきた。「救急車だ」という声が聞こえた。「警察を呼んだ」「ひどいな」「うわっ、彼女も出血してる」

わたしは動けなかった。頭が重く、腕が麻痺して言うことを聞かなかった。窓のそばに立っている誰かにささやいた。「相手の人は?」

「心配しなくていい」と声がした。

それでもわたしは同じ質問をもぐもぐと繰り返した。ようやく誰かの声が、もう一人のほうも大丈夫だと答えた。のちに彼女は即死だったと知らされた。頭がフロントガラスを突き破り、顔の皮膚がトウモロコシの皮のようにめくれていたそうだ。事故調査班は、彼女の靴が濡れていてブレーキペダルからすべり落ち、誤ってアクセルを踏んだのだろうと結論づけた。

彼女はシートベルトをしていなかった。わたしもそうだ。州間高速道の若者もだ。三人の結果の差はどこから来ているんだろう。

他にも悲惨な事故はたくさん見てきたが、あの若者の事故だけはどうしても忘れられない。警官は出動した事件のことをだいたい覚えているものだ。わたしも殺人、自殺、事故死を全部覚えていて、それらはわたしの行動すべてに影響している。自分のかかわった事件を適当に仕分けし、軽い気持ちで目立たない遠い場所へ追いやってしまうことは可能だ。けれどもあの若者の場所だけが見つからない。

さあ、思い出話はもうたくさん。どっちみち昔の別の人生で起きたことだ。

今の人生では片足をひきずって歩き、目がくらむほどの激しい頭痛に苦しんでいる。医者からはいつか完全に回復すると言われ、姉からは運がよかったんだと言われる。前向きに生きるためにも、大学へ行って学位を取ってはどうかと姉に勧められた。それで今は、はつらつとした若い男女に囲まれている。教室や、キャンパスをにぎやかに飾るオークの木の下で集うとき、若者たちの顔を観察して目の奥の深さと色彩を眺める。彼らと一緒にいると楽しい。たとえこの新しい人生で自分は誰で何なのか、わからなくても。

州間高速道のあの地点はなるべく避けているが、簡単にはいかない。小さな町だから、知らない間にそこに来てしまっていることもある。そんなとき、特に夜は、両手に彼のぬくもりがよみがえる。西へ引っ越そうかと考えている――アイダホかコロラドへ。空に抱かれ、時間がゆっくりと過ぎる土地へ。火災監視人のことを本で読んだ。夏のあいだじゅう、葉がさらさら鳴っている木々より高い、小さなぐらぐらの小屋の中で、どこかで火事は起きていないか監視する人のことだ。やってみたいと思う。

モナ
Mona

真実が純粋であることはめったになく、
単純であることは絶対にない。
——オスカー・ワイルド

制圧
Under Control

部屋に入って真っ先に確認するのはこれだ。三人の男は手に何も持っていない。

続いて拳銃のありか。青い鋼鉄製の三五七口径が、正面の奥の床に死体と並んで落ちている。通信係は〝銃を持った男、発砲の恐れあり〟と言った。そのとおりだ。

次は銃のそばにいる男の顔。ボディランゲージとしての表情──眉、額、口、頬、顎など顔全体の筋肉──を瞬時にとらえる。威嚇、ただし緊迫したものではない。少なくとも今は。

あとは細部だ。大量の血。居間の右側の奥と手前についている二つのドア。もう一度、生者二名と死者一名の手を見る。よし、空っぽのままだ。死体の手は最後に確認する。倒れていた者が起き上がって発砲することもあるが、この男は完全に死体だ。大丈夫、まちがいない。

最後は全体の把握。わたしから一番近い隅のドアを、背もたれを起こした病院ベッドがふさぎ、そこに老人が寝ている。げっそり痩せて、しなびたセロリのようだ。酸素吸入器と点滴をつけている。わたしがここに来てから、目玉以外はどこも動かしていない。口は開いてひきつった笑みを貼りつけている。麻痺しているのだ。

死体のかたわらには四十代後半の男が立っている。シャツに血が付着。頭部左上が陥没しているが、昔の怪我で失ったか、出産時に受けたものだろう。顔と首にできたばかりの打撲傷と大きなみみずばれがある。ショック状態の初期症状で、おろおろしながら泣き叫んでいる。「きっとママに怒られる。どうしよう、どうしよう」と繰り返している。こういう男のそばに拳銃が転がっているのは非常にまずい。

現場を再び見渡すと、部屋がねじれてぼうっとかすむ。別の世界が入り込んで同時進行し、三人の男に代わって父と兄たちが現われる。彼らはわたしにほほえみかけている。

死んだ一番上の兄までもがにこにこ笑っている。

おまえに何がわかるんだ、と父が怒鳴る。

わたしはまばたきする。そうすれば幻は消えるとわかっている。

見知らぬ三人の男、一挺の銃、大量の血が眼前に現われる。父はもういない。わたしは彼の娘で、生命を守り平和を維持する権限を与えられている。この場を預かる警官だ。まずは暴力沙汰を避けるため、緊張を取り除かねばならない。自分のリヴォルヴァーをホルスターに収める。ただしストラップは閉めない。身体の両側でてのひらを下に向ける。「銃から離れなさい。左へ行って、早く！」わたしは厳しく穏やかに言う。

男は一瞬ためらって眉をしかめ、鼻をふんふんいわせる。何かに耳を澄ますかのように。

「いやだ！」彼が両手を広げて叫ぶ。「あっちへ行け。とっとと失せろ」

わたしは玄関ホールへじりじりと四歩後退し、身体の四分の三をドア枠の裏にくっつける。後ろで玄関のドアが開け っ放しになっている。右手の指を大きく広げ、ホルスターの上で静かにさまよわせる。

「ええ、わかったわ」わたしはなだめすかすように言う。こういうのは得意だ。たまに楽しいけれどまごつく。こっちは二十一歳なのに相手はそれより何十歳も年上で、彼らの人生を検査と修正と解決のために差し出される場合は。

状況がどう転ぶのかはまだわからない。わたしの携帯無線機は調子が悪く、仲間の警官がぶらりとやって来る見込みもない。人手不足のせいだ。全員どこかへ出動中で、上官は緊急事態のシグナル63でなければ署を離れない。だが通信係はわたしのコード4〝応援不要〟を聞くまでは誰かを差し向けようとするはずだ。

「よくわかったから、落ち着いて」わたしは銃を持つほうの手を前に出し、てのひらを彼に向けて二人のあいだの空気をそっと押す。これは彼がわたしの前でひざまずいていれば、祝福のポーズになる。〝汝の行ないは許された〟

彼は目を細めて下唇を突き出す。「もうたくさんだ。消え失せろ。これ以上傷つけるな」甲高くて息づかいが混ざった子供のような声だ。彼は鼻を袖でぬぐう。顔の下半分が上半分に比べて異様に大きい。だがこの男の不吉さはそれだけではない。緊張、激情、殺人、それ以外にもある。

「誰もあなたを傷つけたりしないわ。わたしは助けに来たのよ」子守唄を口ずさむように言う。

今度あいつが殴ったら、わたしが助けてあげる、と母に約束する。

男が泣いている。ふくれた真っ白な顔を涙がつたい落ちる。室内は外が気温三十度以上の昼間とは思えないほど涼しい。シーリングファンがけだるげに回っている。老人の目玉は眼窩の中をせわしなく行ったり来たりしている。拳銃の位置が生きて歩き回って泣いている男の足下にさっきより近い。

「本当にやるつもりはなかった。あいつがこっちに向かってきたから、しょうがなかったんだ。そうだよね、パパ？　どうしてもあいつを止めなきゃいけなかった」彼は片手の拳を胸にあて、もう一方の腕を横に広げる。

父と息子……たち。じゃあ母親はどこ？

ママはどこ、と父に訊く。わたしが十歳のときだ。彼は玄関のクローゼットのほうへ頭を振る。わたしがドアの鍵をあけてママのそばの床に坐ると、ドアが勢いよく閉まる。掛け金の音がする。

「大丈夫よ、もう何も心配ないわ」わたしはゆっくりと言う。「お名前を聞いてなかったわね。わたしはバーネット巡査。モナ・バーネットよ。あなたは？」

これは最初の一歩だ。なだめすかして気を散らす。たぶん二分で済むだろう。時間はたっぷりある。わたしは制帽を脱いで後ろの床に放る。警察バッジや銃ではなく、わたしを見てもらうために。

「ヴィクター。おれの名前はヴィクターだ。ヴィクター・フランコーニっていうんだ。ここにいるのは兄だよ。あんまり似てないけどね。みんなにそう言われる」

一つ明らかなのは、片方は死んでいるということだ。

ヴィクターは後ろのテーブルにもたれ、床の拳銃を見つめたまま腰を揺らす。「兄は一人だけだ。名前はフランキー。フランキー・フランコーニだ。おれはこいつをひどい目に遭わせちまったんだよな。そんなつもりはなかったのに」

「ええ、もちろんそうよね。一緒に問題を解決しましょう、ヴィクター。でもその前に、お兄さんが生きてるかどうか調べたいの」

ヴィクターは身体を揺らすのをやめ、死体を見下ろす。「もう死んでるよ」事もなげに言う。どこかとげを含んだ口調だ。「おれの亀みたいに死んでる。死んでる。死んでる。死んでる。三発、いや四発撃った。念のためにね。こいつが止まろうとしないから」

声が興奮を帯びる。「パパも見てただろう？　おれはこいつを止めなきゃいけなかったんだ」

「わかるわ、ヴィクター。自分の身を守らなくてはいけなかったのね。たまたまこうなっただけよ。きっとうまく解決できるわ」

彼のパパの目は揺れながらもわたしを見据えている。あのゆがんだ凍った笑みが癇に障る。病魔に冒され、今にも押しつぶされそうだというのに、いったい何がおかしいの？

突然、動きを感知する。パパのベッドがふさいでいるドアの向こうだ。ドアが内側へ七インチほど開く。わたしはヴィクターを見て、ドアを見る。汗ばんだ手で銃をぎゅっと握り締める。いつでも後退できるよう、脚の筋肉をゆるめて両膝を曲げる。

深くて明るい小さなブルーの目が見える。人形みたいに小柄な人間の、白髪に縁取られた顔の中の目。母親だろうか？　彼女は手の甲を口にあててわたしを見ている。わたしはかすかに首を振り、だめ、じっとしていて、と伝える。彼女はうなずいて手をひるがえし、指を一本くわえる。

ヴィクターは再びゆっくりと歩き始め、ぶつぶつ言いながら怒った目つきでわたしを見る。彼が今すぐ父親の足下にひれ伏して、泣いて慈悲を求めればいいのに。なんでもいいから、そばに銃があることを忘れてほしい。わたしは銃を抜いて彼に突進することもできるが、彼に床の銃を拾わせたくない。誰も殺したくない。今でさえヴィクターはあれこれ思案している。いろいろ選択肢を持っている。自分を撃つか、パパを撃つか、わたしを撃つか。弾はまだ一発か二発、残っているはずだ。

わたしが十二歳のとき、パパがママに初めて銃を突きつける。一番上の兄が父に背後から組みつく。銃は父の手から飛んで床をすべり、わたしの足下で止まる。母が兄に向かってパパに乱暴しないでと叫ぶ。わたしは銃を遠くへ蹴り飛ばす。

「ねえ、ヴィクター」と話しかける。「お父さんのことを考えてあげて。お兄さんを調べたいから、そこから離れてちょうだい、ヴィクター」わたしはドア枠に沿って身体を室内へゆっくりと入れる。手はまだ銃の上をさまよっている。

「パパは悪人なんだ。卑劣で、醜くて、ばかで、老いぼれだ。絶対に死なないってフランキーが言ってた」ヴィクターは口から唾を飛ばして父親のほうへ近づく。「いいこと教えてやろうか」そこでささやき声に変わる。「おれは二人とも嫌いだ。フランキーもパパも嫌いなんだ」

あなたのパパはいい人なのよ、と母はわたしが車で病院へ連れて行くときに言う。これは学ぶための試練にすぎない、パパは普通の人より苦労している、と。母は鼻を骨折し、目の上を三針縫わねばならず、眉を剃り落とされる。

わたしはヴィクターに向かってうなずく。「そう、嫌いなの。よくわかったわ」何を言おうが、どんな嘘をつこうがかまわない。大事なのは声の調子だ。そして態度だ。

母親の様子が気になってしかたがない。彼女は細く開いたドアの向こうで、じっとしていられないでいる。絶え間ないヒューという甲高い音がわたしをいらだたせる。くすくす笑いのような声さえ聞こえてくる。

「そいつはおれを痛めつけた」ヴィクターが言う。「二人でいつもおれをいじめてた」

床の上の死体は大柄で、肥満体に近い。顔は見えない。身体の下と床の低いところに血だまりができ、すでに凝固し始めている。火薬臭は、弛緩した死体から出る液体の濃厚なべっとりした匂いに消されている。相変わらず物憂げに回っているシーリングファンが、空気を弧形に切り取ってはわたしたちの上へ落とす。

「そうなの」と答える。「でもわたしが来たんだから、もう怖がることないわ」

ヴィクターは勢いよく前かがみになり、顔の肉がシリーパティ（ゴムと粘土を混ぜたような玩具）のように垂れる。「あんなふうにいじめられたら、黙っちゃいられないよ」彼は父親を指差す。

「あいつが一番おれをいじめた」

父はわたしを壁に押さえつけ、再び手を振り上げる。わたしが十九歳のときだ。わたしは硬い声で言う。もう一度ぶったら、絶対に告訴するわ。父は一瞬あっけにとられたあと笑い出し、わたしの頬を軽く叩いて背を向ける。

ヴィクターの父親を見ると、天井に目を向けている。薄いブルーの潤んだ目は大きいが落ちくぼみ、どこにも焦点が合っていない。何かを、誰かを思い出させる目だ。きっと耳は聞こえるのだろう。そうにちがいない。視線はさまよっているが、一言漏らさず聞いているはずだ。麻痺していても身体の存在感がある。

痩せこけた父親越しに再び母親のほうを見る。花柄のティーカップから何か飲んでいる。ソーサーつきのティーカップだ。息子の一人は死んで床に転がり、もう一人は銃をどうするか決めかけているというのに、平然と飲み物をすすっている。

「見えるかい、これ？」ヴィクターは自分の頭の陥没部分を指す。さらにこっちへ近づいてくる。床の銃を見て、わたしを見て、再び銃を見る。わたしは懸命に落ち着こうとし、威嚇的な態度を取るまいとする。

「おれが三歳のとき、パパは泣きやまないからっておれを壁に投げ飛ばしたんだ。それでこんなふうになっちまった。フランキーも悪いやつだった。おれたちはみんなまともじゃないんだ」彼はわたしに薄笑いを向けてから床を見下ろす。「おれはほんとに悪いことをしちまった」

「ヴィクター、彼に危害を加えられそうになったなら、あなたには身を守る権利があるわ」

ヴィクターはうなずく。「フランキーもいつもそう言ってた」

わたしは音を聞く前に動きを察知し、とっさに左を向く。ヴィクターがびくっとする。「なんだ？」

わたしはすばやく向き直る。「心配ないわ、ヴィクター。救急医療隊よ。救急車の人たち。フランキーとあなたの手当てをするために来たのよ」

「下がってて」わたしは唇をほとんど動かさず、低い声で救急隊員のロジャーに言う。彼はわたしの後ろに立っていて、六、七フィート離れたヴィクターからは見えない。

「この状態じゃ入れっこないよ、ベイブ」声の調子でロジャーがにやにやしているのがわかる。

ヴィクターが首を振る。「どうしよう、どうしよう」

「ヴィクター、あなたがいいって言うまで彼は入らないわ」わたしは言う。「もう少し話しましょう。急ぐことはないわ」

腕時計を見る。突入してから六分経過。「外には他に誰か来てる?」小声でロジャーに訊く。

「今のところおれときみだけ。ハロルドはこっちへ向かってる最中だ、ベイブ」ロジャーが大きすぎる声で答える。

わたしはむっとする。〝ベイブ〟はやめてよ。「ハロルドに本部へ連絡させて、応援を頼んで。死者が一人出たと伝えて」

「了解」ロジャーは速やかにドアから離れる。

「おれの悪口を言ってるんだろう」ヴィクターが怒鳴る。

「ちがうわ、ヴィクター。彼にあっちへ行ってと言っただけ。あなたは彼の助けを望んでないから」わたしはヴィクターのほうを向いて両腕を広げ、歓迎のポーズをとる。ヴィクターは両手で軽く顔をはたく。視線は銃に注がれている。ほんの一瞬、彼が病院ベッドにいる生物に少し似ている気がする。

「あの男はお呼びじゃない。好きじゃない。あんたのことは好きだ」

「彼はもう出てったわ。外で待ってるように言ったから」

ベッドのパパに再び見つめられ、ぎくりとする。殺人者を思わせる目だ。無感情で、憎悪だけがある。母親はティーカップをどこかへやってドアの隙間に顔を押しつけ、顎の下に片方の拳骨をあてがっている。そして、わたしに向かって励ますようにうなずく。

「何を話してたんだ?」ヴィクターが責め口調で訊く。

「救急車の人もわたしもあなたを心配してるのよ、ヴィクター。その打ち身を早く冷やさないといけないわ」

彼は顔にさわってびくりとする。「いつもおれを痛めつけてたんだ、あいつとパパは」

「そうなの」

「さんざん痛めつけてた」

「でも、もう誰もあなたにそんなことしないわ」

「そいつがする」震える声で言い、父親のほうへ顎をしゃくる。「あの身体から抜け出て自由に歩き回るんだ。ベッドに寝てるのは演技なんだよ。そいつとフランキーはいつも一緒になっておれをいじめた。今はそいつだけだ」

ヴィクターの単調な声はよく聞きとれない。首がちくちく痛み、血液がどくどく指先へ下りる。右手の力を抜いてそっと銃にかける。時間がかかりすぎだ。応援はまだ？あと一台来て、向こう側から援護してくれれば、この事件は片付く。これ以上死者を出さずに済む。

「フランキーはもうあなたを傷つけないわ」

「そうだけど、あいつが残ってる」ヴィクターとわたしはベッドに横たわってへらへら笑っている父親を見る。

まずい、いやな予感。ヴィクターの顔で皮膚の下がさっと波立ち、目の表情も変わる。何かを決断したのだ。

ヴィクターが敏捷にあとずさって床の銃をつかむより早く、わたしはホルスターから銃を抜いて彼の額に向ける。ドアの陰に半分隠れてひざまずく。止まって考えていたら身を守れない。

「バイバイ、パパ」ヴィクターが銃口をパパに向ける。

「**ヴィクター！**」わたしは金切り声で叫ぶ。

「おっと、まずいな」ロジャーが後ろでつぶやく。

ヴィクターは振り向き、銃がわたしのほうへわずかに傾く。「あんたを傷つけるつもりはないよ。優しくしてくれたから」

「**銃を下ろしなさい、早く！**」わたしは警察学校で教わった命令口調を使う。横隔膜から出す太い声で。

「いやだ」彼は再び泣きじゃくる。銃がわたしとパパとのあいだで揺れる。「やめるわけにはいかない」

わたしの引き金にかかった人差し指に力がこもる。「ヴィクター、だめよ。銃を下ろしなさい」

「応援が来たぞ」ロジャーがささやく。

「向こうへ回り込んでと伝えて。急いで」応援がジョン・ウェイン気取りの場を読めない新人警官でないことを祈るばかりだ。

「ヴィクター、他の人たちが来たわ。彼らはわたしみたいに我慢強くないわよ。さあ、言うことを聞いて、ヴィクター」

「あんたに怪我させるつもりはないよ。約束する。あいつだけだ」

「ヴィクター、やめなさい」引き金を引きそうになるのをぐっとこらえる。わたしに撃たせないで、ヴィクター。

「ヴィクター！」不意に別のか細い声が飛ぶ。父親？ ちがう。彼の後ろからだ。いよいよ母親のお出ましだ。

「ママ」ヴィクターがすすり泣きを始める。

「危ない」わたしは叫ぶ。「お母さん、下がって」

小柄な白髪女性は背中こそ曲がっているが丈夫そうで、すたすたとヴィクターと銃のほうへ進み出る。

「だめよ、伏せて。ヴィクター、銃を下ろしなさい！」

そのとき応援のバーネット巡査部長が、わたしの父が、部屋の向こうのドアから入ってヴィクターの右後方へ現われる。四、五フィート離れた地点ですでに銃を抜き、奥の壁に寄りかかって身体を支え、ヴィクターの後頭部に狙いを定めている。わたしは一瞬何もかも忘れ、呆然と彼を見つめる。

「銃を下ろせ、このばか野郎！」父が怒鳴る。

「ママ？」ヴィクターは驚いて目を皿のように丸くし、口をぽかんと開けている。

「待って」わたしは父に叫ぶ。彼はわたしを射るような目で見てから、ヴィクターに視線を戻す。

父の拒絶であることに気づき、はっと息をのむ。父はわたしの視界の奥に大きく立ちはだかっている。これが射撃場の奥の人の形をした標的なら、生活費の足しになる賞金三百ドルをもらえる。わたしが銃口を少し右にずらせば、彼の額の真ん中を、完璧な致命ゾーンである黄色と灰色の渦巻き模様を撃ち抜くだろう。引き金をあと十六分の一ィンチ。

ンチ引くだけで、ヴィクターと父の両方をしとめられる。そう、父をしとめられる。一度に二発撃つ方法は射撃場で父自身が教えてくれた。誰もが納得するはずだ。事故に決まってるよ、娘さんにすればさぞかしつらいだろう、的《まと》に近づいた父親が不注意だったんだ、と。

父は真正面にいて、実行には胸の鼓動一回分の時間さえかからない。

そのとき、病院ベッドのパパから空気だらけの汽笛のような音が聞こえる。

わたしはびっくりして銃口を彼に向け、すばやくヴィクターに戻す。父は銃を構えたまま姿勢を調整し、顎をしっかり引いて視線を腕の高さに据えている。ヴィクターは身体の向きを変えて両腕を弓なりに曲げ、再び銃をベッドの父親に向ける。すると母親がわたしの射撃ラインを横切る。わたしは銃口をさっと天井に向ける。

「ああ、もう」わたしはうめく。父を見ると、発砲寸前だ。あの顔つきは前に見たことがある。

母親はヴィクターのほうへ悠然と歩いて行く。首の高さは彼が持っている銃と同じだ。そして、父とヴィクターのあいだの射撃ラインをふさぐ位置で止まる。わたしは引き金にかけた指に力をこめ、ヴィクターの胸に狙いを定める。

「ヴィクター、いいかげんにしなさい。怪我をする前に銃をよこしなさい」母親はてのひらを上にして片手を差し出す。もう一つの手にはソーサーを持っている。

心臓が一回、二回打つ。暑い。暑すぎる。

「現場を制圧せよ」父が険しく非情な、聞き慣れた声でわたしに命じる。

決断は簡単だ。射殺。銃をわずかに右にずらし、銃弾が薬室から放たれるのを待てばいい。射撃場で父は言った。発砲の衝撃を恐れず引き金をしっかり引け、と。

「ヴィクター、銃をよこしなさい」ママが叱る。

ヴィクターの手が小刻みに揺れ、目の表情が変わる。

バン！　バン！

銃がわたしの手の中で飛び跳ねる。新しい火薬の匂いがあたりに充満し、目と鼻腔を刺激する。寸前で銃口を上げて父に命拾いさせてあげた。なんておかしいんだろう。あまりの滑稽さに大笑いしたいのに、ぼうっとしたままだ。

父は口を開けて啞然としている。上唇に汗の玉が浮き、左目の下がぴくぴくしている。そんな父は見たことがない。父の身体で動いているのは目の下の震えるしわだけだ。

ヴィクターは銃を母親に手渡し、無傷で床にへたり込む。わたしは立ち上がって彼女とヴィクターのほうへ向かう。

父はわたしを見ている。わたしが子供の頃から鏡に映った自分と同じくらい見慣れた表情で。

「おれは悪い子だ。悪い子、悪い子」ヴィクターがめそめそ泣いている。

母親が振り向いて、鳥のように眼光鋭くわたしをにらむ。わたしは彼女の開いたてのひらから銃を受け取る。彼女の手は声と同様に震えている。「撃つことなかったでしょう、うちの大事な部屋を。ヴィクターはわたしの言うとおりにするところだったのに」

父が彼の頭上わずか三インチの壁に銃弾の穴を二つ見つける。彼はわたしを振り返ってから再び壁を向き、よろよろと立ち上がる。

二名の警官が向こう側からそっと入ってくる。わたしは銃をホルスターに収め、ヴィクターを顎で示す。「彼に手錠をかけて。優しく扱ってね。それから本部にコード4と伝えてくれる？　わたしの無線は調子が悪くて」

わたしはフランキーの死体のそばへ行き、首に指を二本あてて脈をみる。まったくなし。「ロジャー」大声で呼ぶ。「もう安全よ」

彼は奥のドアから首だけ出してにやりと笑い、相棒を従えて死体へ歩み寄る。

アドレナリンの勢いがおさまってきたせいで、わたしの片膝が震え始める。かすかだから誰にも気づかれない。深く息を吐いて、母親を振り向く。彼女はベッドの夫のそばに立っている。二人ともわたしをじっと見ている。

「あの子は死んだの？」彼女が訊く。

わたしはうなずく。「お気の毒ですが」

「ヴィクターを連れて行くのね？」

警官がヴィクターに手錠をかけて連行し、わたしの横を通ってパトカーへ向かう。ヴィクターはわたしを見ない。

無表情で視線を床に落としている。

「ミセス・フランコーニ、警察で彼の調書をとらなければなりませんが、お望みなら今夜にもお返しできるでしょう。正当防衛が認められれば、無罪ですから」

彼女はうなずき、首をねじってわたしを見上げる。

わたしは深々と息を吸い、怒りを彼女に向かって吐き出す。彼女とベッドのパパと自分自身と父に対する怒りだ。父がわたしを見つめ、聞き耳を立てているのがわかる。ベッドのパパは目をきょろきょろ動かすのをやめている。そばにいると、その老人を待つ死の匂いが漂ってくる。彼もわたしを見つめている。全員がわたしを見つめている。

再びヴィクターの顔を見ると、ゆがんでびくびくしている。わたしはいたたまれない気持ちになる。

「ミセス・フランコーニ、ご主人は本当に子供だったヴィクターを壁に投げつけたんですか?」

彼女は歯のあいだから鋭く息を吐き、わたしをきっとにらむ。「あなたには関係ないでしょう」

「今回の出来事には大きな関係があると思います」わたしは揺るぎないが穏やかな口調を崩さない。

父が後ろからやって来て、咳払いのあとに言う。「モナ」張りつめた高飛車な声だが、新しい何かを含んでいる。「ちょっといいか?」

わたしは迷ってからうなずき、ミセス・フランコーニに人差し指で待ってと合図して父を振り返る。彼はまだ銃を持っていて、身体の脇に下ろしている。

「一件落着だ」父が言う。

「そうだけど」膝はもう震えていない。

「おまえが銃で見事に制圧した」父はかかとに重心を乗せて身体を小さく揺らす。顔に血色が戻り、頬と額がまだらに赤くなっている。

父はわたしに二度とあんなことはしないと言わせたがっている。誓いを、服従を望んでいる。わたしは父の顔の汗とまだらな赤と痙攣を見つめる。目と目を合わせ、父にすべてを伝える。どうぞ娘を見てちょうだい、と。

父のほうが先に目をそらす。「つまり――」ぶっきらぼうな、さっきと同じ新しい何かを含んだ声だ。

わたしはほほえむ。満面の笑みになる。止めることができず静かに笑う。父の腕へもう少しで触れそうになるまで手を伸ばす。

「もう銃をホルスターにしまっていいわよ。決着したんだから」わたしはそう言ってゆっくりと背を向け、ペンと手帳をシャツのポケットから取り出す。

革がきしむ音が聞こえる。父の銃はホルスターに収められ、ストラップがぱちんと閉まる。

銃の掃除
Cleaning Your Gun

あなたは銃を掃除している。今は早春の平日の午後。本当なら仕事に行って市民を守るために働いているはずだ。こんなふうに無給の停職中の身をもてあまし、自宅のキッチンでプラスチックのコップからラム酒を飲んでいないで。だが冷蔵庫の低い音とシンクに落ちる不規則な水滴の音を聞きながら、テーブルに銃を——硬毛ブラシ、クリーニングロッド、オイルを染み込ませた布と一緒に——置き、背もたれのまっすぐな椅子に坐っているのは、べつに珍しいことではない。夫が娘を連れて出て行ったことを除けば。あなたはまた一本煙草に火をつけ、煙と嗅ぎ慣れたガンオイルの匂いを味わい、シンプルで致死力のある拳銃のまばゆい光沢と冷たい直線にみとれる。

あなたは一日に八時間から十時間、腰骨に銃があたって擦れる状態で歩き回る。そこには消えない痣が残っている。肌が変色して、いつもひりひりしている。銃はあなたの身体の自然な突起物だ。といっても、最初から自然だったわけではない。初めは右腕を身体の脇に下ろすことができなかった——銃が邪魔で。しかたなく両手の親指をガンベルトの前に引っかけ、腕を銃とホルスターの上にのせていた。ところが、それは危険だと注意された。その状態では銃をすばやく抜けないからだ。そこで今度は、てのひらを銃の床尾にあてがってみたが、窮屈で落ち着かないうえ市民を怖がらせてしまいそうだった。結局、右腕を銃から離して斜めに下ろす姿勢に戻った。歩くと前腕の内側が銃把とこすれ、小さな長方形のグレープフルーツ色の痣ができる。これは呼吸と同様、ごく当たり前のものになった。

テーブルから銃を取り、てのひらにのせる。その重みが心地よい。銃は娘の顔と同じくらい見慣れている。弾倉を開け、装弾されているかどうか三度目の確認をする。六個のつぶらな弾丸が見つめ返す。親指でイジェクトピンを押すと、弾が跳ね出てテーブルの上を転がっていく。それらを立てて一列に並べ、弾倉をぱちんと閉める――その音ががらんとしたキッチンに冷たく響く。この動作を何度も繰り返す。親指で開け、手首をひねり、ぱちんと閉める。

叫びたくなるが、叫ばない。衝動をぐっと抑える。昨夜もそうすべきだった。

視線を上げると、娘のライオンのぬいぐるみがこちらをじっと見ている。それはキッチンカウンターの隅に坐っている。あなたが昨夜、娘を叩く前にそこへ放った。くたくたの脚とぼろぼろのたてがみの黄色いキルトのライオンを見つめながら、手の感触だけを頼りに銃弾をこめたり抜いたりし始める。この銃の扱い方は知り尽くしている。目をつむったまま分解し、組み立てることができる。夫の手のたこや、引っかき傷や、しわと同じくらい手になじんでいる。

あなたの父親も警官だった。彼からリヴォルヴァー、ショットガン、ライフル銃の使い方と敬い方を教わった。彼はあなたにメキシカン・シルバーの象眼細工をほどこしたそろいの拳銃を何挺か握らせ、いずれおまえに全部やるからなと約束した。兄たちのことは気にするな、彼らは訓練を受けていないから、と言った。あなたは射撃場で父を観察し、父の一挙一動をまねた。

この子を見てくれ、筋がいいだろう、と父は同僚たちに自慢した。

父親譲りだな、と同僚たちは答えた。

あなたはそういう一風変わった温もりの中で育ち、ずっとこのままだといいのにと願った。父が酒を飲み始め、普段のウイスキーと金属と汗の混じった匂いが、少しつんとする濃厚で煮えたぎった新しい匂いに変わると、あなたは自分の中に引きこもって見えない存在になろうとした。

あなたのお父さんは難しい仕事をしているのよ、と母は彼に殴られたあとよく言った。母の記憶はおぼろで、料理、洗いたてのシーツ、柔らかすぎる手、疲れきった声というぼんやりした印象しか残っていない。母が大きな音と夜と銃を怖がっていたことだけは覚えている。ときどき夫のことも怖がっていた。あなたが何よりも怖かったのは、薄笑いを浮かべた父に、おまえは母親そっくりだ、と嫌悪感むき出しで言われることだった。

彼は死ぬずっと前に一度、あなたをテキサスの丘陵地帯へ鳩撃ちに連れて行ったことがある。父娘の旅行はめったにないことだった。十七歳のあなたは、焚き火が父の顔をちらちらと照らし、近くの岩に水がぽつぽつ滴るのを眺めながら、温もりと安らぎを感じた。おまえの母さんは立派だ、と父は穏やかに言った。ただの気のせいかもしれないが、心の平和のために誰かを必要としている男に見えた。あなたは母の折れた鼻と、剃り落とされた眉と、黒い瞳を思い浮かべた。父を愛したかった。父を信じたかった。

やがて彼は肩をすくめてビールに手を伸ばし、あなたに一本放ってよこした。おまえが酒をどう扱うかお手並み拝見だ、と言い、彼の笑い声が空に高々と響き渡って夜を押しのけた。その晩、あなたは星の下で坐ってビールを飲み、銃を掃除し、きっとこれからは今までとはちがうだろうと思った。

あなたは十九歳のときに家を出て、母親にもそうするよう勧めた。だが彼女は聞き入れなかった。二年後、あなたは警官になった。卒業式では父親があなたの制服の胸に警察バッジを留めた。父親譲りだな、と彼の同僚たちが言った。あなたは父親とほとんど目を合わさなかった。それから五年後、彼は交通違反の逃亡犯をつかまえた際、二連式の銃身を切り詰めたショットガンで殺された。即死で何も感じなかったはずだと人々は言ったが、あなたの夢の中で彼は穴だらけのコンクリートの上に倒れ、胸から血が流れているとわかっていながらどうにもならず、身動きすらできずにいる。そのもどかしさからあなたは逃れられない。

あのあとすぐ母親に言われた。これで銃への奇妙な愛情が冷めて、警官を辞めるでしょう、と。彼女はあなたに娘が生まれると、防弾チョッキを買ってくれた。あなたはいつもそれを着ている。父親からは本当にたくさんのことを学んだ。

あなたはまだ、手もとを見ないで銃に弾をこめたり抜いたりしている。くわえた煙草の煙で目がひりひりする。煙をよけようと頭を変な角度に傾けている。

いつも銃を掃除するときのように、娘がそばにいてくれたらいいのに、と思う。娘は片言の幼児語でしゃべり、声をはずませて調子のいい童謡を歌うだろう――《ＡＢＣの歌》か《わたしは小さなティーポット》を。娘がここにいれば、あなたも一緒に口ずさむだろう。あなたが窓から見える鳥たちの話をすれば、〝これなあに〟ゲームが始まるかもしれない。ママ、これなあに？　娘に訊かれて、あなたはこう答える。それは椅子、それはストーブ、これはママの鼻、それはあなたの手、それはママの銃。娘は矢継ぎ早に四、五回訊くだろう。なあに、なあに、と。

娘が今ここにいて、抱きしめて温かいベビーシャンプーの香りを嗅ぐことができるなら、銃の安全装置をかけ、二人でアイスクリームを一つのボウルから食べるだろう。大声で笑ったり、くすくす笑ったり、くすぐりっこや鬼ごっこをするだろう。仕事に行かなければならなかったら、囚人への暴力で三十日間の停職処分を受けていなかったら、病気で休むと電話を入れ、娘を腕の中で優しく揺すって過ごすだろう。ママの可愛い娘、大事な娘、とささやきかけて。もし娘がここにいたら、昨夜あんなことにならなかったら、今頃はきっとそうしていたはずだ。

だが実際は、銃を掃除している。

パトロールのとき、あなたは現実の自分と町を行ったり来たり、出たり入ったりし、境界線のそばで見えない相手と踊る。心の底から湧き起こってくる恐怖にときどきおびえる。子供の頃のお化けが、明るい夏の昼間の静かな鼻歌や、暗い道路に降る氷雨で待ち伏せている。いつ、どこで遭遇するかわからない。広い倉庫内の息詰まる暗闇の中、あなたは銃を身体の脇で握りしめ、心臓が乾いた口まで上がってきそうなほどどきどきし、内なる声を震わせる。ママ、ここにいたくない。すると突然、そこはあなたが一番いたい場所に変わる。母の膝の上で、小麦粉だらけの手で頭を胸に抱き寄せられ、スイカズラの香水に包まれる。が、それはほんの一瞬だ。すぐに普段の自分に戻って不安を払いのけ、今回も勝利したことに胸を張る。

こうした不安は誰とも分かち合わない。恐怖や不安は語るべからずという漠たる不文律がある。他の警官たちと時間を共有するが、それは戦闘中心の時間だ。夜警棒を振りかざし、猛スピードで追跡し、銃を抜く。共通語は悪態の言葉と、専門情報と、簡潔な指示だ。自分の命を同僚に預けるが、それは弱いからではない。警官は弱くないことになっている。

あなたは男女の同僚と他人の風変わりな点について何時間でもしゃべっていられるが、自分自身の風変わりな点には触れない。民間人の友人を徐々に失っていった。彼らはあなたのバッジと銃しか見ないし、あなたの野蛮な世界を理解できないにちがいない。だからあなたはますます、他人の苦悩や秘密を扱うことが日常茶飯事の世界へのめり込む。自分自身の苦悩と秘密は隠して。

静寂が迫ってくる。あなたは銃をテーブルに置いてゆっくりと立ち上がり、シンクにもたれて頭を濡れぶきんで覆う。冷たい水を繰り返し顔に浴びせる。そうすれば脳みそが冷え、昨夜と先月の出来事を永久に凍らせることができるかのように。ふと、ドアのそばの小さなシルバーの鏡に映った自分に目が行く。夫がハネムーンのときにメキシコで買ってくれた鏡だ。みんなから母親似だと言われる。額のV字型の生え際（夫と早く死別するという迷信がある）、とがった顎、右頰のえくぼが。けれども、鏡の中で見つめ返してくるのは父の目だ。見覚えのある、怒りと苦痛に満ちた黒い血走った目だ。

感謝の念でいっぱいになる。あなたの娘も父の目をしている。

あなたは週四日、一日十時間、ほとんど男ばかりの世界で働いている。あなたは彼らの相棒で、仲間で、助っ人だ。あなたは父の娘だ。

ある日、あなたは恋をした。警官に。彼の揺るぎない知性と、献身的な熱い正義感と、笑う前の表情と、上唇の味に魅かれた。彼の暴力に対する軽蔑に初めは好奇心をそそられ、そのうち面白がるようになった。彼は警官であって警官ではない。銃を携帯しているが、鑑識課の研究室に勤務し、すでに振るわれた暴力を分析している。安全な仕事だ。彼にそう言ったことはないが。

彼はどうしてあなたを好きになったんだろう。あなたがマッチョな警官気取りで堂々と歩くと、彼はほほえんだ。あなたを愛称で呼び、静かな寝室であなたを胸にしっかりと抱き寄せた。

時が過ぎ、あなたが飲みすぎたり、誰かの頭を殴った話をすると、彼はしかめ面で失望をあらわにした。あなたはそれを笑うか、気づかないふりをした。あなたが激昂したり憤懣のあまりわめいたりすると、彼は部屋を出て行った。そして、キッチンのドアに〝汝、仕事を持ち込むことなかれ〟という札をつけた。あなたは笑って、夫の感受性が強すぎるせいだと思った。父も生きていれば同じ意見だっただろう。

きみのお父さんは仕事の鬼だった、と夫は言った。

父はいい警官だったわ、とあなたは言い返した。

だが、いい人ではなかった。いい夫、いい父親でもなかった。

それでも、いい警官には変わりないわ。警官としてとても優秀だったわ。

夫があなたの顔を見る。警官として優秀なら、それでいいのか？

今、薬室に弾が一発入っている。あなたは親指を前後に振って弾倉を回し続けている。酒を取ろうとして手の甲をテーブルの端にぶつけると、びくっとしてそこを手で押さえ、目を開く。昨夜、夫が出て行ったあと石膏の壁に拳を打ちつけたせいで、指関節を痛めている。

頭を片方の肩にうずめ、息を吸い込む。今着ているのは夫の古いTシャツで、汗とガンオイルとベビーパウダーとほのかなアフターシェイヴローションの匂いが混ざり合っている。それがあなたを静かにくるむ。あなたの警官の夫は物静かな男だ。誰もがそう言う。

銃の腹を自分の頰にくっつけ、鼻に銃身の先端をあてる。

顔の一部を吹き飛ばしたところで、昨夜の罪滅ぼしにはならない。じゃあ、どうすればいい？　父から教わったライフル銃の撃ち方を思い出す。肩にのせて固定し、銃床を頰にぎゅっと押しつけ、標的に狙いを定める。

片手でラム酒のボトルを取り、コップになみなみと注ぐ。リヴォルヴァーは手の中でびくともせず、顔の柔らかい曲線に映え輝いている。

昨夜、夫はあなたを乱暴だとののしった。あなたを壁に突き飛ばし、正気じゃないと言い放った。面と向かって大声で、あなたをひどい母親でひどい妻でひどい警官だとなじった。彼が怒鳴っているあいだ、あなたの子供は、あなたと彼の子供は、硬直した怒りの目になった。自分の中に引きこもり、見えない存在になろうとした。

やがて夫も静かに硬直し、怒りでかすかに震えているだけになった。あんまりだ、と彼はつぶやいた。いったいぼくらに何をしてくれた？　その言葉は彼が去ったあともしばらく響いていた。彼は顎をぴくぴくさせてあなたを見た。

あなたは娘を見た。それから彼は背を向けて子供を、あなたと彼の子供を抱き上げ、出て行った。二人がどこにいるのかはわからない。戻って来るかどうかもわからない。

娘はずっとぺちゃくちゃしゃべっていた。あなたの足のあいだをくぐり抜けながら、ひっきりなしにしゃべっていた。これはなあにと訊き、あれが欲しいと言い、ぐずって鼻を鳴らし、あなたにすり寄り、両手を伸ばしてあのライオンを転がした。あなたは自分が本物のライオンになって
キッチンを歩き、大酒を飲んで大量の煙草を吸っている気がした。娘はしゃべりながらあなたを引っ張り、あなたの脚にしがみつき、あなたの足のあいだをくぐり、あなたの周囲をうろうろする。あなたが一歩踏み出すたび、娘が足下にまとわりつく。ママはなぜパパみたいに仕事に行かないのか、ママが悪い子だったというのは本当なのか、どうして昨日も今日もグリンピースを食べなければならないのか、娘は知りたがった。パパが自分とママにごはんを食べさせてくれればいいのにと言い、もっとジュースが欲しいとねだった。あなたは頭がくらくらして、娘を叩いた——

激しく強く。

だが、先週四人に食らわせた停職三十日びんたほど激しく強くはなかった。最近のきみは不当な攻撃行為が目につき、苦情があちこちから出ている、と上層部に注意された。もっと自制しなさい。飲酒の問題を抱えているし、すぐにかっとなる癖もある。四歳の息子を火のついたコンロにのせた四人だからといって、手の甲で叩いていいわけではない。もっと感情を抑えなさい。きみは裁判官でも陪審員でもないんだから。たぶんきみには助けが必要なんだろうね、と彼らは言った。

くたばれ、とあなたは怒鳴り返した。あんたたちなんか、くたばればいい。停職三十日でけっこうよ。

頬にあてた銃を下へすべらせ、唇に押しつける。絶対に避けたいのは、的をはずして即死できないのに重傷を負い、出血多量で死ぬことだ。もしくは死にきれないことだ。すべては銃を口の中に突っ込む角度にかかっている。

動悸がして、舌に腐った味がし、喉がからからになる。

銃を口に押し込んで少し上に向け、銃弾が頭蓋骨のカーブをなぞらないで脳を切り裂くようにする。銃は苦くて油っぽい。歯にずしりと重い。唇を閉じて冷たい金属をくわえる。我慢できないほど不気味な異物感だ。濃厚な湿った静けさがあなたを包み、耳の穴から入って頭蓋骨を満たす。

右手の親指を引き金にかけ、両手で銃を支える。左手の親指は撃鉄の上をさまよっている。引き金をしっかり引き込めば、反動に負けず確実に撃てる、と遠い声がする。力をゆるめるな、銃声がとどろくのを想像するな、と聞き覚えのある声が言う。引き金を引くときになって、またもや父の姿が走馬灯のように駆けめぐる。彼の手が上がって下がる。あなたの銃が彼の頭を照準にとらえる。彼の目の下がぴくぴく痙攣する。彼が身をよじって血を流し、コンクリートを爪で引っかきながら不毛の路上で一人死んでいく。彼のパトカーの回転灯に合わせるように、頭上をハゲタカが旋回する。父親譲りだな、という人々の昔のささやき声が、撃鉄が上がって引き金が解放されようとする今、耳にこだまする。

撃鉄を起こした左手の親指の痛みは、あなたの静かな心の襞《ひだ》と同様に鋭く甘く、そしてリアルだ。人生に屈した痛みなのだ。

銃がどんどん重くなる。唇と頬がずきずきする。あなたは親指を撃鉄の下からはずし、銃をゆっくりと口から抜く。目を開けて銃を見る。慎重に銃を置く。冷蔵庫の低い音と、シンクに落ちる不規則な水滴の音に耳を澄ます。つかの間、別の幻影が現われる。母があなたに寄り添い、両手で孫娘のライオンのぬいぐるみを差し出している。

キャシー　Cathy

真実は暗闇で見つかる。
――ケネス・ロビンスン

傷痕
Something About a Scar

マージョリー・ラサールに初めて会ったとき、彼女は自分のベッドに裸でひざまずき、シーツを握りしめて身体を支えていた。胸のふくらみのすぐ上に、刃渡り九インチのステーキナイフが深々と突き刺さったままで。そこは子供や恋人が、悲しみにくれて、欲望に駆られて、深い敬愛をこめて頬をうずめる場所だ。愛撫の指が、そっけない骨の感触と、甘美なふくよかさを一緒に味わう場所だ。約束と赦しの地であり、わたしたち自身の大事な核でもある。

　彼女の家は男たちでごった返していた。大声が飛び交い、午前二時五十二分という時刻には不似合いな、おびただしい人工光であふれていた。男たちはみな警察官で、庭に五名、居間に三名、廊下で立ち話中の二名、さらに寝室でナイトテーブルの写真を撮っている者や、ウォークインクローゼットの横で携帯無線機に向かって話している者もいた。だが彼女に触れたり、そばに付き添ったり、シーツを身体にかけてやったりする者は一人もいなかった。二人の救急隊員だけが近くで動きまわり、点滴の準備をしながらてきぱきと話し、彼女をストレッチャーにどうやって移すのが一番いいか相談していた。わたしが寝室へ入っていくと、彼らはちょうど彼女を仰向けに寝かせ、必要な処置をほどこしているところだったが、まるで魂が離れてしまった肉体を扱っているようだった。

　出血はあまり多くなく、そのささいな点がいまだに引っかかっている。ポータブル電話に血のしみが一つあった。シーツの一部が赤く染まっていたが、ぐしょ濡れではなかった。電話に叩き起こされ、受話器の向こうで抑揚のない男性の声が「サウスダウンズで刺傷及び性的暴行事件発生。〈被害者サービス〉に派遣要請あり」と言ったとき、わたしは血の池へ踏み込むのを覚悟した。半分寝ぼけたまま、眠っている犬につまずいたあと、古いストーンウォッシュジーンズをはき、胸に名前の〝キャシー〟と〝被害者サービス〟の刺繡文字が入った黒のポロシャツを着た。どちらも強力洗剤で水洗いできる。

サウスダウンズまでの短いドライヴのあいだ、頭の中で〈被害者サービス〉の規則をおさらいした。現場には一切手を触れない、警察官の邪魔をしない、断定を慎み、よけいな口出しをしない、穏やかな口調を心がける、自分のほうから自分のことを話さない、本人の許しを得てから被害者に触れる、何があったのかは尋ねず聞き役に徹する、心のこもった支援に努め、本人の求めに応じて知人や身内への連絡係を引き受ける。わたしにとって単独で出動するのはその夜が初めてだったし、そうした規則を正しいと信じきっていた。

パーキンズ・ロードへ入ったとたん、現場は近いとわかった。テールライト、スポットライト、赤と青の回転灯が、寝静まっていたはずの暗闇を突き破っていた。界隈はバトンルージュの中心に位置する中流階級の閑静な住宅地だ。昼間は子供が自転車に乗って遊び、犬が近所の庭をあてもなくぶらつき、夫婦が玄関ポーチで軽く言い合い、週末ごとに芝刈り人がのんびり仕事をしている。まずまず安全な場所、いや、これ以上安全な場所はないだろう。

ところが今は警察車が道端に列をなし、消防車や救急車まで来ている。近所の住民たちが、慌てて着替えるかバスローブをはおるかして自宅の車回しの先や玄関にたたずみ、何事かと様子をうかがっている。わたしは一瞬興奮をおぼえた。自分は彼らとはちがって、犯行現場へ足を踏み入れられる。彼らとはちがって、詳しい事情を知ることができる。

詳しい事情というのはこうだ。マージョリー・ラサールは胸への重い衝撃に目が覚め——のちに音で目が覚めたと話している——そのあと鋭い圧迫感があったので、猫が胸に乗って爪を立てているんだろうと思った。「もう、なんなの？」とつぶやいた瞬間、ベッドの横に男の痩せた黒い影が見えた。だが、そのときもまだ夢を見ているのだと思った。男の匂いを嗅ぎ、男の声を聞き、男の手が脚に触れるのを感じ、ぱっと跳ね起きるまでは。男は部屋の戸口まであとずさると、懐中電灯を掲げてマージョリーの顔を照らした。彼女は目を細め、悲鳴をのみこみ、坐ったまま後ろへ這ってベッドのヘッドボードに背中を押しつけた。

「乱暴しないで。お願いだから乱暴しないで」マージョリーはか細い声で懇願した。

光の向きが変わり、廊下へ出て行った。男はいなくなった。

あえぎながら、ゆっくりとひざまずいたとたん、マージョリーは自分の身体になんとナイフが刺さっていることに気づいた。それも深々と。あとで医師たちから聞いた話では、切っ先は背骨にまで達し、ぎざぎざの刃から筋肉や腱をあらかじめ慎重に切り離しておいたにもかかわらず、抜くときは彼女の身体が手術台から浮き上がるほど相当な力を要したそうだ。

ナイフに気づいたあと、彼女は九一一に通報して甲高い小さな声で住所を告げた。先方が真っ先に知りたいのはこちらの居場所だと思ったからだ。さらに怪我をしていることと、助けを必要としていることを伝えたが、言葉は出てくるそばから将棋倒しになり、不明瞭ながちゃがちゃした音のかたまりに変わった。

通信係は彼女を黙らせた。「お静かに。状況を確認しますから、落ち着いてください」

マージョリーの中で何かがかちっと切り替わり、理性がよみがえると、力を抜いてベッドに仰向けになった。

それから、歯を食いしばりながら電話に向かって早口で住所を告げ、質問にしたがって名前を伝えた。何があったのかと訊かれると、自分は出血していて、男に刺されたのだと答えた。そこで時間切れになった。恐ろしいことに男が戻って来て、ベッドに近づき、彼女の膝を無理やり開かせた。

「彼が戻って来たわ」マージョリーが電話にささやくと、

「黙れ、殺すぞ」と男が脅した。

通信係が「どうしたんですか？」と尋ねた。マージョリーは小さいが明瞭な声で答えた。「彼の手がわたしの脚に」

「知っている男ですか？」通信係が問いかける。

だがマージョリーは答えなかった。男に殴りつけられて電話が吹き飛び、回線が切れてしまったからだ。男は彼女の脚を広げさせ、膝で押さえつけ、二本の指で不器用にまさぐりながら自分をあてがおうとした。が、うまくいかなかった。生きるためには意識を失ってはいけないと、彼女は必死にわめいて抵抗した。男はますます焦り、肩を斜めにして指で探り続けた。彼女は子供たちがこの家にいるのか、それとも父親のところにいるのか思い出そうとした。ああ、そうだわ、よかった。父親のところよ。男が何度も強引に押し込もうとする。

彼女は肘をついて起き上がった。頬を涙が流れ落ち、喉がからからになって息が詰まった。しかたないわ、これはもう止めようとしても無駄。現実に起きてしまっていることだから。彼と闘う必要はないのよ。よく見て、覚えておけばいい。彼女は暗闇に目を凝らした。コンタクトレンズをはめていないので視界がぼやけたが、懸命に見ようとした。

黒人男性、上半身裸、幅の狭い胸、痩せ型、長身、若者、短い縮れ毛、小さなワイヤーフレームの眼鏡。

そのあと彼女の口からとっさに出た言葉は、本人ものちに振り返ってばかばかしいと認めている。だがそのときは、これで生き延びたらエイズで死にたくないという考えで頭がいっぱいだった。

「コンドームつけてる?」

長い沈黙のあいだ男は暗闇に向かって息を吐き、肺から出たむっとした空気を、煙草とスペアミントのかすかな香りとともに彼女に浴びせた。それから彼は再びいなくなった。今度はもう戻って来ないだろう。玄関のスクリーンドアがばたんと閉まった。

マージョリーは膝立ちでそろそろと後退し、床へ慎重にすべり下りた。電話が見つかると、母親にもらったアンティークのラグを血で汚したくないので、ベッドに戻ってひざまずいた。気を失ってはだめ、と自分に言い聞かせた。しっかりするのよ。再び九一一にかけた。

今度は落ち着いていた。彼女の声は高くて抑揚が激しいが、明瞭だった。さっきとはちがう通信係が応答すると、「出血してるんです」と告げた。「刺されたんです」電話が救急医療隊へ回されると、もう一度同じことを言ってから自分の住所を伝え、「お願い、助けて、お願い、急いで」と何度も繰り返した。再び警察の通信係が出て、彼女に電話を切らないようにと言った。

少し間があったあと、警察の通信係が質問を始めた。かなりの量の質問だ。現在、公式の事件ファイルにそのときの会話を録音したテープが収められている。それを聴くと、彼女は時折つっかえながらも冷静な口調で答えている。いいえ、男は出て行ったわ、たった今。そう、一戸建てに住んでるの。三十七歳よ。いいえ、家には他に誰もいないわ。いいえ、武器は置いてないわ。警察はこっちに向かってるんでしょう？ いいえ、レイプは未遂。お願い、早く助けに来て。いいえ、犯人は一人だけ。誰かこっちに向かってる？ ええ、意識はずっとあるわ。ええ、出血はまだ止まらない。無理だわ、タオルを取りに行くのは。ナイフがまだ刺さったままだから。（ここで通信係は後にも先にも一度だけ、感情のこもった言葉をはさんでいる。「ナイフがまだ刺さったまま？」と）大丈夫、シーツでナイフをくるんだわ。いいえ、ナイフの種類はわからない。お願いだから、急いで。知らないわ、男がどうやって侵入したかは。いいえ、玄関は鍵がかかってたわ。あ、でも、今はそうじゃないかもしれない。男はあそこから出て行ったみたいだから。お願い、助けて。お願い、急いで。

わたしがこのやりとりについて知ったのは、ずっとあとのことだった。

「お願い」というのが、わたしがベッドの向こう側へまわり込んだとき彼女が最初に発した言葉だった。「お願い、手を握って」彼女はグリーンの瞳を大きく見開き、歯をがちがち鳴らしていた。耳のすぐ下でカットされたハシバミ色の髪は、片方の頰にまっすぐ下ろしてある。片方の耳たぶに小さなダイヤモンドのピアスが三つ縦に並んでいる。腕と肩は筋肉質で、水泳選手のようだ。

「わたしはキャシー」そう言って、わたしは互いの視線が同じ高さになるよう床にしゃがんだ。彼女の目から下へは視線を向けなかったので、ナイフも見えなかった。彼女の肌はざらついて湿っていた。救急隊員たちはわたしに目もくれなかった。「〈被害者サービス〉の者よ」

「手を握って」彼女の声は、音というよりも空気が短く鳴る音だった。片方の目はもう片方よりもいくぶん大きくて暗かった。

「ええ、わかった」わたしは彼女の裸体を何かで覆ってやりたかったが、邪魔をしないという規則に反してしまう。

彼女はわたしにうなずき返し、視線に力がこもった。そのまなざしにはとてつもない恐怖の他にもう一つ、怒りではないが、深くて硬い鋼のような感情がちらちらとよぎった。彼女は洗濯洗剤の匂いと、どこからかはわからないが、それよりも強い酸っぱい匂いがした。

わたしは彼女の手を静かに握りしめた。「大丈夫よ」

「本当に？」

「ええ、本当に」わたしはそう言って、ナイフのほうを見まいとしたが——見たとしても、見えるのは彼女の身体から突き出ている柄の部分だけだが——どうしても目が行ってしまった。片方の救急隊員が点滴の落ちる速さを調節しながら、ナイフの刃のまわりに大きな止血帯を巻いている。もう一人はわたしにはわからない医療用語と略語を使って、無線で病院と話している。

砂色がかったブロンドの髪を短く刈り、肌に少しあばたのある、縁なし眼鏡をかけた私服警官が部屋に入って来た。ビニールの手袋をはめた手に、小さな黒い革のバッグを持っている。個性的なタイプのハンサムだ。彼にみなぎるエネルギーと自信が室内に充満した。わたしは笑顔で会釈したが、無視された。

「それは何？」マージョリーがあえぎながら言った。「見えないわ」

「財布です」その警官が言った。「一軒先で見つかりました」

「犯人はお金目当てだったの？」彼女はつぶやいた。

「彼女を動かします」救急隊員が言った。

わたしは立ち上がったが、マージョリーは手を離そうとしなかった。

「一緒に行くから、心配しないで」そう言って再び彼女にほほえみかけ、慎重に手を離した。

さっきの私服警官は後ろに下がった。「財布はどこに置いてあったんですか、ラサールさん？」

「ドアを入ったところにある、ステレオスピーカーの上よ」彼女は一言しゃべるたびに両肩を前に傾けた。

「確かですか？」

彼女は一度だけうなずき、救急隊員たちが彼女をそっとベッドの端へ移動させた。「いつも決まった場所に置いてるから」と彼女は言った。

「わたしもよ」わたしは口に出したとたん、よけいなことを言ったと後悔した。

警官は目だけ上げてわたしを見た。「新入りか？」

「キャシー・スティーヴンズです。〈被害者サービス〉の者です」

「そうだな、シャツの胸にそう書いてある」彼は手帳に何か書き留めた。「まだ駆け出しだろう？」興味があって訊いたのではなく、引っ込んでろという合図だ。「ラサールさん、家には押し入った形跡がどこにもないんですよ。寝る前に玄関を戸締まりしたのはまちがいないんですか？」

マージョリーの顔が一瞬こわばり、ナイフの柄が息を吸ったり吐いたりするたびに動いた。「ええ、まちがいないわ」

「そうでしょうか」彼は言った。「最初に到着した警官が、ドアが半開きになっていたのを見ているんですがね」

「誰か手を貸してください」救急隊員が言うと、二名の制服警官が進み出た。ストレッチャーにどすんと落とされて、マージョリーの顔が苦痛にゆがんだ。一人がようやくシーツを彼女にかけ、左胸だけが出ている状態にした。

例の私服警官はかぶりを振って、さらに何か書き留めた。「窓はすべて施錠されていました。裏口は鍵がかかっていませんでしたが、こじ開けた形跡はありません。また、血痕はどこにも見当たりません。なくなっているものも、あなたの財布の中身以外にはないようです」彼の声は感情がなく、テープレコーダーに声を吹き込んでいるみたいだった。いつもこんな調子でしゃべるんだろうか。何が彼をここまで冷淡にしたんだろう。「妙ですね」

マージョリーが鼻水を垂らした。わたしは後ろのポケットからティッシュペーパーを出してベッドをまわり込み、ストレッチャーにかぶさって彼女の鼻をぬぐった。

「さわるんじゃない」私服警官がぴしゃりと言った。

わたしはびくっとして身体を引き、彼が言ったのはマージョリーのことだろうか、それともストレッチャーのことだろうかと考えた。

「妙だと言われても、わたしは何もわからない」マージョリーがストレッチャーのへりを両手で握りしめた。

わたしはほほえんで、ささやいた。「いいのよ」

「よくない」私服警官が言った。

「いいの」わたしは声が震えそうになるのをこらえたが、悔しいことに顔が赤くなっているのがわかった。彼は女嫌いなの？　それとも人間すべてが嫌いなの？

「わたしは」私服警官が手帳にメモしながら口を開いた。

「この事件の担当刑事だからね」彼はペンのクリップを手帳の上部に引っかけ、腕組みをした。「ロビロだ。殺人課のレイ・ロビロ刑事だ」

「殺人課？」わたしは思わずそう訊き返していた。ロビロはわたしをじっと見つめたが、何も言わなかった。

「搬出します」救急隊員の一人が言うと、ロビロはうなずいて尋ねた。「病院はジェネラルとレイク、どっちだ？」

「本人の希望でジェネラルです。そっちだと顔が利くんだそうです」

「顔が利く？」ロビロが困惑して額にしわを寄せた。

「わたしは臨床心理士なの」マージョリーが言った。だんだん話し方が遅くなってきた。彼女はわたしを見て、目にまた涙を浮かべた。「ティーンエイジャー担当よ」

「臨床心理士か」ロビロはつぶやき、再び手帳に書き留めた。

「あなたも来る？」救急隊員がストレッチャーを押してドアへ向かうと、マージョリーは首をわずかにねじってわたしを見た。

「ええ。すぐあとから自分の車で」

別のもっと若い、腹の突き出た私服警官が戸口に現われ、ロビロに何か耳打ちした。黒い髪を後ろへ撫でつけ、茶色いジャケットの下にクリーム色のポロシャツを着ている。

マージョリーは口を開けて息をしながら、二人の私服警官を見つめていた。

「何か見つかったの？」彼女は訊いた。「その人、何か見つけたの？」

「ヘバート刑事です」若いほうの男が名乗った。「財布の中身が見つかりました」彼の口調は穏やかで、ロビロとはちがって相手の目を見ながら話した。

「現金以外のものはすべてです」ロビロが言った。「現金はいくら入っていたか、覚えていますか？」

そのとき、前庭のほうから数人の大きな声がした。「彼女に会わせてくれ」鋭い男の声が飛んで来た。

「セサール？」マージョリーが頭を上げ、救急隊員の後ろを見ようとした。「わたしが呼んだの。お願い、中へ入れてあげて」

「あなたが呼んだ？」ロビロがおうむ返しに訊いた。

「そうよ、警察に通報したあとで」

ロビロは一瞬ためらってから、ヘバートに向かって小さくうなずいた。

「チャーリー、彼をこっちへ」ヘバートが大声で指示した。

「セサールか。メキシコ系だな」ロビロが言った。

背の低い、ちんまりした体型の男が廊下を急ぎ足でやって来た。黒いジーンズに青いTシャツという服装だ。ウェーブのかかった髪を長く伸ばし、肌は褐色だった。

「ここにいるよ」セサールはストレッチャーの上にかがみ込んだが、マージョリーには触れなかった。

「楽天家の少女ポリアンナも形なしね」マージョリーは手の甲で彼の腕をさすった。わたしは彼女の言葉を奇妙に感じた。

「いったいどうしてこんなことに？」セサールの言葉にはかすかな訛があった。

「急いで運ばないといけませんので」救急隊員が言った。

セサールはうなずいてストレッチャーのあとを追おうとしたが、ロビロに引き止められた。セサールは焦った顔で警官たちを見た。「何があったんですか？　そばに付き添ってやらないと。彼女、大丈夫ですよね？」

「さあ、我々にはまだなんとも言えません。あなたのお名前は？」

「セサール・カンポスです。彼女、助かるんでしょうか？」

「カンポスさん、ラサールさんと最後に話したのはいつですか？」

「今日です。さっき、彼女から電話があったときに。だが昼間も彼女のオフィスで会いました。あのときはぴんぴんしていたのに」

「お気の毒です」わたしは言った。それまで割って入るきっかけも、さりげなく立ち去るきっかけもつかめないでいた。自己紹介したあと、セサールにマージョリーが搬送される病院を伝えた。

「まったく信じられない」セサールはその場にたたずみ、両手をジーンズの尻ポケットに突っ込んだ。

「ここでの仕事は終わったんだろう、ミス・スティーヴンズ」ロビロの視線に怖気づいて、わたしはまた赤くなった。

ヘバート刑事がわたしの背中に軽く手を置いた。「お送りしましょう、お嬢さん」

「キャシーよ」わたしはそう言って、彼の手から身をかわした。

「ぼくはジョシュ・ヘバート」居間まで来ると、彼が手を差し出した。わたしはしぶしぶ握手に応じた。彼の手はすべすべして温かく、種類はわからないが、コロンがほのかに香った。「〈被害者サービス〉の協力にはいつも感謝しているよ、キャシー」

「でも、彼にとってはありがた迷惑みたいね」

「レイのこと？　ああ、頑固者だからね。でも優秀な刑事だ」ヘバートがスクリーンドアを開けてくれた。夜気は重たく淀んでいるのに、わたしは身震いした。

「こういう事件は初めてかい？」

「ええ」わたしは外の通りを見渡した。近所の人々はほとんどがもう家の中に入っていた。

「誰だって最初のうちは不安だよ」

「あなたはもう慣れた？」

「いいや、あんまり」彼はにっこり笑い、右頬の目に近いところにえくぼが一つできた。「だけどそのうち見方が変わって、さほど思いつめなくなるよ」

わたしは親指でジーンズの外側の縫い目をこすった。

「どうすればそうできるの？」

彼は肩をすくめた。「自然にできるようになる。時間はかかるだろうけどね」彼はスパイラルノートで自分の脚をぽんと叩いた。「ここでの用事は全部済んだかい？」

わたしはうなずいた。「見送り、ありがとう」

「すぐにまた病院で会いそうだね。レイのことは気にしないほうがいい。今夜はたまたま体調でも悪かったんだろう」

マージョリー・ラサールほどではないでしょう？　ヘバートが家の中へ戻ったあと、わたしは自分の車の横に立って内心で言い返した。時間の感覚がずれた一羽のアオカケスが、道の反対側の大きなマグノリアの木でさえずった。救急車と消防車はすでに数台の警察車とともにいなくなっていた。朝になれば、何もなかったように近所は普段どおりに戻るだろう。もちろん、この家に住んでいる女性は別だ。マージョリー・ラサールはここに帰って来られるだろうか。命が助かったとして。

わたしは子供の頃から、法の執行機関で働きたいと願っていた。たぶんテレビの観すぎだろう。「スパイ大作戦」、「アイ・スパイ」、「サンフランシスコ捜査線」、「女刑事ペパー」、「女刑事キャグニー&レイシー」、「ヒルストリート・ブルース」といったテレビドラマにすっかりのめり込んでいた。とりわけ好きだった登場人物は、クリスティン・キャグニーと「ヒルストリート・ブルース」のルーシー・ベイツ巡査部長だ。この二人が一番現実味があった。タフで、自立心旺盛で、頭が切れる。いつも毅然としていて、男の世界にいながら自分なりの世界を持っている。

わたしはルイジアナ州立大学の刑事司法学部を卒業した。姉たちは痛烈にけなし、父は「しかし目標はなんだね？　そんなものを勉強して何をしたいんだね？」と困惑し、母は静かに「しかたないわ、それがあなたのやりたいことなら」とあきらめ、祖母は「これじゃあ、いいところへ嫁に行けないよ」と心配し、友人たちはあきれ顔だった。卒業の五ヵ月前、わたしは必須条件である精神面と身体面の適応能力試験に受かり、公務員採用試験、身体検査、さらに見習い警察官として受け入れてもらうための面接にも合格した。二ヵ月後には、バトンルージュ市警の第五十基礎訓練校に入学することになっていた。

だがそれまでに、教室では学べないような経験を積んでおきたかった。そこで〈被害者サービス〉の養成コースに申し込み、犯罪や災害の被害者を支援する二ヵ月間のプログラムに参加した。具体的に何をするのかというと、被害者をなだめ、親しみをこめて接し、プロたち——警察官や消防士や救急隊員——が市民の感情的要求にかまうことなく仕事ができるようにしてあげる。

わたしが一番やりたかったのは見ることだった。まったくの世間知らずだったからだ。それまでの人生はわりあい平穏で、庇護の下に置かれていた。高校時代の友人がクスリのやりすぎで死に、別の一人は父親を殺され、ウェイトレスが仕事中に強盗に銃で脅される事件にも遭遇したが、わたしにはほんのかすかにしか影響しなかった。だから、言語に絶するような出来事を目の当たりにしなければと思った。単に自分はそういうものを直視できるんだと、安心したかったのかもしれない。

ところが緊急救命室の混雑した駐車場へ車を乗り入れると、わたしは自分の感情をどうしたらいいのかわからなくなった。マージョリー・ラサールを見たときは、吐き気をもよおしたり、逃げ出したい気分になったり、自分の弱さを突きつけられる思いがしたり、女の一人暮らしはつくづく怖いと我が身に重ねて感じるようなことは一切なかったのに。ただ彼女に対して、未知の深いところから湧き起こってくる強烈な責任感をおぼえただけだった。

看護婦にマージョリーの部屋を教えてもらった。わたしは廊下を曲がったとたん足がすくんだ。彼女は裸でベッドに寝ていて、入口のカーテンが大きく開いていたので、そこを通りかかる人から丸見えだった。カテーテルのチューブが両脚のあいだから出ていた。警察の写真係が彼女を間近で撮影していた。他に二人の医師と四人の看護婦が小さな空間でひしめいていた。マージョリーは頭をほとんど動かさず、目だけで彼らの動きを追っていた。彼女はすばらしい身体をしていた。胸の上部から突き出ているナイフの柄を無視するならば。

「たった一突きで、左鎖骨下の胸郭にまで損傷を与えている。左から右へ、やや斜めの角度だ」

「たった一突きで？」看護婦の一人が首を振った。

一人の医師がマージョリーの胸を調べながら言った。

「ここにもう一つ傷がある。深さ二インチほどで、左胸のすぐ下だ」

「本当？」マージョリーが言った。「何も感じないわ」彼女はろれつが回らず、右手が傷の場所を確かめたがっているかのようにぴくぴく動いた。

「大動脈の支脈からはわずかにそれているようだな」

「X線検査でも肺はきれいだった」

「だが実際に開いてみるまで予断は禁物だ」

「よし、彼女の支度が整ったら、手術室へ運ぼう」

部屋がいくらか空《す》くと、わたしはマージョリーから見える位置へ移動した。

彼女は目を細め、頭をわずかに動かした。「そこにいるのは誰？」

「キャシーよ」わたしは答えた。「さっき家で一緒だったキャシーよ」わたしが最後まで言い終わらないうちに、彼女は手を差し出した。

「世界中のさらし者って感じでしょう？」

「おかわいそうに」

「いいのよ、たいしたことじゃないわ。ただの身体よ。みんな全力を尽くしてくれてるわ」彼女の呼吸はもうナイフと連動していなかった。「痛み出してきたの。かなりの痛み。変よね、救急車に乗るまでは全然感じなかったのに」

「ショック状態だったのよ」

「あなたって親切ね」

「それがわたしの役目だから」

「ちがうわ。あなたは根っから親切なのよ。わたしにはわかる」

わたしは彼女の手を優しく叩いた。「この腕の傷はどうしたの？」

「体操よ」彼女は答えた。「十四歳のとき、高鉄棒から落っこちたの」彼女の目が閉じかけ、声が細くなった。「この際、腕ごと新しいのと交換しようかしら」

わたしは再び彼女の手をぽんと叩き、少しのあいだ黙ってそのままでいた。そばで二人の看護婦が手術の用意をしていた。

看護婦たちがマージョリーを廊下に運び出してエレベーターへ向かう前に、わたしは彼女が連絡を取りたい相手の名前を書き留めた。両親、前夫、仕事先の人。わたしは待っていると約束した。彼女が手術室を出るときに必ずそこにいると、どうなるかわからないのに約束した。結局、彼女は七時間も手術室にいて、再会できたのは正午過ぎだった。わたしの他にも待っている人たちがいた。彼女の両親、四人の兄弟、ものすごい数の親類縁者。全員で彼女がいる集中治療室の前に集まり、医師からの報告を聞いた。

医師たちは次のように話した。手術をして初めて、食道もかなり深刻な損傷を受けているとわかったため、背中を切開して肺をしぼませ、食道の傷を縫合した。ナイフは右鎖骨と左の総頸動脈管のあいだに突き刺さり、ぎざぎざの刃の先端は大動脈に貼りつくように接していた。脊椎周囲の組織に深々と埋まっていたため、ナイフを抜くのに大変な力を要した。彼女が刺傷にも手術にも耐えたのは、奇跡と言うほかない。

マージョリーはぼんやりした様子ながら、わたしたちにほほえみかけた。

「うちの娘は絶対にくじけない」長身で引きしまった体格の父親が、かがみ込んで娘の額にキスした。彼の首からぶら下がっている小さな金色のボクシング・グローブが、彼女の頬をかすめた。「絶対にな」父親は繰り返した。

二日後にお見舞いに行ったとき、わたしは迷路のような寒々しいピンク色の廊下を進んだあと、はたと立ち止まった。彼女の病室と思ったところに別の名前が出ている。シーリア・フローレス。他の部屋に変わったのだろうか？　それともわたしが部屋番号をまちがえたのだろうか？　そのときドアが勢いよく開いて、看護婦が足早に出て来た。その背後でマージョリーのゆっくりとした細い声が「ありがとう」と言うのが聞こえた。

病院ベッドは頭のほうまでほとんど水平で、テレビは消してあり、室内はフラワーバスケットや、動物のぬいぐるみや、お見舞いカードでいっぱいだった。大きなハート形の風船まであった。悲劇がにぎにぎしさに変わっている。マージョリー・ラサールは、初めてくたびれた顔をしていた。

「ドアの名札がシーリア・フローレスになってるけど、どうしたの?」わたしは訊いた。

「今日の朝刊を見た? わたしの名前が出てるのよ、実名で! しかも病院名まで。記事には、刺されて性的暴行を受けたと書いてあったわ。もしあの男が、わたしをこんな目に遭わせた犯人が読んだら、よくも人相を警察にしゃべったなって仕返しにくるかもしれないでしょう?」子供のたどたどしい朗読のように、言葉がこけつまろびつした。

「まさか!」わたしはベッドの横の椅子に腰かけ、片手を彼女の腕に置いた。新聞がレイプ被害者の実名など載せるはずがない。それに、実際にはレイプされていない。

「だから新しい名前をもらって、これまでの名前は公式記録から消させたわ。なんとかしてよって文句を言ったの。わたし、怖いのよ。あの男がまた現われたらどうしよう」

「ここにいれば安全よ」わたしはとっさにそう答えた。すぐにあることに思い当たったが、口には出さなかった。電話帳には彼女の名前が載っているし、そもそも犯人はすでに彼女の自宅を知っている。

「家には兄たちが行ってるわ。荷造りのために。わたしはもう、あの家には住めないから」彼女は身震いし、目をつむった。「ロビロが向こうで兄たちと会ってるはずよ。さっきここに来たの。いろいろ訊かれたわ。あの人、あまり好きじゃない」

「わたしも」本心を言った。

彼女は目を開けた。お互い笑顔を交わした。

「いい男は、どうしてみんな感じ悪いのかしら」

「遺伝ね、きっと」わたしは答えた。

「まったく、やれやれだわ。ところで、シーリア・フローレスって可愛い名前でしょう?」

「ええ、とっても」わたしは言った。

「声に出したときの感じが好き。シーリア・フローレス」

彼女は猫が伸びをするように、口の中で母音をゆっくりと気持ちよさそうに転がした。

「具合はどう？　かなり痛む？」

彼女はうなずいた。「たいしたことないわ。それよりも怖い」彼女は目を閉じたが、再びぱっと開き、わたしの手をつかんだ。「あなたはわたしを信じてくれるでしょう？ね、信じてくれるでしょう？」

「ええ……もちろんよ」わたしは面食らって彼女を見つめた。

「息をして。さあ、息をして」彼女は自分にそうつぶやくと、深呼吸した。「わたしは生きてる。もう終わった。最悪の事態は脱した。そうよね？」

「ええ、そうよ」わたしは答えた。


レイ・ロビロ刑事はマージョリー・ラサールの怪我を本人がやったものと断定した。


もちろん、わたしはそれを彼の口から聞いたのではなく、入院十一日目のマージョリーを見舞った際、彼女の口から聞いた。その後も何週間にもわたって、彼女に電話でその話を聞かされた。彼女は夜遅く長々としたとりとめのない電話をかけてきて、泣いたり、怒ったり、むっつり黙り込んだりした。わたしはただ聞いているだけだった。彼女に電話番号を教えたのはまずかったと思う。でも、教えるのを断わることはとてもできなかった。

ロビロの判断は多くの事実に基づいていた。侵入者の存在を示す証拠が犯行現場で発見されなかったことが、疑惑の発端だった。まず、ドアをこじ開けようとした形跡がなかった。まあたぶん、彼女が鍵をかけ忘れただけだろう。よくあることだ。しかし指紋がただの一つも――マージョリーや子供たちや彼女の前夫やセサールのも――なく、家はまっさらの状態だった。指紋は、ナイトテーブルの上に置かれていた二本目の小さなキッチンナイフにもなかった。二本目のナイフが現場にあったことといい、指紋がどこにもなかったことといい、実に奇妙で疑わしい。血痕もまったく見当たらなかった。犯人はマージョリーを刺した際に返り血を浴びているはずで、そのあとも彼女の身体に触れている。にもかかわらず彼女の財布にも、電話とベッドを除く家の中のどこにも、血痕は発見されなかった。彼女はベッドの上をそっと這って床の電話を拾い上げた、と言っているが、それを裏付ける証拠はない。だいたい、ラグに血痕がないのは変だ。このように状況が第一印象とちがっているのはきわめて不可解で、重要なヒントになりえる。また、侵入者の行動も不自然だ。被害者を残虐に一突きしてからレイプせずに立ち去り、そのあと今度はおそらく二本目のナイフを手に戻って来た。いったいどういうつもりだろう？　結局は被害者の胸に傷をつけただけだ。おまけにそのナイフには血痕も指紋もない。そもそも、そいつはなぜ引き返したのか。マージョリーが電話で話している声が聞こえなかったのだろうか。コンドームをつけているかと訊かれたとたん逃げ出した、というのもおかしな話だ。

もっとも、犯行現場というのはおかしなものだ。法則にも予想にもあてはまらず、同様の犯罪であっても現場の状況はまったく異なる。そこでロビロは細かい点を抜き出して、あとでじっくり考察し、精査するためにとっておいた。

すると刺傷事件の二日後、彼はマージョリーの家に再び行ってナイトテーブルの上に封筒入りの手紙を見つけた。セサールからのタイプされた長い手紙だった。大げさな表現を連ねて、マージョリーが彼の民族性――彼の父親はヒスパニックで、母親はアフリカ系アメリカ人だった――を不満に思い、彼をなかなか家族に紹介しようとしないと非難していた。彼女の家族は肌の色の濃い人間を嫌っている、彼女も彼を尊重しておらず、本心では人生のパートナーとして望んでいない、とも書いていた。互いに冷却期間をおくべきだ、というのがセサールの結論だった。彼がロビロに話したところによれば、彼女が刺された日の昼間、彼女のオフィスへ行ってその手紙を渡し、少しのあいだ激しく口論してから帰って来たそうだ。封筒にはマージョリーが少しあとにセサール宛てに書いた短い手紙が入っていたが、彼には渡されずじまいだった。手紙の中で彼女は、ひどいことを言って悪かったと詫び、彼を子供たちや家族に紹介したかったが、無理だということが今わかった、と書いていた。あなたと彼らはあまりにもちがいすぎるから、と。文面は「もう疲れた」という言葉で結んであった。

ロビロはそれに猟犬のように食らいついた。犯行現場の数々の説明がつかない奇妙な事柄は、これですっきり片づく。彼女は恋人との関係が破綻したせいで気落ちしていた。それで自殺したくなったか、もっとたちの悪いことに家族に注目されるため、セサールを取り戻すための自作自演かもしれない。考えてみれば彼女はセサールの顔を見たとき、少女ポリアンナがどうのと言っておどけたが、あれはああいう状況にいながらいかに沈着冷静だったかを物語っている。しかも、彼女は解剖学にもかなり詳しい。

そこでロビロは病院を訪ね、医師たちに話を聞いた。彼らは口をそろえて、脚にも膣にも傷はまったく認められず、レイプはなかったと断言した。また、左胸の下に小さな傷があったという証言に、ロビロはそれをためらい傷と断定した。鋭利な道具を使った自傷行為にはよくあることだ。不思議なことに、マージョリーは他のことはいろいろ覚えていたにもかかわらず、その傷のことは覚えていなかった。ナイトテーブルにあった二本目のナイフについても説明できなかった。それに、ナイフが胸に刺さっていた角度は彼女の供述と食いちがっている。事件後一カ月間、訊くたびに彼女の状況説明は少しずつ変わり、ロビロはそれも重要な決め手と考えた。

さらに、似顔絵のこともある。マージョリーは事件の捜査が遅々として進まないことにしびれを切らし、州警察本部へ乗り込んで有能な似顔絵画家の協力を得ることになった。マージョリーよりも若い、物腰が穏やかで歯並びの悪い女性画家は、さまざまな顔の輪郭、目、鼻、口をマージョリーに見せた。そこから似たものを選び出す作業が終わると、より精密で正確な絵に仕上げるため、マージョリーを床に寝かせて、侵入者が寝室で上に覆いかぶさってきたときの場面を再現した。

「心が忘れてしまったことを、身体が思い出してくれるかもしれないから」と画家は言った。「もう一度その顔を、できるだけ間近で見てもらいたいの」

身体が思い出したのはパニックと恐怖だけだった、とマージョリーはのちにわたしに語った。彼女は床に横たわって再びそれらを味わいながら、脚を開き、両腕を広げ、「真剣にやるのよ。これを現実だと思って」とつぶやいた。気をしっかり持てと自分を励ましながら、あの場面に戻ろうとした。

だが似顔絵画家から話を聞いたロビロは、そのようには受け取らなかった。画家のほうも同じだった。彼女はロビロに、マージョリーはかなり気が立っていて、正直なこともあれば嘘でごまかすこともあった、と話した。マージョリーが今後一人で子育てをしていくと思うと、子供たちのことが心配だとも言った。だがマージョリーがこうした事実を知ったのは、何カ月もあとのことだった。犯人探しのためにきっと力を貸してもらえると信じて、似顔絵画家の家を出たというのに。

一方、ロビロはマージョリーの両親、前夫、それからセサールに会いに行った。マージョリーが自分でやった可能性があると聞いて、誰もが唖然とした。

「しかしまあ、何があってもおかしくないだろう」前夫はくだくだしい執拗な事情聴取のあと、そう認めた。

「マージョリーはポリグラフ検査に応じるでしょうか？」ロビロは前夫に尋ねた。

「そんなものはあてにならないと言いそうだな」前夫は答えた。

生々しい十三インチの傷を胸と背中の上部に刻まれたマージョリー・ラサールは、そのとおりのことを言って、嘘発見器にかけられることを承諾した。刺されてから五週間後のことである。承諾はしたが、ロビロのあてこすりに憤慨した。ポリグラフ検査師は彼女に五つの質問をし、そのうち三つが七月十三日の晩に関するものだった。

「あなたは自宅で自分を刺しましたか？」

「いいえ」

「黒人男性はあなたの家であなたを刺しましたか？」

「はい」

「黒人男性に刺されたというあなたの話は作り話ですか？」

「いいえ」

検査師が出した結論は、マージョリーは事件にまつわる質問に対し〝欺瞞的に〟答えている、というものだった。

レイ・ロビロ刑事は殺人課のオフィスにマージョリーを呼び出し、ヘバートも同席させた。面接の模様は彼女には知らされずにビデオ録画された。ロビロはあるべき証拠がないことを振りかざし、自分でやったんだろうと彼女を真っ向から攻め立てた。パフォーマンスだかボディランゲージだか知らないが、罪悪感の現われだと主張した。どういうところがボディランゲージなのかと訊かれると、ロビロは返事を拒否した。ヘバートは終始ほとんど無言だった。

マージョリーはわずかに残っていた平静を完全に失った。大声でわめき、皮肉を浴びせ、ロビロが口をはさもうとするたび「黙って」と手を突き出した。これが頻繁に繰り返された。彼女は床か、テーブルか、ヘバートを見てしゃべった。ロビロを女性に対して偏見を持っていると言って責め、これでは捜査が公正に行なわれたわけがないと断言した。自分で刺したのではないと証明することは可能だが、それにはお金と気力が必要で、自分にはどちらもないと言った。さらに、彼の主張は言いがかり以外の何物でもなく、守ってくれるはずの警察に虐げられたことで新たな暴力を被ったと感じている、と非難した。面接は唐突に終わった。

だが、ロビロは次の手段に出た。録画したビデオテープを警察の心理専門官マキャンツ氏のもとへ持ち込み、自分が作成した報告書や関係者全員の証言と一緒に見せたのだ。マキャンツ氏はマージョリーの前夫とだけ面接したいと言った。それが済むとロビロを呼んで、こう告げた。「きみと同じ意見だ。あらゆる証拠が欺瞞を指している。きみの所見は的確だ」

こうして捜査は打ち切られ、あのナイフによる暴行は凶悪殺人未遂から自殺未遂に変わった。

その晩遅く、マージョリーはわたしに電話してきた。彼女が自分から明かさない限り、捜査がどう決着したかは誰にも知られないとロビロに言われたそうだ。ただし彼女がなんらかの行動に出たら、たとえばマスコミを使うなどして警察の対処方法に不満を表明した場合は、「やぶ蛇になるぞ」と釘を刺された。

「こんなの耐えられないし、信じられない」マージョリーは言った。「完全に脅しよ。わたしを情緒不安定だと決めつけて、それが世間に知れたらプロの心理学者としての地位や評判に傷がつくだろう、と言ってるのよ」

わたしは犬の顔の毛を指で梳きながら、聞いているしるしにたまに小さく相槌を打った。その頃はすでに、なるべく留守番電話にして彼女の電話に出ないようにしていた。何を言えばいいのかわからなかったからだ。最初は、ひどい暴行を受けて生き延びた女性をなんとか助けたいと思った。想像を絶する恐怖を体験しながらも、理性を失わずに生きる力を持ち続けた女性を。彼女を尊敬していた。その気持ちはずっと変わらなかった。けれども状況はすでに、わたしの理解を超えた巨大な場所へ渦を巻いて流れ出ようとしていた。とてもわたしの手には負えない。

「彼に言ってやったわ」マージョリーが続けた。「わたしは三つのことに誇りを持っているって。一つ目は誠実であること。二つ目は正直であること――いつも真実を話しているわ。そりゃ、ティーンエイジャーの頃は親に隠し事もしたけど、大人になってからは本当のことしか言わない。嘘はつかないわ。三つ目は母親であること。わたしは良き母親なの。子供たちを置いて早まったことをするはずないわ。そんなこと、絶対にするもんですか」

「ほんとにお気の毒に思うわ」わたしは言った。

「わたしを信じてくれるでしょう?」

「もちろんよ」彼女の胸に根元まで突き刺さっていたナイフを思い出しながら、わたしは答えた。人はあんなふうには自殺しない。自ら命を絶とうとした者たちを何人も知っているが、あんなふうではなかった。あんな方法ではなかった。銃で撃つか、手首を切るか、首を吊るか、でなければ薬を飲むかだ。自分の胸をナイフでずぶりと刺した者はいない。

彼女は少しのあいだ沈黙した。「わたしはね、ずっと警察を信じてたのよ。子供たちにはいつも言ってきたわ。警察はきっとあなたたちを助けてくれる、あなたたちの安全を守るためにいるんだからって」彼女は泣き出した。「でも、そうじゃなかったのよね」声が小さくなった。

「立派な警官もたくさんいるわ」

「どうかしら」

「ヘバートはいい人みたいよ」

「でも、何もしなかった」マージョリーはきつい口調になった。

わたしは犬を見つめながら、玄関ポーチでのヘバートの言葉を思い出した。親切で、まっすぐな性格の人に思えた。彼はマージョリーが自分で刺したと考えているのだろうか。わたしには見えなかったものが、何かあるのだろうか。なんだか頭痛がしてきた。

「黙り込んじゃったわね」彼女が言う。

「ごめんなさい」

「何か言いたいことがあるんじゃない？　そんな気がするんだけど」

頭がずきずきし始めた。

「キャシー？」

「そうね、一応お知らせしておくわ。実は、二週間後に警察学校へ入るの」

「まあ」彼女はしばらく無言だった。犬がわたしの手に鼻面をうずめた。「あの人たちにはもう話したの？」彼女が訊いた。

「あの人たちって？」

「警察よ。ロビロ」

「まさか！　どうして話さなくちゃいけないの？」

受話器の奥で子供たちの声がして、食器がかちゃかちゃ鳴った。「もっと早く教えてほしかったわ」

「あなたは警察を嫌ってるみたいだったから、誤解されるんじゃないかと……」わたしは言葉を濁した。

「ずっと前から決まってたことなんでしょう？」

「ええ」

「わたしと会う前から？」

「ええ」

重いため息。「事件のことを話せる相手は、セラピストを除けばあなただけだった。迷惑をかけるつもりはなかったの。でも迷惑だったでしょうね」

「そんなことないわ」とわたしは答えたが、自分でも嘘だとわかる言い方だった。

「さてと」急に快活な声に変わった。「あなたなら、きっといい警察官になるわ」

「そう努めるわ」わたしは静かに言った。

会話はもうあまり続かなかった。言うべきことなど一つもなかった。彼女が電話を切ると、わたしは犬の脇腹に顔をうずめた。疲れて、混乱して、安堵していた。マージョリーはもう電話してこない気がしたが、実際にそのとおりだった。それきり彼女からの電話はなかった。

その後の六年間は順風満帆だった。わたしは警察学校をクラスで三番目の成績で卒業し、優秀射撃手章を授与され、すぐにブロードムア署の制服パトロール警官として二年の任務についた。それから少年課の刑事を二年やり、スコットランドビル署へ異動になった。結婚して、セントラル地区に家を買った。そのあとブロードムア署出身の新しい市警本部長による新構想のもと、現在の地位である地域連絡官に抜擢された。

「市民からの審査請求が増えている」本部長は風通しがよくて明るい執務室で、わたしに言った。「新鮮かつ客観的な視野に立つ者がほしい。市民との橋渡し役がな。きみの職務は対象となる事件に再捜査が必要かどうか、必要ならば誰が指揮を執るべきか、また対象となる警察官について内部調査局が動くべきかどうかを決定することだ。ただし、きみは内部調査局の人間とはちがう」彼は強調した。「あくまで市民、警察法律顧問、内部調査局、そして未解決事件班とをつなぐ連絡係なのだ」

わたしはためらいつつうなずいた。警察官たちから見れば、わたしは仲間を捕まえようとするスパイか、仲間を守る緩衝材かのどちらかになる。そういう微妙な立場での複雑な仕事だから、本部長の人柄と真意を信頼していなかったら断わっていただろう。

「二年間やってもらいたい」本部長は言った。「おもに昼間の勤務だが、多少残業もある。引き受けてくれるなら、きみとジョージ・ドノヴァンで決まりだ」

いい条件だと思った。もう午前四時に眠気と闘わなくて済むし、果てしない暗闇での任務から生じるぼんやりした緊張とおさらばできる。恐怖が忍び寄ってくるのではないかと夜におびえることもなくなる。しかもジョージと組めるのなら、言うことなしだ。二年後には軽罪担当の刑事にしてもらう約束で、わたしは地域連絡官への任命に応じた。

新しい職務はまあまあ気に入った。それまでとはちがう筋肉を鍛えている感じで、昔から得意だった聞き役にまわることができた。人々が怒りと不満をあらわにやって来ると、わたしはなだめて説明し、調査した。相手の期待に応えられることもあれば、そうでないこともあった。

ジョージとわたしは警察官たちの怒りを買うこともあったが、それは最初から覚悟していた。特に家族の一員がかかわっている場合は。バトンルージュ市警では縁故採用がまかり通っていた。半数が他の誰かと縁続きだったのではないだろうか。夫婦、きょうだい、いとこ、さらには家族ぐるみということもあった。母と父と息子（娘はほとんどいない）が、さまざまな部局に分かれて働いているのである。ジョージとわたしにも、同じバトンルージュ市警で働く家族がいた。わたしの夫は自動車窃盗課で、ジョージの妹は通信課だった。だが、たいした問題ではなかった。わたしたちは最終判断を下す立場にはなかったからだ。つねに上の者たち――警察法律顧問、内部調査局の警部、場合によっては本部長や、市民と警官と消防士で構成される市人事審査委員会――が、わたしたちの所見を査定することになっていた。

とはいえ、わたしたちが出した決定はめったにくつがえされなかった。ジョージとわたしは優秀なチームだった。そして、多忙を極めていた。市民からの再調査請求はひっきりなしで、中にはわたしが警察に入る前の古い事件もあった。だが多忙なのは市警の誰もが同じだ。自分が引き受けたのはこういう仕事なんだと割り切るしかなかった。

だから、警察法律顧問のルー・コックスがわたしのオフィスに来て、机の上に一冊のファイルを置いたときも、わたしはほとんど動揺しなかった。つまり、少しだけ動揺した。そろそろ終業時刻だったので、頭の中は夫が作る夕食のことでいっぱいだったからだ。ザリガニの蒸し煮、クロウフィッシュ・エトゥフェを作ってくれる約束だった。

「新しく来た請求だ。金曜日に面接を入れておいた」ルーはシルクタイを引っ張ってゆるめ、リネンのズボンのポケットに両手を突っ込んだ。

「冗談でしょう」わたしは机の上に積み重なっている大量のファイルに目をやった。「ジョージに回して」わたしはパートナーのほうへ顎をしゃくった。彼は読書用眼鏡を鼻の先にかけ、机の上に足を投げ出している。その黄色い水玉模様の赤い眼鏡はわたしのだ。彼が自分のをどこかへやってしまったので、予備のを貸してあげた。彼を見るたびに笑いたくなるから、しょっちゅう彼を見ていた。わたしが知っている中で最もハンサムな男性の一人で、歳をとったデンゼル・ワシントン風だ。ただし、ごま塩頭と口ひげつきの。

「こっちに押しつけるなよ」ジョージは唇をほとんど動かさずに言った。

「請求者の女性は同性の警察官を希望しているんだ、スティーヴンズ。きみは女性の警察官だろう?」ルーがそう言ってジョージのほうを見ると、ジョージは読んでいるものから顔を上げず、手だけゆっくりと上げ、ルーに向かって中指を立てた。

「だったらわたしの受け持ちね」わたしは譲歩した。「でも、二日後だなんて急だわ」

「とりあえず面接だけだ」ルーは言った。「残りはあとでやればいい」

わたしは頬杖をついてルーを見た。地域連絡官を拝命して七カ月、ルーの予定表どおりに仕事をこなしてきた。でもそれは場合によりけりだし、これまではこれまでだ。今夜は他に用事があって、明日は打ち合わせや検討すべき案件でいっぱい、明日の晩は今夜と同じ予定が入っている。逆の勤務シフトで夫とすれちがいになることもあるから、夫婦で過ごせる時間はそれこそ死に物狂いで守ってきた。

「レイは優秀な捜査官だったが、請求者は本件は女性が扱うべきだと主張している」ルーが言った。「きみの所見はあとでジョージにみてもらうように」

「わかりました」わたしは机にのっているファイルを警戒の目で見た。

ルーは出て行く前に、ドアの枠をてのひらで一つ叩いた。

「特に問題はなさそうだろう？」

「ええ、今のところは」わたしは彼の背中に向かって答えた。

「レイ・ロビロか。懐かしいな」ジョージがつぶやいた。

わたしはファイルを手に取り、事件の日付を見た。「あら、ずいぶん前ね」タイトルを目で探した。〝凶悪殺人未遂――変更：自殺未遂〟。請求者の名前を見たとたん、全身が凍りついた。

「どうしたんだ？　顔が白いぞ」ジョージが声をかけた。

「白人だもの」彼といつも交わすおなじみの冗談だ。

「べつに意味はなかったんだ」

「なんのこと？」わたしはマージョリー・ラサールの名前を見つめたままだった。

「レイのことさ」ジョージが言った。「おれは好きだよ。彼は変わった」

わたしはジョージを見た。彼はわたしの読書用眼鏡をはずしていた。「本気で言ってるの？　彼が好きだなんて」

「ああ、そうだよ」

「前はいけ好かない男だったわ。でも変わったのは事実ね」

「そのファイル、こっちによこしたほうがいいんじゃないか？」

「いずれそのうちね」わたしはファイルを引き寄せ、腕時計に目をやり、レイに電話してちょっと遅くなると告げた。それから夫が最後に作成した十九ページの報告書と、それに添付されたマージョリー・ラサールの刺傷事件に関するメモを読み始めた。

レイ・ロビロはバトンルージュ市警において三つのことで有名だった。犯行現場に対する洞察力と、高い事件処理能力と、飲酒癖で。飲酒癖はべつにめずらしいことではない。昔、気骨に欠ける本部長がいた頃は、警察官、特に刑事が勤務中にしょっちゅう酒を飲んでいた。昼時や夕食時の〈気晴らしラウンジ〉では、勤務中の刑事がよくピザをかじりながらビールをあおっていた。夜十時以降は〈難破船ラウンジ〉に場所を移した。そこは〈ボンマルシェ・モール〉の裏手にある、薄暗くて不潔ないかがわしい店で、六〇年代のカントリー&ウェスタンだけのジュークボックスががんがん鳴っていた。非番の制服警官とARAB——武装強盗・侵入盗課——全員の溜まり場になっていて、殺人課や、性犯罪課や、少年課の刑事もちらほらいた。店の入口には拳銃をしまっておけるロッカーがあった。

レイ・ロビロは〈気晴らしラウンジ〉と〈難破船ラウンジ〉の両方で常連だった。わたしが警察学校を卒業する頃、彼の結婚は惨憺たる離婚で幕を閉じた。子供が二人いたが、彼はその両方の親権を失い、通信課へ左遷された。それより下は庁舎警備隊か留置手続窓口しかない。職を失いたくなければ、酒を断つしかなかった。レイはタウセンターのリハビリに通い、AA（アルコール依存症自主治療協会）のミーティングに参加し、市警のゴシップ種にならないようじっと鳴りを潜めた。

それから三年後、少年課で働いていたわたしは、二名の未成年者がからんだ家庭内暴力事件で現場へ出動した。ティーンエイジャーの幼い母親が、酔いつぶれて生後六週間の息子とカウチで眠っていたところ、寝返りを打ったはずみに赤ん坊を窒息死させてしまったのだ。

フラナリーにある小さな安アパートへ入ったとき、いつものように名乗ろうとして思わず息をのんだ。若い母親は顔がくっきりと紅白のまだらになっていて、激しいヒステリーと自己防衛のふさぎ込みを交互に繰り返していた。だがわたしが驚いた理由は彼女ではなく、制服警官だった。以前マージョリー・ラサールの家で会った男だとは、なかなかわからなかった。ブロードムア署のパトロール警官になっていたレイ・ロビロは、若い母親の前をゆっくりと歩きまわり、狼狽と張りつめた懸念とパニックの影が入り交じった表情をしていた。身体の線はだいぶ細くなり、わたしが覚えている姿よりはるかに痩せていたが、相変わらず個性的なハンサムだった。

「いやだ、最悪」詰まっていた言葉が、止める間もなく辛らつに飛び出した。「レイ・ロビロだわ」

彼は平手打ちを食らったかのように突然立ち止まった。両肩を落とし、手の力を抜き、わたしのほうを向いた。なんとも言えない決まり悪そうな顔だった。

「スティーヴンズ刑事」美しい響きの声で、口調もていねいだった。彼は小さな緑色の手帳を開き、指で文字をたどりながら状況を報告した。終わったとき、わたしはご苦労さまの会釈さえしなかった。

「もうあなたの用は済んだわ、ロビロ巡査」わたしは彼が口をつぐむと同時に言い渡した。

それから二週間後、彼は少年課のオフィスにやって来た。わたしの机の横の椅子に坐って、ポケットから梨を一個取り出し、机の吸い取り紙の上に静かに置いた。「あげるよ」と彼は言った。

わたしは梨を、それから彼をじっと見た。彼の制服はだぶだぶで、靴は磨いていなかった。目はブリキ色をしていた。少しして、彼は人差し指で鼻の頭をこすりながら言った。「前に何か、きみを怒らせるようなことをしたんだろうね」

わたしは用心深くうなずいた。

「それがなんであれ、謝りたい」

わたしは膝の上で両手を丸め、椅子の背に寄りかかった。

「わかったわ」

彼はゆっくりうなずくと、立ち上がって静かに出て行った。わたしはしばらく坐ったまま、ドアの横に貼ってあるＦＢＩ最重要指名手配者のポスターを見つめた。電話の音にはっとして仕事に戻るまで。

それから数カ月間、レイは足しげく少年課へ通って来て、コーヒーやベニエや果物をわたしの机に置き、短いおしゃべりのあとに去った。

半年後、彼は顔を赤らめ、苦しそうにぎこちなくデートを申し込んだ。わたしはイエスと答えた。

レイの昔の事件を調べていることは、木曜日の夜まで彼に言わなかった。

彼とデートするようになってすぐ、わたしはジョシュ・

へバートにその事件について尋ねたことがある。ジョシュはまだ殺人課にいた。わたしがマージョリー・ラサールは自分で刺したのだと思うかと訊くと、彼はわたしの机の端に腰かけ、両手をじっと見つめた。

「あれはレイの事件だ」彼は言った。

「ジョシュ、あなたも一緒だったでしょう？」

「彼と意見が異なる点があった」

「それで？」

「不思議な事件だったよ。指紋もなし、血痕もなし。だから判断のしようがない。まあ、物事は見かけどおりでないのがつねだからね」彼は無表情でわたしを見た。「レイには訊いてみないのかい？」

「当時の彼は別人だったわ」わたしは言った。

ジョシュは肩をすくめた。「しょうがないさ」

「彼女が自分でやったと思う？」

「ぼくがあのときどう思ったかは、今は関係ない。そうだろう？」

わたしは彼の曖昧な答えにいらいらして首を振った。

「レイは少なくともちゃんと態度を明確にしたわ」わたしが言うと、ジョシュはゆっくりうなずいて何か言いかけたが、最後は再び肩をすくめて行ってしまった。

今、わたしはレイが皿に残ったエビの殻やトウモロコシの穂軸を捨てるのを見ながら、二本目のアビタビールを飲んでいる。夫が疑念に対してもっと寛容で、人生の大半が営まれる黒でも白でもない場所をもっと理解してくれたらいいのに、と思った。昼間、わたしは九一一の録音テープを聴き、事件現場の写真を眺め、警察の心理専門官の報告書や証人の供述書を読んだ。レイの報告書は明快だった。マージョリー・ラサールは自分で自分を刺した、と結論を下し、その根拠を慎重かつ詳細に並べてあった。それもかなりたくさん。

わたしはビールをぐいっと飲み、イチゴを洗って皿に盛っているレイを見つめた。彼は一晩かけてちびりちびり飲むノンアルコール・ビールを手に、テーブルへ戻って来た。眼鏡をはずし、わたしにキスし、イチゴを一つわたしの口に放り込んだ。

「イチゴとビールって合わないのね」わたしは顔をしかめた。

「シャンパンにするかい？」

「イチゴでいいわ」

彼は膝にわたしの右足をのせ、マッサージを始めた。爪先に彼の親指が食い込んだ。「疲れたろう？」

「わたしたちが初めて会ったときのこと、覚えてる？」わたしは話を切り出した。

彼はほほえんだ。その笑顔がたまらなく好きだった。とても深みがあって。「フラナリーで起きた未成年者事件だね。きみにつれなくされたっけ」

「自業自得よ」

マッサージは親指のつけ根に移った。「そうかもな」

「あれじゃなくて、初めて会ったときのことを言ったの」

「ああ」彼の口元のしわが心なしかひきつった。

「覚えてる？」

彼の手が止まった。答えが――あるいは逃げ道が――そこに埋まっているかのように、わたしの爪先をじっと見ている。「どうして今頃そんな話を？」

「彼女が明日の午後、面接に来るの。事件の再捜査を希望しているわ」

彼の身体から温もりが完全に消えた。「六年も経ってから？」

「これまではどうしようもなかったでしょうから」

「あの女は自分で刺したんだ、キャシー。それ以外は絶対にありえない」

わたしはビールのラベルを爪でつついた。「レイ、あなたはこれまで難解な事件をたくさん手がけてきたわ。でもこの事件だけは、ひょっとしたら判断を誤ったんじゃない？　女性はあんなふうに自分を刺さないわ。統計にもちゃんとそう出てる」

「きみはいつもあの女の肩を持っていた。事件を客観的に見ていなかったんじゃないか？」彼は真剣な面持ちでテーブルを見つめた。

「あなたはどうなの？」

彼は膝からわたしの足を下ろし、両手で顔をこすり、髪に指を突っ込んだ。わたしがよく知っているしぐさだ。

「喧嘩したいのか？」

「したくない」

「ぼくもだ」彼はビールを一気にあおって立ち上がり、裏口のドアへ向かった。

「あなたに知っておいてもらいたかっただけ」わたしは穏やかに言った。

「もう知ったよ」彼はそう言って出て行き、ドアが静かに閉まった。

わたしは一分ほどドアをぼんやり見てから、アビタビールの残りを飲み干し、キッチンへ行って食器洗いを始めた。レイはパティオに立って煙草をふかしている。わたしの犬が彼の足下に坐って尻尾を振り、ボールを投げてとせがんでいる。レイは無視したが、犬はあきらめない。暗くなっていく空へ煙が渦を巻いて立ち昇るのを見て、わたしも仲間に加わりたくなった。二人とも一年前から禁煙しているが、レイはつい吸ってしまう。わたしに知られたくないほど頻繁に。

わたしはキッチンのカウンターに両手で頬杖をつき、彼の背中と、シャツの襟に少しかかるくらいの髪と、脚を肩幅に開いた警官特有の立ち方を眺めた。パーディド・キーへの旅の途中、彼は砂浜で花びら模様のあるウニを大事そうに集めた。それと同じように二人の関係を慈しむ、彼の静かな優しさに思いをはせた。一緒に暮らしてきた日々を通じ、何を決めるにも彼が一歩譲ることを知った。愛は謎だと、つくづく思う。頭がくらくらするほど難しい謎だ。夫はしょせん人間だから、ときには横柄になったり、短気を起こしたりする。自分の過ちをなかなか認めようとしないこともあるし、ユーモアのセンスはいつも不調。それでも彼を愛している。彼もそうだろうが、わたしもときどきそれを不思議に思う。

けれどもレイは、前の結婚が最悪の状態で酒びたりだったときでさえ、優秀な刑事だった。たまに先入観を持ったし、頑迷になることもしばしばだったが、捜査は的確で徹底していた。

わたしは出発点に戻って、マージョリー・ラサールの刺傷事件について考えた。

　金曜日は打ち合わせや聴聞会や面接に追われっぱなしで、机にマージョリーのファイルを広げたものの、なかなか集中できなかった。わたしの犬が喜んで吠え立てそうなヤモリのように、じっと動かないでいるが、襲われればいつでも噛みつける状態だった。しかも、思考がメトロノームのように行ったり来たりしていた。マージョリーがやったはずはない。いや、マージョリーならやれた。いったい何を見落としているんだろう？　やっぱり彼女がやったとは思えない。でも……

　警察学校を卒業したあとの一年間にブロードムア署で手がけた事件を、頭の中で反芻した。パートナーのチャーリーと、勤務明けが近い朝六時頃、男が撃たれたという通報でシャープレーンのアパートへ急行したことがある。四十代の取り乱した女性が格子縞のバスローブ姿で出て来た。バスローブの下に裸体があられもなくのぞき、脱色しすぎの髪はたてがみみたいにばさばさしていた。彼女のボーイフレンドは寝室のベッドの右側に、赤茶色のTシャツと白いボクサーショーツという姿で横たわっていた。右手がベッドのへりからだらりと垂れ、その下の床に銃が落ちていた。後頭部は吹き飛ばされていた。血と脳みそがヘッドボード一面にこびりつき、二カ所の壁に飛び散ったあとカーペットの上にしたたり落ちていた。

　彼はここのところずっと元気がなく、自殺をほのめかしていた、とガールフレンドは語った。それでも銃声で目が覚めるまで、まさか彼がそこまで思いつめていたとは気がつかなかった、と。

「わたしもいたのよ。同じベッドで隣に寝てたのよ」彼女は泣き叫んだ。なんてことをしてくれたんだというボーイフレンドへの憤り、その瞬間の追体験によるヒステリー、彼が死んだという胸がつぶれるような悲しみ。この三つを彼女は順番に繰り返した。

　殺人課のバーカーとコーワンが到着する前に、わたしたちは彼女を多少落ち着かせ、男が通っていたニューオーリンズ在郷軍人病院のカウンセラーの名前が入った、抗鬱剤の処方箋を見つけた。まちがいなく自殺です、とわたしたちは二人の刑事に報告した。異様ではあるが、まちがいないと。刑事たちも同じ意見だった。

検視官と鑑識班を待つあいだ、死んだ男のガールフレンドは着替えることにした。寝室に入りたくないと言うので、代わりにわたしが行って椅子の上にあった服を取って来て、バスルームのドアの隙間から彼女に渡した。その直後、絹を裂くような悲鳴に全員が飛び上がった。チャーリーは銃を構えて駆けつけた。

「どうしたんですか?」わたしはバスルームのドアをノックして言った。「大丈夫ですか? 何があったんですか?」

彼女はマスカラが流れ落ちた顔でドアを開け、わたしにブラを渡した。「彼のがついてる」彼女は金切り声で言った。

わたしはそれを見下ろした。片方のカップに脳の破片が付着していた。

「まあ。ごめんなさい」わたしは恐縮して急いで寝室へ戻り、箪笥からきれいなのを出して彼女に持って行った。

チャーリーとわたしが一時間後に引き揚げたとき、懸命に慰めたにもかかわらず彼女はまだ泣いていて、バーカーとコーワンは供述を取るため彼女を署へ連れて行く準備をしていた。チャーリーとわたしは、帰りに一ブロック離れたミスター・ドーナッツに寄った。彼は子供たちへのおみやげに一ダース注文し、できたてを待つあいだ、二人で言葉少なにコーヒーを飲んだ。

「あんなひどいのは見たことがない」チャーリーはカウンターに向かって背中を丸め、片足で足のせ台をとんとん踏んだ。彼は警察に入って十年以上経ち、もうじき階級が一つ上がることになっていた。「女が横に寝てるのに、ベッドで自分を撃つなんて」

ところが二週間後、わたしたちはバーカーとコーワンから例の女性が殺人容疑で逮捕されたと聞いて、びっくりした。刑事らは銃がらみの事件のお決まりの手順を踏み、原子吸光テストを行なった。物々しい名前だが、現場にいた人物から残留火薬が検出されるかどうか調べるだけだ。その結果、彼女はクロだった。ボーイフレンドはどちらの手もシロだった。

「ちくしょう、ふざけやがって」チャーリーはコーワンに真相を告げられて、そう言った。わたしは何も言葉が出なかった。裏切られた気分だったし、自分が間抜けに思えた。そして、二度とこんな目には遭うまいと決意した。その後数カ月間、彼女とのやりとりを脳裏で繰り返し再生し、自分が見落とした手がかりを探し出そうとした。チャーリーや刑事たちにも訊いてみた。彼らはそろって肩をすくめ、いつも真相を読み取れるとは限らないよと言った。

けれども、わたしは簡単にできると思った。原子吸光テストの結果という、動かしがたい証拠が出たあとなら。それに比べてマージョリーの事件は、夫が作るガンボスープと同じくらい濁っている。

「そんなにじっと見て、ファイルが何か話してくれてるのか？」ジョージの声に、わたしは我に返った。

わたしはてのひらをおでこに押し当てた。「ほんとに話してくれたらいいのに」

「武装強盗課へ寄ったあと、帰るからな」彼は言った。「きみももう終わりだろう？」

「面接があと一つだけ」わたしはしかめ面でマージョリーのファイルを引き寄せた。

「ああ、例の一件か。軽く相談に乗るぞ。まだ二、三分ある」

わたしは片手に顎をのせて彼を見た。「なんだかうんざりするの」

「レイの事件だからか？」

わたしはうなずいた。

「今日それにざっと目を通してみて、はっきりわかったよ」

「どうわかったの？」

「彼は以前の彼とはちがうんだ、キャシー」

「もう、ジョージ、そんなことはわかってるわ」

彼は気遣わしげな表情でわたしの前にしゃがんだ。「おれが言おうとして、きみが言わせまいとしてるのはな、レイはこの事件ではまちがったかもしれないってことだ。確かに女が自分でやったと思われる証拠はいくつもある。血痕や指紋がなかったこと、ポリグラフ検査、心理学者の所見。しかしだな……」彼はゆっくりとかぶりを振った。「こんなひどい傷を自分でつけられるか？　レイが彼女の動機に的をしぼってる点もいただけない。とにかく、この件にはもう少し時間をかけるべきだ。べつにかまわんだろう？　六年前の事件捜査での誤認を指摘したくらいで、夫を裏切ったことにはならないさ。最悪の場合でも未解決事件班が捜査を再開して、レイが少々面目を失う程度だ。あいう変わった事件だし、べつに不正行為があったわけじゃないんだから、たいした問題じゃない」

「理屈ではそうだけど」

「レイはなんて言ってるんだ？」

「この件については話したがらないの」

ジョージは立ち上がり、両手を腰に当てて伸びをした。それから肩をすくめて言った。「心配するな。おれから彼に話す」

「ただ……難しい事件なのよ」わたしは言った。

「自分の直感を信じろ。きみは勘が冴えてるんだから」

「勘が頼りにならないときは、どうすればいい？」

彼はにやりと笑って、ウィンクした。「だったら賭けだな。他の誰かに決めさせりゃいい」

「それはあなたってことになるわ」わたしは言った。

「ああ、かまわんよ」彼は肩にホルスターを通してからジャケットをはおり、わたしの背中を軽く叩いてドアへ向かった。「きみは考えすぎだ」

どうして男はいつも、女に考えすぎだと言うんだろう？

わたしは腕時計を見て、気合いを入れ直し、マージョリー・ラサールに会いに行った。

彼女を見て最初に思ったのは、今のヘアスタイルのほうがいい、ということだった。柔らかくて軽やかで、前よりも長い。幸せそうな様子で、ありえないことだが前回見たときより若返っていた。わたしが名前を呼ぶと一瞬びくりとしたものの、表情は落ち着いていた。膝の上に厚ぼったい茶色のフォルダが三つのっていた。

彼女が立ち上がってこちらを向いたとき、わたしは彼女の胸を見まいとした。オリーブ色のブラウスは上から三つ目までボタンが開いていて、傷痕が、長い縦に走る線が一本と短くカーブした線が二本、はっきりと見えた。焼けた肌でそれらは、胸の谷間を這い下りていく蛇のようだった。無視しようとしてもできなかった。

「スティーヴンズです」わたしは手を差し出した。「よかったら、わたしのオフィスへいらっしゃいません?」

「前にお会いしませんでしたか?」普段ジョージとわたしが面接に使っている小さな丸テーブルに着くと、彼女は訊いた。「わたしの事件に携わった方ですか?」

「ええ、少しですけど」わたしはほほえんで答えた。「あのときの〈被害者サービス〉の者です」

「そうだわ、思い出した。キャシーね? キャシー・スティーヴンズね?」彼女は身を乗り出して、わたしに両腕を回した。「嬉しいわ、あなたに会えて。とっても幸せな気分。元気そうじゃないの。結婚してるのね」彼女はわたしの手を取り、結婚指輪を撫でた。「相手はどんな方?」

「警察官よ」わたしはかすかに笑って、それ以上訊かれないことを願った。「わたしも結婚したの。つい一年前」

「セサールと?」

「いいえ。事件の一年後にエリックと知り合ったの」

「おめでとう」

「あなたこそ」彼女は目の前のフォルダを手でさすった。「あれからずいぶん経ったわね」

「ええ」

彼女はにっこり笑い、わたしもつられてほほえみ返した。懐かしさがよみがえったが、無理やりそれを押し戻した。別の人生だったら、彼女とわたしは友人同士だったかもしれない。いや、今の人生でも、短いあいだではあったが友人同士だったのだろう。

「それで」わたしは言った。「事件のことだけど」

彼女はうなずき、穏やかな表情が消えた。「殺人未遂という本来あるべき場所へ戻していただきたいの」彼女は胸元の小さなネックレスに手をやった。どことなく宗教めいた複雑で繊細なデザインだ。ちょうど三本の傷痕が集まるところにある。「判断を下すのはあなたなの?」

「わたしが行なうのは勧告だけ。他の人たちも検討するわ」

「その人たちは、あなたの勧告を受け入れる?」

わたしはうなずいた。「ええ、通常は」

「よかった」彼女は椅子の背にもたれ、胸に手を置いて少しのあいだ目をつむり、そのあと再びわたしを見た。「再調査すべきだと思うでしょう?」

「警察の報告書は読んだ?」

「弁護士からすべての資料をもらったわ」

「じゃあ、あなたの考えを聞かせて。どうして警察の捜査に問題ありだと思うの?」

「レイ・ロビロ刑事の、わたしが自分でやったという見解はまちがいだから」彼女はきっぱりと言った。

わたしは無表情のままうなずいた。

「あなたもあそこにいたから、知ってるはずよ」

わたしはファイルを開いて手帳を上にのせ、ペンを持った。「それじゃ、事件について確認していきましょう。検討事項をいろいろとまとめてきたみたいだから、それから始めてはどうかしら」

彼女はわたしを真剣な目で見たあと、居ずまいを正し、背筋を伸ばした。そしてタイプした数枚の書類を取り出し、すらすらと読み上げた。そこに書いていないことを話すときや、内容を強調したいときは、わたしのほうをちらちら見た。

マージョリーの疑問点はこうだ。警察はなぜ、彼女やセサールや別れた夫や子供たちの指紋を採取して、現場の指紋と照合しなかったのか。指紋が一つも検出されなかったというのはおかしい。家には指紋採取用の粉が残っていたが、ほんの数カ所で、しかも指紋がついていそうな場所にはなかった。指紋採取作業はずさんだったのではないか。

否定はできないが、ありそうにない、とわたしは思った。

なぜ隣人たちに、何か見聞きしていないか確かめなかったのか。マージョリーが尋ね回ったところ、ロビロは近所に聞き込みを行なったと言ったが、ほとんどの住民は警察が訪ねて来たことはないと答えたそうだ。

わたしはうなずきながら、何も知らないで目撃証言に期待する被害者の多いことが不思議でならなかった。目撃者は大半があてにならないし、近所への聞き込みが行なわれるのは通常殺人事件だけなのだ。しかし、この事件では行なわれた。殺人未遂事件だったから。少なくとも初めのうちは。

報告書はまちがっている、とマージョリーは訴えた。まず、ラグにはたくさんではないが血が落ちていた。クリーニング屋の領収書をとってある。財布のことも腑に落ちない。ロビロは中身が裏庭に散らばって落ちていたと言ったが、彼女に返されたとき、なぜか財布の中はもとどおりになっていた。財布にはいつも決まった入れ方をしていて、きちんと整理されていた。ロビロであれ他の警察官であれ、彼女とまったく同じように中身をしまえるとは考えられない。また、財布に指紋がなかったと報告されているが、ロビロからは財布は露にぐっしょり濡れていて、指紋検出用の粉を使えなかったと聞いていた。ところが報告書には、財布はあの晩すぐに発見されたので——そういえば、ロビロ本人が財布を持って家に入って来た——露はついていなかったと明記されている。

わたしは、ロビロが財布を持つ手に手袋をしていたことまではっきりと思い出した。

では、マージョリーが自分を楽天家の少女ポリアンナと呼んだことについてはどうか。マージョリーはこう指摘した。あれを彼女が注目されたがっていた証拠だとするロビロの解釈は、ばかげている。彼女は実際にポリアンナだった。いつも人のいい面を信じ、世界はすばらしいと感じ、だからドアや窓の戸締まりをたまにうっかり忘れた。「今ではお笑い種《ぐさ》だわ」彼女は言った。「警察やロビロにあんな扱いを受けて、何を信じればいいの?」

わたしは身振りだけの返事にして、うなずいた。

「彼がどんなにひどかったか、覚えてる?」マージョリーは言った。

「ええ、まあ」わたしは彼女から視線をそらしそうになるのを我慢した。

「彼は初めから先入観を持っていたわ。自分の偏見に合うものを探していたのよ」彼女はテーブルに指をとんと突いた。

わたしはレイが前妻に対して抱いている激しい憤りを思い起こした。ずる賢くて、感情がころころ変わる、と非難していた。そのことがマージョリーの事件にどの程度影響しただろう？

「ロビロ刑事はときどき横柄になるのよ」わたしは言った。マージョリーは驚いて、当惑顔でわたしを見た。「そういえば、あなたも彼のことを嫌っていたわね」

「わたしがあのときどう思ったかは、今は関係ないわ、マージョリー」わたしは慎重に答えた。

「本気で言ってるの？」

「わたしは傍観者にすぎなかったのよ。あなたを助けることに一生懸命で、現場は目に入らなかった」

「まあ」彼女は椅子にもたれて目を細めた。「無理もないわね。今のあなたは警察官だから」

わたしは首を振った。「あなたの意見を聞きたいだけ。いかなる判断も押しつけるつもりはないわ」

「いいのよ、わたしのことで時間を無駄にしなくても」

「これを時間の無駄だと思ってほしくないわ」

わたしは一瞬、彼女が席を立つのではないかと思った。だが彼女は自分のメモを黙ってしばらく眺めたあと、再びわたしを見た。「九一一の録音テープだけど」突き放すような口調だった。

彼女はそのテープを聴いて、ここに持参していた。これをFBIに送って、犯人がしゃべる声や殴る音が入っていないか電子工学を使って調べてもらってほしい、と言った。男は最初に殴って、回線はそこで切れ、そのあと「黙れ、殺すぞ」と脅したのかもしれないが。

わたしは反射的に出てきた返事を嚙み殺した。これはFBIに分析を依頼するほどの事件じゃないのよ。それでなくてもFBIはめまいがするほど仕事がたまっていて、どこから手をつけていいやらわからない状態だ。バトンルージュ市警の指紋鑑定係も重罪事件の仕事をすでに半年分抱えている。でも、当事者にあなたの事件は重大ではないとは言えない。わたしは黙ってうなずき、マージョリーの話の続きに耳を傾けた。

彼女は自分の胸元をはっきり指差して言った。ロビロはわたしが二番目の傷について知らないのは変だとあげつらっているが、いったいどこが変なのか。どうしてこれがわたしの有罪証拠になるのか。あのときはおびえきっていたから、二本目のナイフのことなど説明できなくて当たり前だ。警察官でもないのに、侵入者が何をやったかいちいち覚えているわけがない。それに、男が逃げ出したのはたぶんわたしが電話で助けを求めたことを知ったからで、コンドームをつけているかと訊かれたからではない。だいたい、どうして被害者が、侵入者の奇妙な行動を説明しなければならないのか。また、ロビロはわたしの供述が二転三転したと言っているが、それは真っ赤な嘘。ばかばかしいにもほどがある。こっちは毎回同じ話をしたのに、彼が誤って書き留めたか、聞き方がおろそかだったか、あるいは自分の聞きたいようにしか聞いていなかったのだろう。

確かにレイは報告書でささいな矛盾点を並べ立て、マージョリーが精神的にも肉体的にも苦痛を受けていたことをあまり考慮していなかったふしがある。

それからマージョリーは、脚に痣らしきものがなかったことは少しも不思議ではない、と主張した。「胸にナイフを突き立てられた状態で、犯人と格闘する気になんかなれないわ。ただその場が過ぎて、犯人がいなくなるのを待っていたのよ」だんだん口調が激しくなった。「ロビロにすれば、見ず知らずの頭のいかれたレイプ殺人犯の夏の夜の不可解な行動は、わたしが説明すべきなのよ。それができないなら有罪というわけ。胸をナイフで刺されたのは眠っているときで、目覚めたときはショックで動転していたという事実は、ロビロ刑事に知らん顔されたようね」

疑問点を一つ一つ的確に力説し終えると、彼女は泣き出した。わたしはティッシュペーパーを取って渡してあげた。

彼女は何度かゆっくりと涙をぬぐった。「苦しかったわ、ほんとに。あのときのことを思い出すたび、恐怖がよみがえった。そのうえロビロのひどい言いがかりに……」

「少し休憩しましょう」わたしはそっと言葉をはさんだ。

「コーヒーでもどう？　それとも水がいい？」

「さんざん苦しめられた。精神的ショックを味わわされた。六年経った今でもよ。やっぱりポリグラフ検査はいいかげんだったわ。あの晩のことを考えると、胸がどきどきする。あの場面がよみがえって、怖くてたまらなくなる。何もかもまちがってるわ。わたしは自分を刺してなんかいない。そんなこと、子供たちがいるのにできっこない。証言者たちの手紙もあるわ」彼女は数枚の便箋を取り出し、テーブルのわたしのほうへすべらせた。「これは医者からで、わたしの怪我は本人が刺したものではないと断言しているわ。絶対にありえないことだって。ロビロはナイフの角度を自傷の証拠に挙げてるけど、その根拠がさっぱりわからない。わたしに自殺未遂歴がないという事実も、彼は無視しているわ。自殺に関する統計によると、胸を刺すのは女性には見られない行動で、しかもかなりの力がいるそうよ。ナイフを抜くときに、手術台からわたしの身体が浮くくらい力が必要だったんでしょう？　わたしにできるはずないわ」

わたしはうなずいた。そのとおりだと思った。

「それから、ここ」彼女はページをぱらぱらめくって、ロビロの報告書の下から二番目の段落を指した。「彼は最後の面接でも、あれはパフォーマンスだの、ボディランゲージだのと言って、わたしを完全に犯人扱いしたわ。しかも、面接の模様をこっそり録画しておいて、わざとわたしを怒らせたわ」

「それは……」

「手術から一ヵ月経ってもまだ痛みが消えない、胸と背中に生々しい傷を負った女性に、彼は身体を使ったパフォーマンスだと言ったのよ」マージョリーは椅子にもたれ、深呼吸し、胸の上部の傷痕を指でなぞった。

わたしはその動きを見つめたあと、傷痕を示して静かに言った。「見て驚いたわ」

彼女は胸元を見下ろし、表情をいくぶん和らげた。「ずっと隠してたの。嫌いだったから。醜いと思ったわ。でも、友人がネックレスみたいだって言ってくれたの。傷でできたネックレスよ。それ以来、隠すのはやめたわ」

「あなたの強さにはいつも頭が下がるわ、マージョリー」

彼女は身を乗り出して、わたしの膝に手を置いた。「自分で刺したんじゃないわ、キャシー。あなたにはどうしても信じてほしいの」

わたしはゆっくりうなずいた。

「信じてくれる?」

「あなたは重要な指摘をたくさんしたわ」

「わたしを信じてくれるの?」

「矛盾する事柄もいろいろ出てきたことだし」

彼女は再び椅子にもたれ、こわばったよそよそしい表情になった。「答えてくれないのね」質問ではなく言いきっていた。

わたしは脚を組みかえ、慎重に言葉を選んだ。「わたしはあなたが本当のことを言っているかどうかを判断する立場にはないの。事件の再調査が必要かどうかを判断するだけ」

「判断が決まったら、わたしに知らせてもらえるのかしら」彼女はとげのある口調で言った。

わたしはファイルを示して言った。「あらためて目を通したあと、パートナーのジョージ・ドノヴァンにも検討してもらうわ。再調査が決まって、殺人未遂事件として捜査する場合、物的証拠に乏しいから詳細をもう一度洗い直すことになるでしょう。捜査にかかわった警察官や証人に話を聞くことになるわ。わたしたちの目標はフェアに徹底的にやることなの」

「ロビロに話を聞いたって、これまでと同じことを繰り返すだけよ」

「わかってるわ」わたしはそう答えてから、しまったと思った。

彼女は身を乗り出し、怒りを含んだ声で言った。「彼にもう話したの?」

わたしは椅子を小さく後ろへ引いて、両手を膝にのせた。

「マージョリー、わたしからはこれ以上お話しできないの。来週、遅くとも再来週には電話で結果を知らせるわ。あなたのことは本当に心からお気の毒に思います」

「そう」鋭く放たれた言葉は、数秒間二人のあいだで漂った。「話を聞いてもらったうえ、同情までしてもらえたんだから、満足すべきなんでしょうね。相手があなたじゃなくてロビロか誰かだったら、ここまでは望めなかったわ。でも結局、わたしの味方をするわけにはいかないんでしょう？　そうやって警察官は身内をかばうのよ。ロビロがまちがっていたとは絶対に言わないのよ」

「かばうつもりは……」

「やめて」彼女はわたしにてのひらを向けた。「言い訳しないで。どうせ何も変わらないんだから」彼女はフォルダを抱えて立ち上がった。「笑っちゃうわね。今のわたしには言葉しかないのに、その言葉が全然役立たずなんだから」

「マージョリー」

彼女は首を小さくかしげ、今にもほほえみそうだった。

「あなたは自分の仕事をしているだけ。わたしも自分に必要なことをしているだけ。この件を取り上げていただいて感謝しているわ。警察がここまでしてくれるとは期待していなかったもの」今度はほほえんだ。大きくゆがんだ笑みが、急に彼女の歳を感じさせた。「わたしは何も失うもののない傷ついた女。とことんやるわ」


彼女が出て行ったあと、わたしはしばらく坐ったまま事件のファイルを見つめ、傷痕のことを考えた。彼女とわたしの、目に見える傷痕と隠された傷痕のことを。それはわたしたちが本当の自分であるための大切な場所に刻まれ、筋肉や骨に深々と食い込んでいる。どちらの傷痕も永久に消えない。これからずっと、触れるたびにわだかまりとねじれた痛みをおぼえるだろう。けれども傷痕はどこか、まばゆい美しさを堂々と誇らしげに放っている。原因はなんであれ、名誉のあかしなのだ。わたしは自分の傷痕に耳を傾けた。生まれたての白い蛇が心の奥へするすると入り、わたしに言えなかったことを言っている。「ええ、マージョリー、あなたを信じているわ。ずっとあなたを信じていた。レイはまちがっていたのよ」わたしはファイルに〝再調査〟と記入してジョージの机に置き、バッジと銃を持って夫の待つ我が家へ向かった。

サラ Sarah

教えないで
愛し方を
教えないで
どう悲しむか、何を悲しむか、どうすれば喪失感を
活力のポケットの底に灰色の埃のようにためないでいられるかを
わたしたちが信じるものを笑わないで

——メアリー・オリヴァー

生きている死者
Keeping the Dead Alive

彼女はハイキングブーツがよく似合った。使い込んだ松材の化粧台に置かれた写真の中で、カーキ色のショートパンツとグアテマラ風のシャツを着て、ブーツの紐を足首の上までしっかりと締め、その先端から青緑色のソックスを少しだけのぞかせている。ふくらはぎは筋肉質で褐色だ。しなやかな、という表現があてはまりそうな女性だ。薄茶色がかった灰色の目はややつり気味で、口は大きくて唇は薄く、ゆるやかに隆起した鼻はうっすら日に焼け、そばかすが散っている。眉間にほくろが一つある。肩の下まで垂らした濃いトビ色の髪は量が多く縮れ毛で、湿度の高い日には彼女はさぞかしうんざりして、鎖骨の上でさらさら揺れるシンプルなストレートヘアにあこがれたことだろう。わたしの髪を見たら、うらやましがるかもしれないが、わたしも彼女の髪がうらやましい。顎は線がくっきりとして、頬骨は高く、どちらもすっと伸びて美しい。日差しがまぶしいのか首を少し左へ傾け、いたずらっぽい笑みを浮かべている。

　写真からはわからないが、小柄な女性だ。ベッドと壁のあいだに横たわっている死体は身長が一五五センチくらいしかない。彼女は裸で仰向けになっている。わたしは写真の女性と同一人物だという仮定で作業を進めたが、写真と合致しそうな特徴は髪だけで、それすら確実とは言いがたい。目の前の女性の髪は乾いた血がこびりついてもつれ、顔のほとんどを覆っている——その下にちらりと見える黒い膨れた肉塊を顔と呼ぶならば。防御のために上げた両腕は、くたびれたと言いたげに額に置かれている。まるで、この世で最後に味わったのは身も凍るような恐怖ではなく倦怠だったかのように。粘着テープで両手を縛られたり口をふさがれたりなどしていなかったかのように。

　わたしはかすかな希望をこめ、最後の拷問のときには彼女はとっくに気絶していただろうと思った。だが本当のところはわからない。多量の出血から、彼女がかなりのあいだ生きていたことは明らかだ。膨れ上がった死体は血まみれで、周囲に血だまりができ、その縁はすでに凝固して黒ずんで革のようになっている。死んでいたらこんなには出血しない。

　彼女は生きていた。そのことを頭から追い出して家に帰り、請求書の支払いや料理や洗濯をしなければならない。彼女は生きていた。犯人に片方の乳首を引きちぎられ、歯を二本抜かれたときも。彼女は生きていた。中指を切り落とされ、腹部と太腿の五ヵ所に火のついた煙草を押しつけられたときも。彼女は生きていた。テニスラケットを膣の中へ、グリップの先が胸骨のすぐ下で青紫色のこぶになっているほど深く突っ込まれたときも。

　人生でもそうだが、警察の仕事に〝もしもの仮定〟は通用しない。すでに起こったことを扱うのだから。どんな犯行であれ、それが事件現場のとりえだ。純然たる事実であり、もう済んでしまったことなので、ああだこうだと言っても始まらない。犯人の動機を探り出し、事件解決への道をつけるために仮説を立てることはある。しかし今回の場合、死体から犯行は一目瞭然だ。仮定が入り込む余地はない。左ではなく右へ曲がっていたらとか、五分前ではなく十分前に帰宅していたらといった、微妙に異なる別の可能性など意味がない。現実に賊が侵入し、暴力が振るわれ、被害者は死んだ。

　それがわたしの仕事の唯一救われる点だ。動機づけ、有力な手がかりか無用の手がかりか、有罪か無罪か、そういった雑音はすべて洗い流され、事実のみが残る。犯行という事実が。

　とはいえ、人生には幾多の可能性がごろごろしている。日常生活のちょっとしたひずみで、本人にも永久にわからないまま進路が変わることが多々ある。ただし目に見える出来事が起こり、なんらかの理由でそれに気づいたとき、人はテープを巻き戻す――無秩序な混乱に理屈を与え、結果を理解しやすいよう原因を究明するために。偶然の中に意味を探し、点と点を結びつけ、全体像を明らかにしようとする。だがこれはなんの役にも立たず、単に苦痛や好奇心を和らげる効果しかない。対症療法にはなっても、根本的な解決法ではない。そのうち自分で自分の命を管理できる、あるいはできないことを確認するためだけに、仮定をもてあそぶことになるだろう。

事件後は気持ちの高ぶった日々がしばらく続いた。事実だけを処理することが生活するうえでの最良の道と信じ、その実行に努めたが、つい仮定に走ってしまった。事件のあった月曜日の朝に、昼間勤務の始まりに、死体発見の直前に、何度も何度も立ち返った。

点呼はすでに済んでいた。といっても、特に昼間勤務では点呼などただのじゃれ合いだ。午前六時に完全に起きている者など一人もいない。最初の出動か四杯目のコーヒーで、やっと目が覚める。あの朝、だいたいの者はまだ二杯目か三杯目だった。

テレビドラマでは点呼のシーンが、制服に身を固めた警官が着席するか起立するかして整列し、重要情報に熱心に聞き入っている姿で描かれるが——興味深いことに、点呼のシーンが全然ないこともある——実際にはただそこにいて、警部や警部補が何を言おうと適当に茶化して聞き流せばいい。本当の情報交換は署の裏手の駐車場で行なわれる。勤務が明けて帰宅しようとする者と、ショットガンに装弾し、無線機の調子を確かめ、タイヤの空気圧やサイレンや緊急灯を点検している者とのあいだで。

チューリップ・ストリートで発生したばかりのレイプ事件と、近隣住民を脅かしているマッカラー兄弟に関する情報、それから現場で無帽の巡査たちがまた警部補にお目玉を食らったという噂を、ボビーから仕入れた。

いつもと変わらない朝だった。

わたしたち数人は車のそばでぐずぐずしながら、スティーヴ・ダーシー事件の進展状況を語り合った。ダーシーは武装していない強盗犯を殺して、最近馘首《くび》になった警官だ。市警本部は丸腰の市民を撃った警官を許すわけにはいかない。ダーシーのほうは処分に対し不服を申し立てている。わたしたち警官のあいだでは、それは誰にでも起こりうることで、ダーシーはたまたま貧乏くじを引いただけ、というのが大方の意見だ。

わたしは車のエンジンをかけると、〝パトロール中〟と連絡するため、混雑している無線が空くのを待った。するとグウェンが来て、巡査部長がお呼びだと言った。

「用件は？」

「知るわけないでしょ、サラ」彼女は制帽が動くほど両眉を大きくつり上げ、わざとらしく名前を呼んだ。

わたしは笑って肩をすくめた。

グウェンドリン・スチュワートは長身で大柄だが引き締まっていて、仕事が休みのときに通う〈マール・ノーマン〉仕込みのテクニックで、いつも完璧に化粧している。たまにわたしをそのメイクアップ・スタジオへ引っ張って行き、あなたの目の色に映えるだの頬の色を引き立てるだのと言って、新作の口紅や頬紅を勧める。彼女は行くたびに口紅か頬紅を買うが、根は一途な性格だ。

彼女は勤続十二年で、わたしより二年長いだけだが、もうじき巡査部長のすぐ下の階級に昇進する。出動時はかなり攻撃的になるので、仲間内ではダグ・ラドゥーに次いで格闘シーンが多い。宝石、とりわけダイヤモンドをこよなく愛し、社交界の名士かと思うような大きなダイヤモンドのピアスをつけている。道を誤ったカトリック教徒で、好きな言葉は〝ファック〟の活用形。三回結婚し、現在の夫は保険の損害査定人だ。わたしは結婚に多大な期待はしていないが、彼女もそれは同じだ。

「〈ショーニーズ〉か〈アイホップ〉で朝食をどう？」わたしは誘った。

グウェンは紙切れを振って見せた。「本部から出動要請よ。州間高速道で軽い交通事故発生」

「そう。じゃ、またあとで」

彼女は鼻を鳴らし、また「サラ」と呼んだ。言いたいことはわかっている。彼女の鼻の鳴らし方は三種類あって、今のはざっと訳せばこうだ。「まったく手を焼かせるやつばかり」実はわたしも、しょっちゅうそう思う。

彼女とわたしはハイランド署初の女性制服警官だけのパトロール隊として、二年間夜間勤務をともにした。ハイランド署の管轄はミシシッピ河の片側に不規則に伸びた地域で、州立大学、先祖代々住んでいる人々の集落、農村、中流階級向け分譲地を含み、一番奥まった場所には犯罪発生率が高くて所得が低い貧民地区がへばりついている。グウェンもわたしも、権力主義と細かい規則とパンティストッキングとウールとオクラが嫌いだ。彼女にはたまにかちんと来ることもあるが、義理堅くてひょうきんで、心から信頼できる。

署の中へ戻ると、モッシャー巡査部長が爪をきれいに切った太い指で、わたしが昨日書いた重要窃盗事件の報告書をとんとん叩いた。「署名を忘れてるぞ」彼はそう言って報告書を突っ返した。

わたしはそれを受け取って日付と名前を記入し、彼に返した。

「先月は違反切符が少なかったぞ、ジェフリーズ」

わたしは昨年からモッシャー巡査部長の部下になり、巡査部長に対して普通に抱く程度の好感は抱いていた。彼はあまり口やかましい人ではないので、わたしは黙ってうなずいた。

「努力します」警官に違反切符のノルマなどない、というたわごとは信じないように。ノルマはわたしたちの重要な不文律だ。

ドアを出ようとしたら、昼間の内勤警官のデイヴィーに呼び止められた。彼のことは好きじゃない。パトロールが怖いものだから、背中の痛みを訴えて内勤にしてもらったのだ。背中が痛いのは副業の草木伐採のせいだというのに。

「これを調べてくれないか?」彼は名前と住所の入った通報メモをわたしによこした。「ご婦人が隣人の様子が変だと言っている。警官と話したいそうだ」

「あなたも警官でしょう、デイヴィー。あなたが話せば?」

「ジェフリーズ、話したいってのは会いたいって意味だよ」彼がにやりと笑うと、やにで黄ばんだ欠けっ歯が見え、わたしの胃がひきつった。今度こそ禁煙しようと心に決めた。そのうちにだが。

「本部に回してよ」

「きみがここにいるじゃないか。本部にはきみが行くと連絡しておくよ」デイヴィーは再びにやりとした。「他に何か急用があるなら話は別だが」

わたしは彼の頭上の壁の水漏れ跡を見つめ、なんていやな男だろうと思った。彼はこういう意地悪を男性警官には絶対しない。思い切りひっぱたいてやりたくなった。わたしはため息をつき、しぶしぶ思慮分別を優先させた。デイヴィーなどまともに相手にする必要はない。

「様子が変というのは？」わたしは訊いた。

「え？」

「隣人の様子が変なんでしょう？　もっと具体的に説明して」

彼は息を吐いて制服のシャツの裾を引っ張った。机仕事に移ってから、ずんぐりとしてきた。「心配なんだそうだ」

「それで？」わたしはうなずいて先を促した。

「しばらく隣人の姿を見かけないし、裏口の様子がおかしい」

「あら、詳しい説明がお上手ね、デイヴィー」わたしはにっこりほほえんだ。わたしを知っている者なら、優しさとは裏腹の笑顔だとわかるはずだ。「つまり、様子が変というのは怪しいという意味？」

「いいかい、ジェフリーズ、きみがやらないならモッシャーへ持って行く」

「やるわよ、デイヴィー。あなたはじっとしてて」

わたしの長い仮定の日々はここから始まった。わたしが書類仕事を軽んじ、優越感を抱いていたから、デイヴィーに市警本部の通信課へ回すはずだった仕事を押しつけられたのだ。つまりなるべくしてなった事態で、わたしに非がなかったとは言わない。とにかく、これが出発点だった。

通報者のドリス・ホワイトヘッドの住所は、ミシシッピ河の堤防と鉄道線路に近い、古くからある地域だった。ペカン、オーク、イトスギの広大な林に小さな家が建つさびれた一画で、もともと奴隷小屋だった建物もある。

その時刻、河辺にはちょうどピンク色がかった灰色の朝霧がかかっていた。霧の中で輝く太陽は、卵の殻でできているようにもろくはかなく見えた。貴重な美しさをたたえた、朝の平和なためらいだ。町のさまざまな光景を鑑賞できるのもパトロール警官の役得だろう。この仕事をときどき心から好きになれる。

車が線路を渡る道に差しかかると、白骨体の女性のことを思い出した。一年前、大学のゴルフ場に近い線路の土手の、高く生い茂った草むらから、ヴァルという女子大生の亡骸が見つかった。彼女は数カ月前から行方不明になっていた。朝早くいつものジョギングに出かけたきり、帰らぬ人となった。わたしの警官歴十年の中で、気の滅入る事件の一つである。警官にとっての道しるべは犯行現場だ。どこかの角を曲がるたび、好むと好まざるとにかかわらず、事件の記憶がよみがえる。

遺体から、ヴァルが性的暴行を受けたことが判明した。犯人に頭を大きな金属製の鈍器で殴られたこともわかった。たぶん即死だったろう。だがその前にどんな目に遭わされたかを思うと、気の毒でたまらない。思い出すたび身の毛がよだち、冷たくて熱い毛虫に神経をかき混ぜられている気分になる。さっきもそうだった。

死は状況にかかわらず、いやなものだ。存在を引き裂いてしまうのだから。愛する者たちに囲まれて、穏やかに眠ったまま死んでいった老女だろうと、流れ弾に当たって死んだ少年だろうと、クスリのやりすぎで死んだ麻薬中毒者だろうと、死が醜いことに変わりはない。人はどんな性格や体質でも遅かれ早かれ死によって、それまでいつも一緒だった命——わたしたちをわたしたちたらしめているもの——から切り離されてしまう。

死を飼いならそうと、わたしは来る日も来る日も直面させられる人間の険しい苦難の整理法をいろいろ試してきた。アルコールは効果があった。セックスも。が、やがてトレイシー・スキナーから、非公式の集いに加わらないかと誘われた。宗教色のまったくない、ちょっとした認め合いの場だと言われた。骸骨の女性の事件で、わたしは初めてそれに参加した。

ヴァルの遺体が発見された翌晩、わたしたちは現場に集まった。深夜の午前一時、月が雲に浸り、濡れた土と腐った草の濃厚な匂いがミシシッピ河岸に漂う中、九人の非番の女性警官は一つの懐中電灯で行く手を照らしながら背の高い雑草のあいだを慎重に通り抜け、ゴルフ場の端の、現場保存用の黄色いテープが張られた場所まで行って円陣を組んだ。事件現場に最初に駆けつけた警官のマージが、そのときの模様を詳しく静かに語った。それから全員で、死んだ女子大生に五分間の黙禱を捧げた。

するとと驚くべきことが起こった。わたしはただ、絶対に犯人を逮捕すると誓って、ヴァルの魂が安らかに旅立つことを祈るつもりだった。ところが他の女性たちと肩を組んで、肌を夜気に包まれて立っているうち、ヴァルの恐怖がわたしの心に宿ったのだ。手を伸ばせば、斑点だらけの空に指で彼女の姿を描けそうだった。彼女が両手を上げるのが見え、自分の首筋にきしるような音のひきつったあえぎを感じ、「やめて、やめて、やめて、やめて」という必死の叫びが聞こえてきた。犯人の両手がわたしの胸に押しつけられ、つんとする男の体臭が顔にかかった。わたしの慎重に築いた防護壁は五分間で完全に崩れ去り、ひそかに激しいパニックに陥った。帰宅すると胃の中のものを吐いた。

その記憶を振り払いながら獣医学校を通り過ぎ、リバー・ロードへと左折した。広い放牧場にたくさんの山羊と数頭の牛馬が見えた。だんだん敷地は大きくなり、家は小さくなり、草の丈は高くなった。河からそれていく舗装された細道に入ると、車の速度をゆるめてデイヴィーに渡された住所を探した。

一軒の家の車回しの入口に、色あせたデニムスカートと紫色のルイジアナ州立大学のロゴ入りTシャツを着て、足首まである白いテニスシューズを履いた、六十代半ばくらいの女性が立っていた。わたしは車を停め、彼女に近い助手席側の窓を開けた。

わたしは助手席のほうへ身を乗り出して挨拶した。「ミセス・ホワイトヘッドですか？」

「ドリスよ。ジャネットの隣の」彼女は胸の前で腕組みをして言った。灰色の髪は短くカットされ、太い前腕には昔の筋肉と脂肪の筋が入っていた。わたしは彼女が頭で示した方向を見たが、樹木と草むらのせいで家屋は見えなかった。

「ジェフリーズ巡査です。どういう状況なんですか?」

「ここ数日間、彼女の姿を見かけないのよ。いつも仕事に行くときと帰って来るとき、うちのすぐ前を通るのに。ほぼ毎日、向こう岸の製油所で働いてるわ。だけど車はずっと庭にあるの」

「隣へ行ってみました?」

「玄関ポーチまで行ってドアをノックしたけど、返事はなかったわ。彼女は前々からわたしに鍵を一本預けておくって言いながら、まだ実行してないの」彼女は一回首を振った。「わたしは心配性ではないわ。どう考えても変なのよ。二日前の騒ぎのあと、彼女を一度も見かけないから。彼女らしくないことだわ」女性の口調はしっかりしているが穏やかだ。しゃがれ声は長年の喫煙を、鼻の荒れた皮膚は飲酒癖を物語っている。

「騒ぎというのは?」

「たいしたことじゃないの。あの男が彼女に怒鳴るのは毎度のことだから。変なのはそっちじゃなくて、彼女を見かけないことのほうよ」

「彼女は誰かと一緒に住んでるんですか?」

女性はうなずいた。「夫のヴィンスと。トラック運転手よ。今は仕事に行ってるんでしょうね。トレーラーが見当たらないから。とにかく、ジャネットの姿が見えないのはおかしいわ。彼女はとてもいい人なのよ」

声の調子からすると、夫のヴィンスはいい人ではないらしい。

「わかりました、様子を見て来ます。ここにいてもらえますか?」

「ええ、いいわ。わたしはもう退職してるの。五年生に算数を教えてたのよ」

車を出そうとしたとき、デイヴィーの言葉を思い出した。

「隣の裏口の様子がおかしいということでしたが?」

女性は初めてわたしから目をそらし、右耳をてのひらで強くこすった。

「ハエがいるの」彼女は言った。

「ハエ?」

「裏口の網戸一面にハエがびっしりとまってるの。窓にもいるわ」声が小さくて、彼女のほうへ近づかないと聞き取れなかった。「ジャネットはいつも家をきれいにしてるのに」

わたしはゆっくりとうなずいた。「わかりました」

「戻って来て、どうだったか教えてくれるわね?」彼女はわたしの車に手を置いた。「どんな結果でも」

「ええ、どんな結果でも」

「彼女の苗字はダラムよ」女性は言った。「ジャネット・ダラムよ」

ジャネットの家は小さくて羽目板がたわみ、青いペンキが色あせ、マグノリアとオークの木々に囲まれていた。わたしは家から三十ヤード以上離れた貝殻敷きの車回しに車を停めると、市警本部の通信係に〝現場に到着〟と伝えた。それからホルスターの蓋をはずして銃把に手を置き、ゆっくりと歩き出した。足音がやけに大きく響いて、腰の携帯無線機から接続がぶつぶつ途切れる音がした。彼女の車の前で立ち止まり、トランクを確かめた――閉じてロックされている。車内をのぞき込んだ――整然と片づいている。ボンネットにさわった――冷えている。

わからないことだらけで家へ近づくときは、いつもこういう不気味さを感じる。普段と変わらない、すべてが正常で安全に思える昼間は特に。誰かがいなくなったとか、様子がおかしいという通報は数え切れないほどあるが、たいていの場合いなくなった人は現われ、謎は少しも謎でなかったとわかる。そうするとだんだん横着になり、毎日大量に受け取る通報をいい加減に扱うようになる。ただし、例外はある。〝ハエ〟という言葉を聞いたとたん、心臓が縮み上がる。

女性の言うとおりだった。無数のハエが家の裏手の窓や勝手口の網戸に群がっていた。だがハエがいなくても異変に気づいただろう。少し経てば静寂を読み取ることができ、空気の味がわかる。すべての感覚器官がたくさんの異なる印象を処理し、それを頭のコンピューターが計算し分析し、一つの単純な答えをはじき出す。何か変だ、と。認めるかどうかは別として、ほとんどの警官が、この何か変だという感覚を頼みにしている。

応援の警官を呼ぶべきかどうか一瞬迷った。事態は明らかだ。家の中で何かが死んでいる。

正面の窓を除いてブラインドはすべて下り、ドアは二カ所とも鍵がかかっていた。だが網戸ならポケットナイフで簡単にこじ開けられるし、一般に窓の施錠はおろそかになりがちだ。こういう町の中心から遠く離れた場所ではなおさら。三カ所目の玄関ポーチの窓で当たりが出た。

窓を引き上げると、ハエたちが嗅ぎつけたものがぷんと匂った。死肉だ。腐敗が頂点に達したときの、生々しくて濃厚な独特の臭気。それは細かく光る汗のように肌にくっつき、想像力を停止させるにはかなりの鍛錬を要する。

わたしは少しのあいだじっとして、耳を澄ました。何も聞こえない。手順からいけば、ここで警察の者だと名乗らなければならない。自分の安全のためではなく、中にいるかもしれない者の人権を守るために——というのが警察の建前である。だが本当は、ちがう家に踏み込んで、ちがう人を逮捕して、ちがう人を撃った場合、訴えられたくないのだ。警官も怪我をするかもしれないが、民間人が怪我をしたらもっと大変なことになる。

くだらない規則もあるものだ。

両手を窓の桟にかけ、這いつくばるようにして、ぶざまだが静かに中へ入ると、拳銃を片手に木の床に伏せ、再び耳を澄ました。自分の荒い息づかいと、ハエの低い羽音と、朝のそよ風が吹き抜ける吐息のような音の向こうに、人が動く音を探した。この家で死んでいる者と自分以外に誰かがいる気配を探した。

わたしはそろそろと立ち上がりながら、警察犬のように静かに動けたらいいのに、捜索が早く済めばいいのに、生体反応の探知機があればいいのに、と思った。応援を呼べばよかった。グウェンと朝食に行けばよかった。

わたしが無言で動作が遅いことを除けば、テレビドラマそっくりだった。壁にへばりついて銃を両手で構え、膝を曲げて腰を落とし、忍び足で進む。爪先でドアをそっと開け、何かが動く前に自分が「警察だ、動くな！」と叫び、撃つべきか撃たないべきか決断する時間があることを祈る。

現場を汚さないよう気をつけながら、匂いをたどって家の奥へ進んだ。途中でキッチンカウンターにたまった使い終わった皿と、シンクとバスタブの血痕と、玄関の壁についた赤茶色のしみと、床に落ちているガラスの破片に気づいた。奥の寝室へ入ると、彼女がいた。ウォークインクローゼットを調べてからベッドへ戻り、ジャネットの遺体を見下ろした。家をいつもきれいにしていた、いい人のジャネットを。


現場処理マニュアルの最もありがたい点は、頭のどこかが犯行現場や危機に反応するので精一杯でも、別の部分でマニュアルの目次から適切な行動を見つけ、全神経を集中できるようになるまで身体の試運転をしておけるということだ。職務経験が長ければ長いほど、短い時間で集中でき、より正しく対処できるようになる。

ここで起きたことを示す手がかりを探して室内を見渡しながら、わたしは携帯無線機を口にあてた。

「2D76から本部へ」

「2D76、どうぞ」

「遺体発見。女性一名。刑事、鑑識班、検死官、地方検事、監督者を要請する」

「了解。救急医療隊も？」

「救急医療隊も」

わたしはため息をついた。とっくに死んでいるとわかっている人間を救急車で運び出すのは、ばかげている。だが賢明なる警察のお偉方は、たとえ脈が全然なくて死後硬直が始まっていても、その人が生きているか死んでいるかの判断は一介の制服警官には無理だと決めつけている。だから救急隊員が来て「だめだ、脈がない」と言い、刑事が来て「もう事切れてる」と言い、地方検事補が来て「死んでるようだ」と言い、鑑識班が来て「完熟死体だ」と言い、検死官補が来て「すでに死亡」と言うのを待つ。そのあとわたしたちは全員で彼女のまわりに集まり、最後の凌辱を見守る。写真撮影、指紋採取、つついて調べて証拠品を切り取ったあとの遺体袋への収容——さらには検死解剖もある。

家の中は男たちでいっぱいになり、みんなで彼女をじろじろ見るだろう。冗談や卑猥な言葉が飛び出し、あとで犯行現場の写真の海賊版がコーヒーショップやどこかの駐車場で回覧されるだろう。正式な写真のほうは警察学校に保管され、訓練生たちが初めて見る死体になる。匂いも味もなければ、人が人にこんなむごいことができるのかという憤りもない、一次元的な死体だが。

そしてジャネットは、生前どんな女性であったにせよ、ひっそりと消える。人生の機微は紋切り型の報告書に埋もれ、のちのちまで〝膣にテニスラケットを突っ込まれた女〟として、彼女が全然知らない者たちの口にのぼるのだ。

施錠されていた窓からはずした網戸を二枚とも元に戻すと、わたしは玄関ポーチに坐って煙草を吸った。ジャネットとどうしても一緒にいたいとは思わなかった。個人的な感想を言えば、奥の寝室にはあまりに多くの恐怖が残留している。仕事柄、これまで女性の死体をたくさん見てきた。殴られ、首を絞められ、犯され、撃たれ、刺され、いたぶられた死体を。だが今回ほど残虐な暴行は見たことがなく、あの死体に行なわれたことへの恐怖は今までの体験とは比べ物にならない。それに、死体と二人きりでいると空想のいたずらで、死者の霊がよみがえってふらふらさまよい出すことを早くに知った。

それが初めて起こったのは、わたしが警察に入って九ヵ月目のことだった。わたしたちは発砲事件が発生したニコルスン・ドライヴ沿いの住宅街へ急行した。わたしを含む三名の制服警官が到着したとき、現場にはまだつんとする火薬の匂いが残っていた。一人の白人男性が胎児のように丸まって横向きに倒れ、てのひらに銃を、昼食にたった今選んだオレンジのようにのせていた。一人の警官が救急車と刑事を呼ぶため外へ出ると、もう一人も彼について行った。一人残ったわたしはキッチンで死体の前に立って、彼の顔を眺めながら、頭が半分なくなっているのに、なんて穏やかな表情をしているんだろう、と思った。すると彼が身動きした。彼のものだった何かが、床からむっくりと起き上がってしゃべったのだ。わたしは勝手口から飛び出して踏み段を駆け下り、庭に立って息をぜいぜいさせた。他の二人の警官は、わたしが死体を見て気分が悪くなったんだろうと思って笑ったが、わたしはあえて誤解を解かなかった。

事実その一、死体は生き返らない。事実その二、死体は立ったりしゃべったりしない。けれども、思考はいつも事実を好むとは限らない。ときどき道をそれて謎と推測へ飛びつきたがる悪い癖がある。現時点でわたしがジャネットのためにできることは、現場を厳重に保存し、殺人課の刑事たちに引き渡すことだけだ。

煙草を吸い終わらないうちに、黄褐色のフォード・フェアモントが低い前輪で貝殻をはじき飛ばしながら、車回しに猛然と突っ込んできた。運転しているのはバーカーで、コーワンが助手席にいる。

「よう、サラ・ジェフリーズ！　楽しみだな、今日はどんな催しだい？」コーワンはいつも皮肉っぽくて陽気で、この奇妙な取り合わせはときどき神経にさわるが、彼が数多くの事件を解決し、わたしを制服警官だからといって見下さない点は評価できる。

「拷問、束縛、テニスラケットを使ったレイプ」わたしは煙草の先を押しつぶして火を消し、吸殻を後ろのポケットに入れた。「気分のいい眺めじゃないわ」

バーカーはたじろいで肩をいからせた。

「そりゃそうだろう」コーワンは言った。「だが意欲を失っちゃいけない」彼は小さな身体で武者震いすると、車のトランクへ行って、カメラ、ビニール靴、手袋、証拠品袋を出した。

「こういうのを好きなやつなんかどこにいる？」バーカーは顔映りのよくない薄緑色の半袖シャツを着ている。彼は大食漢だが――いつかの晩、〈ステークン・エッグ〉で〝コックの特別メニュー〟三人前を三十分足らずでたいらげていた――いつも顔が青白くて栄養不足に見える。ほとんどの警官がベルト型ホルスターを腰につけるようになった今も、バーカーは肩から提げるホルスターを使っていて、片方のわきの下に拳銃が、もう一方に手錠がある。

「夫が不在で、隣人の女性は彼のことをよく思っていないわ」

「そうかい。おれも隣近所の評判はよくないが、女房のあそこにテニスラケットを突っ込む気はないぞ」コーワンが言った。

「離婚したんだから奥さんはいないでしょう」わたしは言い返した。

「そうだった」コーワンはにやりと笑って上着を脱ぎ、それを車の後部座席に放った。

「この窓はどうしたんだ?」バーカーが現場を汚さないようビニール靴を履きながら、わたしがさっきはずして家の壁に立てかけておいた網戸を見て訊いた。コーワンは家の正面に立って写真を撮っている。

「わたしが中へ入るためにはずしたの。そこ以外はすべて戸締まりしてあって、無理やりこじ開けて入った形跡はなかったわ。あなた方の証拠探しの旅は家の中からよ。わたしは窓と数カ所のドアノブ以外はどこもさわってないわ」

「死体にもか?」

「死んでるのは明らかだったから」わたしは彼をじっと見た。

「手袋をはめていないな」

「ええ」

バーカーは眉をひそめてうなずいた。「あの車は?」

「隣の婦人によると被害者のものだそうよ」

「手袋は持ってるか?」

「ええ、車の中に」

「じゃあ、取って来てくれ。鑑識が到着するまで外の現場を見張っててほしい」バーカーは尻ポケットに数枚の紙とビニール袋を突っ込み、代わりにペンライトと小さなノートと鉛筆を取り出し、玄関ポーチにいるコーワンのところへ向かった。

「ねえ、お二人さん」

バーカーがわたしを振り向いた。

「中はすごい状態よ」

彼は強くうなずいて再び肩をいからせた。

彼らは何枚か写真を撮り、地面にしゃがんでドア枠を調べてから、ゆっくりと家の中へ入った。死体のところへ行くのを少しも急いでいない。死体はどこにも行かないし、わたしが見落としたものを見つけるかもしれないから、最初の証拠探しの旅はことに重要だ。コーワンはもっぱら自分を集中させるため、声に出して状況説明を続けた。数分後、どちらかが「うわっ、ひどいな」と言う声が聞こえた。パーカーなのかコーワンなのかはわからない。コーワンの胃がひっくり返っていないことを願った。彼が離婚したのは本当だ。確か五回も。

二十分もしないうちに、玄関ポーチと車回しは制服警官と私服警官であふれ返った。鑑識課のワトスンとカークが写真を撮っていて、ときおりフラッシュが光った。

モッシャー巡査部長が到着したとき、わたしはジャネットの栗色のトヨタの運転席に、窓を開けて坐っていた。

「帽子をかぶれ、ジェフリーズ」

「イエス、サー」やれやれ、またか。制帽で警官の見栄えがよくなるとは思えないのに、上官はなぜか制帽がお好きだ。

「そこに何かあったか？」

わたしは家ではなく車のことだろうと思い、答えた。「ローリング・ストーンズのテープが二本に、ボーソレイユのテープが一本、それから図書館で借りたロマンス小説が二冊と、写真に関する本が一冊です」わたしは裏表紙を開けた。「五日前にグッドウッド図書館から借りています」

「捜査課のためにまとめておけ。そこにいるあいだに車の目録を作るんだ。いいな」

「イエス、サー」わたしは目録作成が嫌いだった。煩雑な書類仕事はすべて嫌いだった。はっきり言って、人から命じられた仕事が大嫌いなのだ。

ジャネットの車にはこれといって興味を引くものはなかった。ガム、一週間前に観た映画の半券、ばら銭。鑑識課が現像するであろうネガフィルムが二本。しかし何が手がかりになるかわからない。プラクミン社の給与明細が一枚。車は彼女の名前で登録されている。残念ながら、「わたしがジャネットを殺しました」という署名入りの置手紙は見つからなかった。まあ、さすがにそこまでは期待しないが、犯人というのは現場でびっくりするようなどじを踏むものだ。わたしのあるお気に入りの事件は五分で解決した。被害者の案内で彼女がレイプされたビルの裏へ行くと、地面に間抜けな犯人のＩＤカードが落ちていた。本人にその運転免許証を見せ、「何か落としませんでしたか？」と訊いたときの彼の顔を思い出すと、今でも笑いがこみあげる。

車回しにタイヤの音がして、トレイシー・スキナーの車が入って来た。彼女はジープのようないかつい体格をしている。全体がずんぐりとして角ばり、カールした赤毛はピンで押さえ切れずくしゃくしゃに乱れている。彼女は市警本部の女性初の巡査部長の一人だ。

わたしはジャネットの車から降り、手術用手袋を脱ぎながら巡査部長を出迎えた。

「帽子をかぶったほうがいいわ、サラ」彼女は言った。「警部補がもうじき来るから」

わたしはうなずいたあと、家のほうへ首をひねった。「何者かが女性を拷問しました」

彼女はため息をついて帽子を額へ引き下げた。「いつかはこういうことに負けなくなると思うけど、今日はだめだわ」彼女はガンベルトの位置を直した。「子供は？」

「いないようです」

「それがせめてもの救いね」

「被害者はすぐには死んでいません」

「長い死だったわけね」

「短くても二十四時間です。現場はそのままで、掃除して証拠隠滅をはかった形跡はありません。鑑識が指紋を採取できると思います」それはあくまでわたしの希望的観測だ。テレビドラマが法の執行機関について犯すまちがいがもう一つある。市民に、指紋採取は棒つきアイスキャンディーから包み紙をはがすような作業だと思わせてしまっている。

「モッシャーはどこ？」

「さっき、わたしに会ってから中へ」わたしは答えた。

トレイシーは唇をぴくりとさせ、両手をガンベルトに置いた。「あなたはどうやって入ったの？」

「開いた窓からです」

「開けっ放しだったの？　それとも、閉まっていたけど施錠はされていなかったの？」

「閉まっていましたが施錠はされていませんでした。ハエがたかっていました。異臭もしました」

彼女は顎を突き出し、唇をぎゅっと結んだ。「なんてこと」

二人とも地面を見た。わたしは彼女と全然意見が合わないわけではなく、いい警官の人事考課ファイルには褒め言葉と同じくらい苦情が多い、という考え方には賛成だ。この仕事をやっていると、必ず誰かの不評を買う。トレイシーはわたしと同じ事件を思い起こしているにちがいない。昨年の秋にわたしが出動した、ジェファースン・ハイウェイ沿いの侵入盗事件だ。あのとき中に誰かいた。二人の人間がぴんぴんした状態で。アパートの管理人は窓から男が侵入するのを目撃し、警察に通報した。その部屋の女性は一人暮らしのはずだ、と言って。確かにそのとおりだったが、管理人は何もかも知っていたわけではなかった。住人の女性にはボーイフレンドがいて、彼は二人がかねがね抱いていた性的ファンタジーを実行したのだった。わたしが寝室に突入して、「警察だ！」と怒鳴ったとき、部屋にいた二人はいかにも迷惑そうだった。警部補はわたしを懲罰したがったが、トレイシーとモッシャーの両巡査部長が懸命にかばってくれたおかげで、〝今後はさまざまな状況を考慮するように〟という書面による注意で済んだ。わたしは〝考慮〟という言葉についてあれこれ考えるのが好きだ。〝使う〟という言葉以上に多様な意味がある。

「あの」わたしは行きかけたトレイシーを引き止めた。「本件には例の集いが必要だと思います」

彼女は家をじっと見上げてから、家の両脇の木々に視線を移し、最後に道路を振り返った。「通りの向こうに年配の女性がいて、何があったのかと訊かれたわ」

「通報者です。彼女が警察を呼んだんです」

「近所が騒ぐと厄介だわ」

「そうですね。対処します」

ジャネットの家で行なわれていることにもかかわらず、通報者の家へ徒歩で戻るわたしの耳には、マネシツグミやショウジョウコウカンチョウのさえずりど、リスがときおり木立ちの中できいきい鳴く声しか聞こえなかった。そよ風が木々の葉を優しく揺らし、わたしがあとにした場所とこれから向かう場所とのあいだの境界線になっていた。途中で立ち止まり、ジャネットの家を振り返った。何も見えなかった。夜はどんなふうに見えるんだろう。町の中心から遠く離れたここには、街灯が一本もない。

太陽は燦燦と降り注ぎ、通報者のわだちができた車回しに着く頃には汗だくになっていた。これで何度目だかわからないが、昨年青いウール混の制服に変更した市警本部長をあらためて恨んだ。以前は黒と灰色のポリエステルのニット生地で、野暮ったいがウールではなかった。ルイジアナ州でウールとは。アミーテやブローブリッジのような田舎町の警官でさえ、ウール混の制服など着ていないのに。お偉方は、防弾チョッキの着用を警官に徹底させるのがどうしてこんなに大変なのか、ちっともわかっていない。彼らも一度、七月中旬の十号線で衝突事故の処理にあたってみればいいのだ。制帽をかぶり、防弾チョッキを着け、十五ポンドのガンベルトを腰に巻き、ウール混の制服に身を包んで。おまけに生理痛の初日だったら、普通の男性は五分で気絶するだろう。

隣人の女性は車回しの入口の真ん中で、折りたたみ椅子に腰かけていたが、わたしが角を曲がって来るのを見て立ち上がった。わたしはこの役目が書類仕事や警部補の話を聞くこと以上に嫌いだ。いつも無力感にさいなまれる。

「悪い知らせなのね?」彼女は訊いた。

「そうです」たぶん彼女は単刀直入に言ってもらうほうがいいだろう。「残念ながら、ジャネットは死にました」

彼女の全身がだらりと下がり、肩や腕や膝の骨が溶けてしまったかのようだった。一瞬、彼女が倒れるのではないかと思った。わたしは一歩前へ出て、彼女を抱き止めようと片手を差し出したが、彼女は再び身体を起こして頭を少しそむけ、顎を引いて唇をきつく結んだ。わたしが彼女の肩に軽く触れると、びくっとした。

彼女はあとずさった。「ひどい」と彼女は言った。「あの虫けらめ」

「夫のことですか？」

「そうよ」

「彼が前回ここにいたのは、三日前の金曜日の晩でしたね？」

「あの虫けらめ」彼女は唇を閉じたまま言った。わたしはそれをイエスの返事と取り、彼女が好きになった。きっと優秀な教師だったにちがいない。わたしは算数が全然できなかったが、彼女に教わっていたらなんとかなっただろう。

「彼のトラックが出て行く音を聞いたんですね、ミセス・ホワイトヘッド？」わたしは胸ポケットから小さな茶色のスパイラルノートを出して開いた。

「わたしは独身なの。ドリスでいいわ」簡潔で、きっぱりした口調だった。

わたしはまばたきして、彼女をドリスと呼ぼうとしてみたが、結局はこう言った。「わかりました、マアム」

彼女は嬉しくなさそうに短く笑い、首を振った。わたしは数分間、直射日光を首の後ろに受けながら、地面を見つめる彼女を眺めた。それからこう言った。「彼のトラックの音を聞いたんですね？」

彼女は顔を上げ、徐々に焦点が定まっていくような目でわたしを見た。「はっきりとはわからないの。うちの窓のエアコンがうるさくて。でも土曜日の朝六時に新聞を取りに出たときは、彼のトラックはなかった」

「ジャネットを最後に見たのは木曜日でしたね？」

「木曜日の夕方、ちょうど夕食時だったわ。六時かそれくらい。彼女はうちの庭の昆虫に関する本を、図書館で借りて届けてくれたの。わたしに頼まれたからじゃなくて、自分で気を利かせて」ドリス・ホワイトヘッドはようやく椅子に坐った。「彼女はそういう人だった」

「いい人だったんですね」

ドリス・ホワイトヘッドがわたしをじっと見上げたので、わたしは一瞬、複雑な割り算に頭を抱えている五年生の気分になった。

「彼女はばかよ。夫から離れようとしなかったんだから。

わたしがあれほど別れなさいと言ったのに、聞き入れなかった。彼は本気でやったんじゃないだの、普段は優しいだのと言い訳して。わたしから見れば、あの男には優しさなんかみじんもない」

「彼はしょっちゅう彼女を殴っていたんですか?」

「ええ」唇をぎゅっと引っ込める。

「警察が来たことは?」

「一度あるわ、去年の冬に。わたしが通報したの。でもあなた方は何もしてくれなかった」彼女の言葉にわたしは思わず目をそらしてしまい、内心情けなかった。

「何かしてあげられるかどうかは、ジャネット次第ですから」わたしは小声で言った。

「彼女はいい人で、彼は悪いやつよ」彼女はつっけんどんに言った。「彼女は普段からわたしをいろいろ助けてくれた。今年の春はうちの屋根に上って、雨どいを掃除してくれたし、二週間前にわたしがトマトの支柱立てをしたときは、茎を結びつけるあいだ支柱を持ってくれてた。歌うのが好きだったわ。ロックンロールよ。題名はわからないけど、ときどき夜に歌声が聞こえた。夫が家にいるときは歌わなかった」ドリス・ホワイトヘッドの両手はスカートをきつく握りしめていた。

「彼女の身内を誰かご存じですか?」

彼女は戸惑って、ジャネットの家のほうを見た。「母親がスライデルにいるわ。苗字はリチャードスン。でも、あまり行き来していなかった」

わたしは彼女の横顔を観察した。何かわたしに言っていないこと、隠していることがありそうだ。単にそれはショックと悲しみと後悔かもしれない。だが、わたしがこの仕事から何か学んだことがあるとすれば、誰でも秘密を持っていて、めったにそれを他人には見せないということだ。誰でも嘘をつく。他人に、自分自身に。見た目どおりの人など一人もいない。隣の家の死人も例外ではない。

車の近づいて来る音に続いて、タイヤが貝殻を踏む音が聞こえると、わたしはそれ以上踏み込まないことに決めた。

「お気の毒です、マアム。本当になんと言ったらいいか。刑事があとでここへ来るかもしれません。今伺った話はわたしから伝えておきますが、彼らは捜査を担当する者としてあなたとじかに話したいでしょう。他に何か事件に関係しそうなことがなかったか、もう一度よく考えてください。何が手がかりになるかわかりませんので」

「あの男には一緒につるんでる男がいるわ。姿は見たことないけど。ラルフ、ロジャー、ロバート、レイ、ロナルド――とにかくRで始まる名前で、デナム・スプリングスだかグリーンウェル・スプリングスだか、なんとかスプリングスっていう町に住んでるわ。ジャネットは彼のことがあまり好きじゃなかった」

わたしはうなずいてノートに書き留めた。「さっそくヴィンスの居場所を探します」

「あの虫けら、ここに戻って来ないほうが身のためよ」彼女はつぶやいた。

その不穏な口調に、わたしは彼女をじっと見た。「あなたは銃を持っていますか?」

「ええ」

「使ったことは?」

「二年前の春にヌママムシを撃ち殺したわ」

わたしたちは少なくとも五秒間、視線を絡み合わせ、彼女は顎をさらにつんと上げた。次にわたしが何を言おうと、ドリス・ホワイトヘッドはやりたいようにやるだろうとわたしは思った。

「彼を見かけたら、必ず警察に知らせてください。いいですね?」わたしは精一杯厳しい口調で言い、強調のため両手の親指をガンベルトに突っ込んだ。だが木に向かって話しているようなもので、彼女にはなんの効果もなかった。

「最後に訊きたいことがあるの」彼女は言った。

「はい?」

「あなたはこういう場合どうするの?」

「は?」

彼女はハエのことをわたしに告げたときのように、耳をてのひらでこすった。「死体やら銃やら悪党どもの中で、どうやって気を紛らわすの?」

わたしは彼女をじっと見た。いくつものイメージが頭に浮かんだ――ボーイフレンドの手、五杯目のバーボン、円陣を組む女たち、テニスコートでの壁打ち――わたしは言葉を探したが、説明のいらない言葉は一つも思い浮かばなかった。説明はしたくないので、一番ましなもので妥協した。

「じっとしています」

彼女はゆっくりとうなずき、居ずまいを正した。「それは大事なことね」彼女の唇が初めてゆるんだ。

「それでは」制帽をかぶっていれば、つばをつまんで挨拶できたのに、と思いながら、わたしは彼女に背を向けた。

そういう意味では彼女はわたしに影響力がある。

まだ朝の八時を回ったばかりだというのに、すでに長い一日になってしまった。どこかで子供たちが難しい割り算の問題を解こうと机の前で悪戦苦闘し、大人は怪我や死を恐れることなく仕事に取りかかり、ティーンエイジャーは言葉を使わない繊細な欲求のダンスを始め、この世に生まれ出た赤ん坊は両親が吸っているのと同じ空気を初めて吸い、魚は餌を追って海流にさからって泳ぎ、そして卑劣な犯人は毛穴にジャネットの血を染み込ませている。

わたしは叫びたくなったが、それは仕事のマニュアルには含まれない。

ワトスンとカークはちょうど鑑識課のヴァンに乗り込むところだった。二台の救急車と検死官補がすでに到着していた。それから警部補も。わたしは自分の車から制帽を取り出し、後ろで丸めてピンで留めてある髪に制帽の後ろを引っかけ、つばを額へ下げ、はみ出た髪を硬いプラスチックの縁の下へたくし込んだ。さっそく頭痛がしてきた。

「サラ」わたしがそばへ行くとカークが呼び止めた。彼はみんなから太っちょベイビーと呼ばれている。確かに夜警棒のような痩せっぽちではないが、体格というより、つるつるに近い頭と陽気な表情からついた愛称だろう。彼は今の奥さんと十年前に熱烈な恋愛結婚をし、子供が六人いて、もうじき七人目が生まれる。

「ねえ」わたしは言った。「何かめぼしいものは見つかった？」わたしは彼らが好きだ。鑑識課の警官のほとんどが好きだ。アカディアン・スルーウェイ沿いのデニーズで、しょっちゅうコーヒーを飲んでいると知っていても。制服警官の大半は彼らを変人と見なしているが、都会のおぞましい犯行現場で働く者は――ワトスンは八百件以上の殺人を手がけてきた――変人でないと生きていけないだろう。

「ああ、どっさりな。だが充分じゃない」ワトスンはため息をついた。黒縁の眼鏡が鼻の上に危なっかしく乗っかり、ふさふさのウェーブした髪は規定よりも長い。「犯人は例のテニスラケットをああやって使う前に、そいつで被害者の背中と脚をぶん殴ってる。ほとんどの傷は縁に痣があるから、いろんな道具を使ったようだ。指輪が二つなくなってる。指に白い跡が残っていて、片方は薬指だ」

「なくなった指は見つかった？」

ワトスンは口ひげの端を引っ張った。「ああ、キッチンシンクのディスポーザーからな。まったく、いかれた野郎だ」

わたしの胃がもがいた。「指紋は？」

「壁に血に染まったてのひらの一部、ラケットに親指の指紋。死体のそばの床に血痕があって、どうやらブーツの跡らしい。爪先が角ばってる」カークが言った。「他にも家のあちこちにあったが、たぶん使い物にならんだろう。指紋係にまわして、ＡＦＩＳ（自動指紋認証システム）にかければ、該当する指紋があるかどうか明日までにわかる。ハイテク警察万歳ってところだな」彼は幸せなラブラドルレトリーバーのように笑った。

「何か特殊な点は？」

ワトスンはうなるようにくっくと笑った。「テニスラケット以外にか？」

「切断はどうだ？　今回のはおれが手がけた現場のトップテンで、首位に躍り出たぜ」カークが言った。「彼女を知っている人間がやった痴情殺人にちがいない。かなりの激昂ぶりだ。拷問事件は前にも見たことがあるが、こんなのは初めてだ。コーワンが運送会社をあたって夫の行方を追ってる」

「夫のしわざだと思う？」わたしは訊いた。

「年金を賭けてもいい」カークはヴァンの後部ドアを閉めた。「こういう仕事はときどき吐き気をもよおすね」

「ところで、きみの坊やから無線で連絡があったよ。こっちへ向かってるそうだ」ワトスンが言った。

「デュボイスのこと？」

「なんだよ、とぼけて」カークはむき出しのネガフィルムを空中に放り、反対の手で受け止めた。

わたしは知らん顔した。

「あの坊やと別れたら、おれのところへ来てくれるかい？」ワトスンは人差し指でわたしの脇腹をつついた。

「あなたが奥さんと別れたらね」わたしはそう言って彼の腕を軽く叩いた。これは二人のあいだで何年も前から運転中に交わしているジョークだ。わたしの直感では、彼は半分本気らしい。たまにわたしもそうだ。

家の中では、救急救命士たちとバーカーと検死官補が寝室に集まって、遺体の袋詰めをしていた。ジャネットの両手は紙袋に包まれ、床の上の破れたしみだらけの衣服はビニール袋に入れられ、それぞれの袋に中身を記した札がついている。彼女は白い遺体袋へ入れられるところだった。

コーワンは四つんばいでキッチンシンクの下をのぞき込みながら、まだぶつぶつと当惑の言葉をつぶやいていた。それを地方検事補が黙って見つめていた。居間では、警部補が手持ち無沙汰でないふりをしていた。トレイシーとモッシャーが玄関のドアに近い片隅に立ち、親指をガンベルトの内側に引っかけていた。

「ジェフリーズ巡査」警部補が歯に楊枝を突っ込んだまま、どら声で呼んだ。わたしは身構えた。大嫌いな男だ。弱い者いじめが好きな太りすぎの番長みたいで、知性的な人間を目の敵にしている。特に知性的な女性を。悪い警官の見本だ。

「はい」

「きみが最初に入ったのか？」

「そうです」

「この窓からか？」

「はい。中から異臭がしました」

「網戸のついてる窓からか？」

「ハエが群がっていました」わたしは言った。「それに網戸はゆるんでいたので、揺すっただけですぐにはずれました」

「揺すっただけ?」警部補は重い体重を逆の足へ移すと、口から楊枝を抜き、それでわたしを指した。「わたしをばかだと思ってるのか、ジェフリーズ巡査?」

「いいえ」そうよ、このうすのろ。この家の外に六人が勢ぞろいしてたって、わたしと同じことをやったはずよ。一人も六人もちがいはないわ。

「その網戸にある引っかき傷はなんだ?」

「わかりません。窓を調べていたら、網戸は勝手にはずれたんです。窓には鍵がかかっていませんでした。そこで警察だと名乗って、中へ入りました」

「名乗ったのか?」

「イエス、サー」

わたしたちは一、二秒間にらみ合った。そのあとわたしはにっこりとほほえんだが、それは大きなまちがいだった。

「態度に問題ありだぞ、ジェフリーズ巡査。わかってるか?」

「イエス、サー」

バーカーが血と体液のついた手術用手袋を脱ぎながら、奥の寝室からやって来た。「お手柄だぞ、ジェフリーズ。現場は完全に保存されていた。運良く爪の引っかき傷をいくつか見つけたよ。隣人の女性から何か情報は?」

「お手柄だと?」警部補がたるんだ顔をしかめてつぶやく。

わたしはバーカーに、ドリス・ホワイトヘッドの名前と住所と電話番号が書かれたメモを渡した。「彼女にはあなたが行くだろうと言ってあるわ。メタリー運送会社からの書類が、もう一つの寝室の机の上にあったでしょう?」

「ああ、手紙と一緒にね」バーカーは警部補をちらりと見てから、わたしに訊いた。「何か問題でも?」

「いや、何もない」モッシャーが答えた。

「べつに何も」トレイシーは腕組みして、わたしと目を合わせようとした。

「どんな手紙だったの?」わたしは訊いた。

警部補はますます渋い顔をし、しわだらけになった。醜男コンテストに出れば優勝まちがいなしだ。

バーカーは身振りで窓を示した。「わたしもきっと網戸をはずしたと思いますよ、警部補」

警部補は低くうなった。

「さあ」トレイシーはわたしの腕をむんずとつかみ、ドアへ促した。「彼女はこの件をすべて報告書にまとめます。サラ、あなたは見たことやしたことを全部書くわね？」

わたしはうなずいてドアへ向かった。

「やりすぎよ」トレイシーは車回しに出ると言った。

「彼があんまりひどいので」

「でも警部補には変わりないわ。あなたが自分から問題を起こしたら、こっちはかばいようがないじゃないの。いい報告書を書いてね。さあ、車に戻って出発しなさい」

「その前にトイレへ」

彼女はほほえんだ。「それが済んでからでいいわ」

「この事件、どう思います？」

トレイシーは制帽を脱いで、髪を後ろへかき上げた。額に細い赤い線がついている。「誰が犯人だろうと、そいつのタマを縛って宙吊りにして、じわじわと弱火であぶるべきね」

「例の集いを開けますか？」

「わからないわ、サラ」

「わからないって？」

「今回はやりたくないのよ」

「なぜですか？」

「ただそう思うだけ。堤防かどこか、別の場所でやるならいいけど」

「場所はここです」わたしはきっぱりと言った。「事件はここで起こったんです。ここでないとだめです」

トレイシーはかぶりを振った。「ダーシーの事件がつづく恨めしいわ。とにかく犯人は野放しなんだから、当分こっちはおとなしくしていないと」

「犯人がここへ戻って来るはずありません」

「向こうは神経過敏になってるわ」

「それでは根拠になりません」

彼女は靴の爪先を地面に突っ込んだ。「少し考えさせて。隣のご婦人はどう？　彼女に気づかれない？」

「大丈夫です。彼女の家は窓にエアコンがついていて、ここの音はあまり聞こえません。この家も見えません。ただし彼女は銃を所持しています。被害者の夫が戻って来たら、撃ってやるそうです」

「本人がそう言ったの？」

わたしは肩をすくめた。「ええ、それに近いことを」

「迷うわね」彼女は不安げにリヴォルヴァーのスピードローダーを指ではじいた。

わたしは彼女を見つめながら、どこまで押すべきか迷い、この件がどれくらいダーシーに関係するか考えた。トレイシーは頑固で、いいかげんなことはまずしないが、たまに優柔不断になってわたしをいらいらさせる。わたしは日和見主義者ではない。決断し、結果を受け入れることをモットーにしている。

わたしは制帽を脱いでわきの下にはさみ、手首でこめかみをこすった。「ジャネットは集う価値があります」

「誰だってあるのよ、サラ」トレイシーの口のまわりにしわが寄り、目が沈んだ。「今夜あなたに電話するわ」

わたしはうなずいたが、すでに決心は固まっていた。一人にせよ他の人たちと一緒にせよ、ここへ戻って来るつもりだった。

わたしはドリス・ホワイトヘッドの家とは逆の方向へ車を走らせた。次の家は五百ヤードほど離れた通りの反対側に、地面に枝がつきそうな三本のマグノリアの大木に隠れて建っていた。だだっ広いがらんとした庭が、ジャネットの家の北側の草地と接していた。郊外住宅地とはちがって、このあたりの家々は呼吸やプライバシーの余地もなくひしめき合ったりはしていない。

リバー・ロードへ出ようとしたとき、リッキー・デュボイスの黒いジープが向こうの角からやって来た。わたしは車を土の道路の端に停めて待った。リッキーは《アドヴォケイト》誌のカメラマンで、快活さと真面目さがほどよく混ざった——快活さのほうがやや多め——性格だ。ルイジアナ州立大学で哲学を専攻したが、自分はケイジャン（カナダから来たフランス系移民）なので哲学は余計だったと本人は言っている。彼はテニスも軽蔑している。

「よう」彼はわたしに笑い返した。「大変だったかい？」

「まあね」わたしは窓から手を出して彼と指を絡み合わせた。彼ほど大きな手の男性にはお目にかかったことがない。彼ほど小さな足の男性にも。

「まあね？」

「警部補にまたいじめられたし、まだコーヒーを三杯しか飲んでないし、煙草も一本しか吸ってないし、トイレにも行きたいの」わたしは腕時計を見た。「おまけに勤務明けまでまだ五時間もあるわ」

「かわいそうなベイビー。ぺろぺろキャンディーをあげようか？」彼はポケットから紫色の棒つきキャンディーを取り出した。わたしの好きなトゥーツィーポップだ。

「それくらいじゃ機嫌は直らないわ」

「夕食にボイルしたエビをどうだい？」

わたしは彼の手を引っ張った。

「マッサージかい？」

「じらさないで言ったら？」

「事件について話してくれ」

「お断わり」わたしは彼から手を離してポケットのマジックテープの蓋を開け、煙草を取り出した。指に彼の〈オールド・スパイス〉のコロンが香った。「ワトスンとカークに訊いて」ワトスンとカークはリッキーの一番親しい友人だ。わたしはリッキーがひそかに鑑識係になりたがっている気がしたが、彼にそれを言ったことはない。彼は犯行現場へ着くと、猟犬のように身震いして写真を撮り始める。

「ちぇっ」彼は鼻柱をこすった。

「おあいにくさま」

「これからどこへ行くんだい？」

「署へ戻るの」わたしはヘッドレストに頭をのせ、彼の巻き毛に残っている黒髪が日差しを受けるのを見つめた。彼はまだ二十六歳で、わたしより五歳年下なのに、髪が灰色になっている。とてもセクシーだ。「報告書を書かないといけないから」

「そのあとでコーヒーでもどうだい？」

「あなたがワトスンとカークと話したあとでね」

彼は笑ったが、楽しそうではなかった。「きみは秘密主義なんだね」

「そうじゃないわ。基本的ルールを守ってるだけ」わたしたちはこういう話をこれまで何度となくしてきた。広報課以外の者はマスコミに対して口を開いてはならない決まりだが、警官たちはみんなリッキーに事件のことを話す。だからわたしもそうして当然だと彼は思っているが、わたしは彼と寝ているから情報を流したんだと非難されるのはまっぴらだ。

「そんなルール、くだらないよ」

「わたしは大切だと思うわ」

「そう思うのはきみだけだ」

わたしは彼を見た。「もう夕食のエビはなし?」

「2D76へ」突然、通信係の声が無線機から飛び出した。

「こちら待機中。応答できますか?」

「彼にはトイレが済むまで待機してもらわなきゃ」わたしはリッキーに言った。「きっと特殊な事件なんだわ。家の中に逃げた蛇がいるっていう先月の通報みたいに。あるいは」わたしは笑顔でわざとらしく張り切った。「橋の上の衝突事故かも」

リッキーはため息をついてジープのギアを入れた。「死体が運び出される前に行かないと。犠牲者がいることくらいは認めるだろう?」

わたしはうなずいた。「ええ、一人」

「死んだんだろう?」

わたしは彼をさっと見た。ゆっくりとうなずく。

「きみから引き出せるのはここまでだな」彼はトゥーツィーポップを窓からわたしの車へ投げ入れた。「じゃ、あとで」

「こちら2D76」わたしは市警本部の通信係に応答した。

「車に戻りました、どうぞ」

「ミシシッピ橋でコード35。向かえますか?」

すてき。コード35、不審人物。しかも橋の上。橋は嫌いだ。高いところは嫌いだ。ただのジョギング中の人? それとも自殺志願者? ドライバーの目の錯覚かもしれないし、もしかしたら虫けら野郎のヴィンスかもしれない。

もちろんそうではなかった。橋に到着したときは誰もいなかった。わたしは通信係への終了報告を後回しにして、ポート・アレン方面の出口から十号線を降り、再び橋を渡り返した。眼下に河を、南にルイジアナ州立大学の講堂の白いドーム屋根に反射する陽光を、北に女性警官たちが〝ヒューイ（ヒューイ・ロング、一八九三〜一九三五。ファシストと恐れられた悪名高きルイジアナ州知事）のペニス〟と面白がって呼んでいる先細りの州議事堂を眺めながら。トイレに入るため、河のすぐ東側のコンビニエンスストアに車を停めた。ぶつぶつ文句を言いながら、ズボンのベルトにガンベルトを引っかけている四個の留め具を取ってポケットに入れ、ガンベルトを足下の床に置き——拳銃、ホルスター、懐中電灯、携帯無線機、スピードローダー、手錠二個、キーホルダーがついているのでとにかく重い——ズボンのベルトをはずしてジッパーを下ろす。これでようやく用を足せる。そのあとは再びすべてを元どおりにしなければならない。男性警官は女性警官がトイレに行くのにどうしてそんなに時間がかかるのか不思議がる。

ドアを出て通信係に車に戻ったと告げると、ただちに次の出動要請があった。ため息が出る。毎日こんなことの繰り返しだ。

わたしたち警官は早くから、決まりきったパトロールなどありえないと頭に叩き込まれる。状況は刻々と変化し、型どおりのものなど一つもないのだと。それだけに〝型どおり〟という言葉がしゃくに障る。現実にはほとんど毎日が型どおりだからだ。終わりのない、出動と書類仕事の連続なのだ。はっきり言って、警官の仕事の大半はつまらない。

残りの勤務時間はどうということもなく過ぎた——窃盗事件が数件、逃げた飼い犬が一匹、交通事故が三件、あとで指名手配中の詐欺犯と判明した者の治安紊乱行為、誰も玄関に出てこなかったので未知の人物による未知の騒動。それからモッシャー巡査部長にこれ以上うるさく言われないよう四軒のスーパーマーケットの駐車場をさっと回り、障害者ゾーンで駐車違反切符を五枚切った。

ジャネットの報告書は出動の合間に、車のハンドルにクリップボードを置いてどうにか仕上げた。自分のしたこと見たことのすべてを詳しく丁寧に書いたが、網戸をポケットナイフではずしたことと、警察だと名乗らずに家に入ったことは除いた。勤務の終わり頃には、強い酒と冷たいシャワーと熱い泡風呂が同時に欲しくなった。

グウェンはすでに署に戻っていて、古い学校用の机に向かっていた。その机は大量の報告書の整理や署名にはまるで不向きだと使うたびに思う。グウェンの見事なブロンドの髪は、ヘアスプレーのつけすぎと、制帽で長時間押しつぶされていたせいでぺしゃんこだった。わたしの髪はもっとひどかった。

「サラ、どいつもこいつも頭に来るわ。ほんとにもう、ばかばっかり」

わたしはうなずいて、モッシャーの机の書類入れに署名済みの報告書を放った。ほっとしたことにデイヴィーはもう帰宅していた。もしまだいたら、彼の首を絞めていただろう。あの事件は、〝様子が変〟どころの話じゃない。

グウェンは小さな机の前で窮屈そうにした。「この若い女なんか、フロリダ・ブールヴァードをものすごい勢いで飛ばしておいて、そんなにスピードが出てたとは知らなかった、速度体温計の前に自分の赤ん坊の写真を飾ってあったから、なんてぬけぬけと言い訳するのよ。〝速度体温計〟だって。何よ、それ！」彼女の笑い声はロバのしゃっくりみたいだった。

わたしは彼女に見られているのを意識しておざなりの笑みを浮かべながら、携帯無線機とショットガンを点検した。「今日のこと話して」彼女はホルスターが椅子の肘にぶつからないよう腰を回転させて立ち上がった。「ソフトドリンクをおごるから」

グウェンは口うるさいが、世話好きのおっかさんタイプだ。わたしのことで始終気を揉んでいて、ここはというときにわたしを助けてくれる。何度かそういうことがあった。たいして深刻な事態ではないが、受け持ち区域から数マイル外で車のタイヤが溝にはまってしまったり、腕力ではかなわない侵入盗被疑者に逃走され、かっとなって発砲したり、リッキーに今日は仕事へ行かないで一緒にベッドにいようと言われて署へ病欠の連絡を入れたり、勤務前に飲みすぎたりしたときに。グウェンは少しも動じなかった。他のパトカーを二台よこして、わたしの車を溝から救出してくれた。たった一人だけの目撃者に、わたしが空に向けて撃った三発の威嚇発砲をなかったものと納得させた。さっき様子を見に行ったら、かなり具合が悪そうだったと警部補に言ってくれた。わたしにコーヒーをたっぷり飲ませ、酒は勤務前ではなく勤務後にしなさいと叱った。きついところもあるが、とても義理堅い人だ。

わたしたちは裏の駐車場でわたしの車にもたれ、夕方の勤務に出発する同僚たちを眺めた。わたしはジャネットの死について手短に話した。南の空から雲が迫り、普段の午後より蒸しているにもかかわらず、暑さが心地よく感じられた。思考を鈍らせてくれるからだ。

「なんて卑劣な犯人。夫にちがいないわ」グウェンは右手の指関節を親指で一本ずつ鳴らした。

「たぶんね。憤怒と激情に駆られて犯行に及んだってことかしら」

「さもなければ、頭のいかれた連続殺人鬼よ」

「それはないでしょうね、事実からすると。彼らは普通、どこかに死体を捨てるわ」わたしは砂利を蹴った。「それに、現場をあんなに汚さないわ」自分の足下を見て、そろそろこのレッドウィングを磨かなければと思った。警部補はぴかぴかに磨き上げられた部下がお好みなのだ。

「必ずしもそうとは限らないわ。とにかく、女たちを虐待する頭のいかれたくず野郎をつかまえなくちゃ」

「まあ、そうね。でも今回の犠牲者は一人よ。わたしは夫が怪しいと思う」

「彼女が売春してた可能性はない？　ほら、ノース・エアライン通りの売春婦たちを狙ったレイプ殺人犯がいたでしょう？」

「ジャネットは売春婦じゃなかったわ」わたしは飲み終えた炭酸飲料の缶を自分の車の窓へ投げ入れた。

「近頃の女はわからないわよ、サラ」

「グウェン」

「だって、まったく可能性がないわけじゃないわ」

わたしは眉を上げた。

彼女は「もう、頑固ね」とばかりに鼻を鳴らし、首を振った。「はいはい、わかりました」彼女は言った。「ミズ・ジャネットは売春婦ではありませんでした」

「この件で例の集いをやりたいんだけど」わたしはグウェンがいつもどおり不平を唱えるだろうと思いながら言った。彼女はそれを無意味な行動と考えていて、〝掘り起こしてはならない過敏な感傷〟と呼んでいる。聖ジョーゼフ教会へ行ってキャンドルをともすほうが、よっぽど有意義だと言う。

グウェンの指関節鳴らしは左手へ移った。「トレイシーには言ってみた?」

「ええ」

「どうだった?」

「なぜか二の足を踏んでる」

「わからないでもないわね。ノース・ストリートの事件を覚えてる?」

「今回はあれとはちがうわ。わたしたちは標的じゃない。女性はもう死んだのよ」わたしは背中の下を車に押しつけ、ガンベルトが腰骨と腎臓に食い込まないようにした。

「何かばかなことをやるつもりじゃないでしょうね?」

「現場へ戻るだけ」

二人の制服警官がショットガンを手に裏口から出て来た。彼らはショットガンをパトカーの座席とドアのあいだにしまい、乾電池五個型の懐中電灯を後部座席の前の仕切りと天井のあいだの隙間にすべり込ませ、トランクから雨具を取り出した。わたしは空を見上げた。午後の嵐が来そうだ。

グウェンはわたしに寄りかかって肩を押した。「わたしも一緒に行くわ。言わなくてもわかってるでしょうけど」

「ええ、わかってるわ」わたしが彼女に見せた笑顔は、その日二度目の本物の笑顔だった。「よくわかってる」


わたしは正式な地名のない、近隣との境界線があいまいな場所に住んでいる。ガヴァメント・ストリート沿いのガーデン・ディストリクトと呼ばれる貧民街——マンション、バンガロー、改装したショットガンハウスが混在している——であり、アカディアン・スルーウェイ沿いに伸びるキヤピトル・ハイツの一角の貧民街でもある。わたしのガレージつきアパートは通りから引っ込んだところにあって、着生植物のボールモスをいっぱいぶら下げた一本のオークの大木に片側を守られ、年老いた未亡人たちが大勢いる住宅地に囲まれている。四ブロック離れたバトンルージュ・ジェネラル病院を出たり入ったりするメディヴァック社のヘリコプターを除けば、静かな場所だ。

グウェンからは家を買うようたびたびせっつかれてきた（「三十歳過ぎた女は自分の家を持つべきよ、サラ」）が、ここには三年近く住んできた。最近はリッキーから一緒に住もうとほのめかされている（「ぼくは毎晩ここで過ごすよ」）が、今後もここを離れるつもりはない。所有の責任を持ちたくないし、自分の好きなときにリッキーと過ごしたいからだ。それに、ここは十年前に警官になってから住んできたどのアパートやメゾネットよりも安全だ。まず第一に、入口が一カ所しかない。一階の大きい頑丈な木の扉には錠が三つついている。階段の上の二番目の頑丈な木の扉には錠が二つついている。窓から侵入したければ、壁に繰り出し式のはしごを立てかけるか、スパイダーマンのような技を身につけるしかない。

家主の女性の小さな漆喰塗りの家を通り過ぎ、ガレージへ車を入れた。車から降りると、家主が友人たちと月曜日の午後に開くブリッジ大会の、耳慣れた電動シャッフル機の音が聞こえてきた。その集まりはブリッジのためというより、ジントニックと、ミシシッピ河よりも速くて深い近所の噂話のためのものだ。わたしはここに引っ越してきた当初、招きに応じて二ゲームほどおつき合いしたが、あの老女たちはブリッジの腕も酒量もわたしを上回っているとすぐにわかった。

彼女たちはベランダから手を振ってわたしを呼び、一緒にどうかと誘ったが、わたしは笑顔で首を振った。階段を上がって自分の部屋に入ると、肩の力を抜いて鍵をカウチに放り、ジッパーを下ろしたりスナップボタンをはずしたりした。ガンベルトを脱ぐと重みから解放され、警官の仮面がはがれ始めた。最後は下着姿になってバスルームへ行き、髪からピンを抜いて濡らしたブラシで後ろへ梳かし、洗面台に張った水に顔を浸した。

室内をあてもなくぶらつきながら、次に何をしようか考えた。昼間の勤務は嫌いだ。いつまで経っても終わらない気がする。夕方と夜間の勤務なら、少なくとも仕事と睡眠がはっきり分かれる。数時間以内に活動をぎゅうぎゅうに詰め込むから、他のことをする気力は残らない。

結局、ストレートのバーボンを手にキッチンの外のベランダに坐り、何も考えまいとした。昼間の勤務後によくやるように、公園へ行って憂さ晴らしにテニスの壁打ちをしようかとも思ったが、ラケットを見ると胃がでんぐり返りそうなのでやめた。そのあと午後のシャワーを思い立って、二杯目のバーボンを持って浴室へ行き、お風呂に長い時間浸かって居眠りした。

夕方遅く、実家から持って来た古いテーブルでリッキーと向き合い、ボイルしたエビの殻をむいて、彼が作ったニンニクたっぷりのアイオリソースにつけながら、元知事の最近のゆゆしき行為や、市長による商業施設〈キャットフィッシュ・タウン〉の経営安定策について語り合った。リッキーはわたしが丹念に背わたを抜いてからエビを食べるのをからかった。彼はシャツと靴を脱いでいた。わたしは彼の腕から胸にかけての筋肉が盛り上がったりゆるんだりするのを眺め、ジーンズの中へ続く薄くて黒い体毛を見つめた。その日初めて心がなごんだ。

嵐は過ぎ、窓の外からそよ風が濡れた草の匂いを運んで来る。リッキーの飼い犬の大きなローデシアン・リッジバックが床に寝そべり、わたしの足に頭をのせていびきをかいている。灰色がかった黄褐色の美しい犬で、ピーコックという、リッキーが理由を説明できない名前がついているが、傲慢ではないし、派手な飾りもついていない。リッキーはわたしが彼よりも犬のほうをかわいがっているとしょっちゅう不平を言う。

「確かにそうかも」とわたしは答える。猫は苦手だが、犬は大好きだ。彼らは盲目の信頼を寄せてくれ、無条件に愛してくれる。赤ん坊を除けば、わたしに判断可能な性格を持つ唯一の生き物だ。わたしがたった一度だけ心をかき乱された犯行現場は、バーバー・ストリート沿いの強盗事件だった。犯人はキッチンの出入り口で番をしていた二匹のすばらしいジャーマン・シェパードを射殺したのだ。飼い主の男はその場に立ちすくみ、首を振って言った。「どうして犬を殺さなきゃいけなかったんだ？」わたしは何も答えられなかった。

「見つかった手紙のことは知ってるかい？」リッキーが言った。

「誰の手紙？」わたしはピーコックを見つめ、鼻をひくひく動かして夢でも見ているのかしら、と考えていた。

「例の女性が書いた手紙だよ」

わたしははっとして、バーカーが手紙のことを言っていたのを思い出した。「今日の事件の？」

彼はうなずいた。

「彼女の名前はジャネットよ」わたしは静かに言った。

「手紙がどうしたの？」

「ジャネットか」彼はもう一度うなずくと、立ち上がって手を洗いに行き、そのあとバックパックから特大サイズのカラー写真を一束出して、そのうち一枚をわたしに差し出した。

「この手紙が他の何通かと一緒に机の引き出しから見つかったそうだ」彼は言った。

わたしは写真を見た。細長いスパイラルノートの二ページで、ほとんど判読不能だった。それは他の書類や二冊のペーパーバックの上に置かれていて、ペーパーバックの片方は題名が『暗殺の夜』と読めた。

「どうやって手に入れたの？」わたしは訊いた。

「カークにもらった。市警本部へ行ったら、ちょうど彼らが写真を現像中だったんだ」彼は再びエビの殻をむき始めた。

わたしは彼を見つめた。「どうしてこれを？」

「面白いと思ってね」

「そうかしら」わたしは写真を横向きにした。ジャネットの手書き文字は痛々しいほど子供じみていた。大きくカーブした丸文字、大きな丸で表した〝i〟の点、自意識過剰な〝e〟と〝a〟、文法やスペルのまちがい。わたしは彼女が2と番号を振ったページから解読を始めた。見えるのは四行だけだった。〝……わたしたちの結婚はだめになるんじゃないかと。この二週間、ずっと家であなたを待っていたのに、あなたは相変わらず……〟

四ページ目は二ページ目の上に逆さまに並べられていた。わたしは写真の上下をひっくり返して読み続けた。〝……忙しい一日のあと、特別なことじゃなくて普通のことをなんでも話してほしいの。セックスだけじゃない夫が欲しい。わたしが喜びや苦しみ、不安や失望を話すとき、ただ聞いているだけじゃなくて思いやりをもって耳を傾けてくれる夫が欲しい。あなたと一緒に何かしたい。長い手紙でごめんなさい。考えていることがいろいろあって。この結婚をなんとかしたいから……〟

わたしは写真を脇に置いて白ワインを一口飲んだ。エビを一つ取って丁寧に殻をむき、アイオリソースを全体にからませてから口に入れ、考えながら食べた。

「面白いだろう?」リッキーはエビの殻のむき方が雑なので、残っていた殻を口から何度も吐き出さなければならない。今もそれをやっていて、手の甲で顔をぬぐいながらわたしに笑いかけた。ピーコックがうめいて伸びをし、わたしの素足を一回なめて夢の続きに戻った。

「彼女はそれを夫宛てに書いて、彼に渡したんじゃないかな。全体を読むとそう考えられる。彼に殴られたと書かれたくだりもある。日付は一週間前だね」リッキーは話しながらエビを音を立ててしゃぶり、黒ビールのアビタ・ターボドッグをがぶがぶ飲んだ。「彼は怒って仕事へ行き、しばらくそのことを考え、いらいらしながら帰宅した。妻は話し合おうとしたが、夫は暴力を振るって自分がボスだってことを彼女に思い知らせようとし、それがエスカレートして殺してしまった」

「そうかしら?」

リッキーは口にエビを入れかけて止まった。「なんだって?」

わたしがため息をついて攻撃に出ようとしたとき、電話が鳴った。

リッキーは笑ってエビをかじった。「ゴングに救われたね」

「憎たらしい」わたしはそう言って寝室へ行き、受話器を取った。

トレイシーが早口でしゃべった。「わたしはあまり気が進まないの」

「トレイシー」

「でもいいわ、集いを開きましょう。明日の晩、十一時半。T字路の反対側にある堤防の上の広場で。現地へは二台の車に分乗して、彼女の家から離れた場所に駐車するわ」

「グウェンにも声をかけるわ」わたしは言った。

「仕事中にこの話はしないでね。いい？」

「ありがとう」

「行ったらすぐ戻る。長くて十分間。わかった？」

「ありがとう」わたしはもう一度言ったが、電話はすでに切れていた。わたしはグウェンに電話をかけ、日時と場所を伝えた。

「家の中には入らないんでしょう？」彼女は訊いた。

「もちろんよ」

「だったらいいわ。迎えに行こうか？」

「わたしが途中であなたを拾って行くわ」

「リッキーは来てるの？」

「ええ」

「わたしに代わって彼に熱烈なキスを」

「もう、なに言ってるのよ」

電話を切るとき、受話器いっぱいに彼女のロバのしゃっくりみたいな笑い声が響いていた。後ろを振り返ると、戸口にリッキーがキッチンの明かりを後ろから受けて立っていた。

「女同士でお出かけかい？」

「いつからそこにいたの？」わたしは強い口調で言った。ジャネットの事件現場に熱中する彼にまだ腹を立てていた。

彼は近づいて来て、両腕をわたしの腰に回した。「明日の晩、きみがぼくをほっといて女同士で集まるんだとわかるくらい前から」

わたしは彼に触れられて身体をこわばらせた。「勤務のあと、グウェンや他の同僚たちと飲みに行くのよ」

「ぼくはここに来てようか？」

「帰りはかなり遅くなるわ」

「来るなってことかな?」彼はからかい口調で言った。

イエスだけどノー。ときどき彼がどんなに心配してくれているか気づかされ、心が揺れる。

「さっきのことだけど、ぼくが無神経だった」彼はわたしの髪に口づけし、背中を上に向かって撫でた。「あのジャネットという女性のことで、今日のきみは頭がいっぱいなんだろう?」

わたしは彼の胸でうなずいて、ぬくもりに浸りたい衝動と闘い、もっとおなじみのいらだちにすがろうとした。彼は舌でわたしの首筋をなぞり、肩のあいだのくぼみを軽く噛んだ。そこにとどまって、キスしたりなめたりついばんだりした。わたしはとうとう降伏のうめき声を漏らし、彼を強く抱き寄せ、彼のたくましい身体と匂いと味に埋もれた。自分はこのために彼といるんだと思い出した。

わたしたちは急いで服を脱いでベッドに倒れ込んだ。わたしは「早く、早く」とせがみ、彼は「静かに、ゆっくりだ」と言って指と唇をわたしの全身に這わせた。ピーコックがベッドに上がって来て二人の素肌をなめ、空いている場所を占領すると、わたしたちはリッキーを下にして床に転がり落ちた。そのあとはしばらく何も考えなかった。

だいぶ経ってから、リッキーが床に横たわったまま寝息を立て、ピーコックがベッドに斜めに寝そべっていびきをかいている横で、わたしはそっとリッキーのシャツを着てキッチンのベランダに出た。煙草に火をつけ、こんな時刻なのに街の灯が明るすぎて星があまり見えない夜空を見上げ、満月に近い月をユリノキの葉っぱ越しに眺めながら、ジャネットのことを考えた。彼女が話を聞いてもらいたがっていたことや、もっと深い絆を望んでいたことを。寂しい関係ほど孤独なものはない。彼女の車にあった安っぽいロマンス小説、化粧台の写真の中のいたずらっぽい笑顔、切り刻まれ、いたぶられた死体。彼女はどう感じただろう。彼がペンチと煙草とテニスラケットを持って迫って来たとき、彼女は何を考えただろう。彼は彼女に何を言い、そして何を言わなかったんだろう。さんざん考えた挙句、わたしはゴミ箱を引き寄せて嘔吐し、からえずきの苦しさに涙が出た。坐って壁にもたれたまま、すすり泣いた。すると ピーコックがやって来てわたしにのしかかり、むっとする犬臭い息を吐きかけながらわたしの顔をなめ、涙を一滴残らず受け取ろうとした。やっと落ち着いたときには、頬も鼻も顎も犬のよだれでべたべただった。わたしはリッキーのシャツで顔をぬぐうと、新しい煙草に火をつけ、ヴィンス・ダラムの拷問方法をどっさり考え出した。

翌晩、わたしが迎えに行くと、グウェンはすごくいらいらしていた。夫のジョーは彼女が女同士で出かけることにいい顔をせず、彼女がパトロール警官から内勤に変わることを望んでいて、彼女が夕食に用意しておいたチキンのキャセロール料理やウリが気に食わないらしい。それから、彼女がもう少し太ればいいのにと思っているそうだ。

グウェンが怒りをぶちまけているあいだ、わたしは適当にうなずきながら「そうよね」と相槌を打った。いつものことだ。結婚してこの仕事を続けるのは難しい。

警官になった動機を尋ねられると、男女を問わず半数は苦笑いし、あのときはいい考えだと思ったから、と答える。残りの半数は、警察に知っている人がいたし、あのときはいい考えに思えたから、と答える。ほんの一握りの者だけが、ずっと警官になりたかったから、と言い切る。そういう人たちは要注意だ。この仕事が彼らを生きたまま食うか、逆に彼らのほうが仕事を食い荒らすかのどちらかだ。

グウェンは交通記録課の事務員から始めた。当時はそれが女性の一般的な入り方だった。彼女の兄は短い期間だけ警官だった。現在はジェファースン通りでガソリンスタンドを営み、けっこう繁盛している。

わたしは獣医になることを夢見ていた。父はテキサス州の東部に痩せた小さな土地を持っていて、いつも誰かの車やトラクターや冷蔵庫の修理仕事を請け負って生活を支えていた。わたしが十一歳のときに母が卵巣がんで他界すると、父は選択肢を出した。このままこの土地にとどまって貧しく暮らすか、別の土地へ移って運試しをするか。二人でプラス面とマイナス面を一覧表にして、どちらがいいか秤にかけ、さまざまな事実を直視した結果、農場を手放すことになった。わたしたちはポート・アーサーへ引っ越し、父はエビ漁船で働いた。わたしがルイジアナ州立大学に入った年、父は心臓発作で突然倒れた。わたしは大学でさらに二年間持ちこたえたが、化学の授業はかなり難しく、それに実を言うと、自分の身体は勉強よりもセックスに興味があるのだとわかった。

店員を二年間やったが、飽きていやになった。その後、数カ月前から交際していた笑顔と手が魅力的な郡保安官助手のボーイフレンドから、市警か郡保安官事務所に入ってはどうかと勧められた。州警察も募集中だよ、と彼は言った。

「人を撃つ仕事？　気が進まないわ」わたしは言った。

彼は笑った。「ちがうよ、警官じゃなくて、通信係か記録課の事務員になるんだ。けっこう給料がいいし、保障も手厚い」

わたしは冗談半分で公務員試験を受け、びっくりするような好成績をおさめた。職員に空きができると、市警本部に通信係として入り、交替制で働くことになった。その業務の単純な面も複雑な面も気に入った。パトロール警官を通報にあてはめていく作業は、巨大なチェス盤の上で働いているような気分だった。わたしはそれがとてもうまかった。

その郡保安官助手とは別れたが、彼の言葉は今も覚えている。わたしが警官に対して抱いていた印象を口にしたとき、彼はなぜ笑ったんだろう？　庁舎ビルの地下の通信課で日々を送るうち、ただ机の前に坐っていないで外や街に出たいと思うようになった。仲介役ではなく現場の仕事がしたくなった。

グウェンの鼻を鳴らす音で、わたしは我に返った。

「どうしたの？」わたしは言った。

「さっきから全然口をきかないけど」グウェンが言った。

「何を悩んでるの？」彼女は髪をゆるいポニーテールに結い、結婚指輪ははずしていた。顔は夜の外出用にきれいに化粧し、ダイヤモンドのピアスをつけていた。わたしは彼女の香水に息が詰まりそうになって、車の窓をさらに大きく開けた。

わたしは彼女をちらりと見て、ほほえんだ。「べつに何も」

「やけに口数が少ないのね」

「しゃべるほうは全部あなたがやってくれるわ」と指摘する。

「何をしゃべればいいの？」

わたしは遠慮がちに肩をすくめた。「わたしたちが市警に入ったときのことを考えてたのよ」

「なんでそんなことを？」

「さまよえる思考のせい」

「ねえ、お嬢さん」彼女はかぶりを振って右手の指関節を二つ鳴らした。「これはあなたのためにならないわ」

「考えることが？」

彼女は鼻を鳴らした。「それもだけど、現場へ行って知らない死者のために祈ることを言ったのよ」

「余計なお世話」わたしは間延びした口調で言い、険悪な空気にならないよう彼女に笑いかけた。「それに、祈ったりしない」

彼女は笑い返した。「だったらいいわ」

二人とも黙り込み、車は曇り空なのにちらちら輝いているユニヴァーシティ・レイクを左に見て、ダルリンプル・ドライヴを南下した。

「リティシア・ボールディンを覚えてる？」わたしは口を開いた。

「誰？」グウェンはメンソール煙草に火をつけて、窓の外へ腕を突き出した。

「去年の冬の、タイガーランドの小さな女の子」

「あれはひどかった」グウェンは親指で眉をこすった。

「だけど、あなたは順調にやってるじゃない。何にいらいらしてるの？」

あなたによ、とわたしは内心で答え、それが半分以上本気だと気づいて悲しくなった。グウェンはわたしに一度も迷惑をかけていない。どちらかに借りがあるとすれば、それはわたしのほうだ。なのにわたしの心にはかなり前から、絶えず激しくせめぎ合っている部分がある。原因ははっきりわからない。原因が見つかれば、問題を解決できるだろうに。わたしはため息をついて居ずまいを正した。車は大学の女子学生会館と男子学生会館を通り過ぎ、ハイランド・ロードを横切り、インディアン・マウンズをぐるりと回った。グウェンは指関節をまた鳴らしながら、煙草を深々と吸った。

ルイジアナ州立大学の生きたマスコットであるトラがコンクリートの洞窟内をうろついている檻を通過したとき、彼女が言った。「どうしてあなたは彼女たちの名前を覚えてるの?」わたしは一瞬、トラのことかと思った。

わたしはグウェンをちらりと見た。「どうしてあなたは覚えてないの?」

「くそったれの犯人どもの名前は覚えてるわ。でもそれ以外のことはできるだけ忘れるようにしてる。ジェイムズ・ダンカンだったわね、あれをやったのは」

わたしはうなずいた。「被害者の義理の父親」

「あいつを逮捕したときは胸がすかっとしたわ」彼女は煙草の吸殻を窓から放った。

「グウェン!」

「なによ」彼女の口調はわたしと同じくらいきつかった。

わたしが灰皿を指すと、彼女は顔をしかめて窓のほうを向いた。彼女はリティシア・ボールディンの名前を本当に覚えていなかったのだろうか。わたしたちはともにその事件を手がけ、二日後の晩、リティシアの平屋のアパートに面した駐車場で例の集いを開いたのだった。

リティシア・ボールディンは九歳の活発な女の子で、弱視で失読症だが、画才があった。五人きょうだいの一番上で、いつも主婦役を務めていた、もしくは務めようとしていた。母親は酔っ払いで、その再婚相手はコカイン中毒だった。母親は正気に返った数週間前にジェイムズ・ダンカンを追い出した。彼はある晩、麻薬常用者のままアパートに戻って来て、コカインを買う金欲しさに何か売る物はないか室内を物色した。彼は全員出かけていて留守だと思っていたが、リティシアが表側の寝室で眠っていた。彼の供述によれば、彼女は彼の前に立ちはだかって出て行けと言ったそうだ。犯行現場の様子から彼女が懸命に闘ったことがうかがえた。彼は彼女を殴り、ポケットナイフで何度も刺し、首を絞めて窒息させようとした。胸をハンマーで力任せに叩いたため、彼女の心臓にはその衝撃で背骨にあたった痕が残っていた。それでも彼女は闘った。彼を爪で引っかき、彼のあばら骨を二本折り、彼の腕と背中の上部に三カ所の噛み痕をつけた。とうとう彼は電気コードを持って彼女に馬乗りになり、それを首に巻きつけ、彼女が足をばたばたさせるのと呼吸するのをやめるまで絞めつけた。

「わかってるでしょ、あなたのことが心配なのよ」リバー・ロードに入ったとき、グウェンが言った。

「またその話？」

「あなたは深入りしすぎよ」

「そんなことないわ」

「ある」

「いいえ、ないわ」

「今だってそうじゃない。顔にはっきりそう書いてあるわよ、お嬢さん」

「グウェン」

彼女は小さな押し殺した笑いを漏らした。「わたしは現場で何をすると思う？　祈るのよ。どこのくず野郎だか知らないけど、犯人を絶対に捕まえられますように、わたしたちが捕まったりしませんようにって」

「どうしてそうするの？」

彼女はわたしを愚か者を見るような目つきで見た。「あなたに頼まれたからでしょ。どうしてあなたがそうするかってことのほうが大事な問題よ」

わたしは肩をすくめた。

「死屍に鞭打つようなものだわ」彼女はつぶやいてから、ロバのしゃっくり笑いをした。「やだ、ぞっとする言葉ね」

わたしが返事を噛み殺していると、彼女が前方を指差して言った。「見て、勢ぞろいしてるわ」

土の道を通って堤防のてっぺんに上がると、四台の車が草地に停まっていた。トレイシー、キャシー、アンジーが一台の車に、プランク・ロード署のマージとベスが別の一台にもたれていた。この二人は見本のように対照的だ。マージは横幅のあるがっしりした体格で、黒いウェーブした髪と濃い色の肌をしている。ベスのほうは小柄できゃしゃで、腰の拳銃が前腕よりも大きくてアンバランスに見え、プラチナブロンドの髪は男性のように短く刈ってある。グウェンとわたしも含め、全員ジーンズとスニーカーと、黒っぽい袖なしシャツかTシャツといういでたちだ。そしてアンジー以外は皆、勤続七年以上の警官だ。わたしはアンジーをよく知らないが、ちらっとしか笑わないという印象がある。それ以外の者たちには好感を持っているし、信頼している。ベスは冷静で実際的、マージは度胸とユーモアたっぷり、キャシーは礼儀正しくて誠実だ。

トレイシーが疲れた顔で近寄って来た。私服だとなんだか貧弱な感じで、中年じみて見える。「マージとベスはあなたの車、残りはわたしの車よ。現場に近づいたらライトは消すこと」

「他に誰か来るの？」グウェンは訊いた。

「勤務中や何かで来られないわ」

「すばやいわね」ベスとマージが後部座席に乗り込むと、グウェンはつぶやいた。「何か新しい情報は？」

「キャシーは夫がまたお酒を始めたと思ってるわ」ベスが言った。

「知ってる」わたしは口をはさんだ。「それ、わたしも聞いたわ」キャシーの夫のレイは自動車窃盗課で働いていて、気難しい人物だ。

「本当に？」グウェンは身を乗り出して、フロントガラス越しにキャシーを見た。「どうかわからないわよ」

「レイならありえるわ」マージが言った。

「そうなの？」ベスが訊いた。

マージはうなずいた。「優秀な刑事ではあるけど」

「威張りくさったいやな男よ」グウェンが言った。

アンジーがわたしたちの車の前を横切りながら、手を上げて挨拶した。女子学生クラブの行進みたいだ。はずむ足取りで腕を大きく振り、なんの曲かわからないが口笛を吹いている。

「彼女、個性的でしょう？」ベスの口調は疑問というより意見だった。

わたしは低くつぶやいた。

夕食やちょっとした用事で出かけるときも銃を携帯する。バッグに入れて行くこともあれば、服の下につけることもある。自宅というサンクチュアリ以外にはどこも心の休まる場所はない。

わたしは方向を確かめるため乾電池五個型の懐中電灯をぱっとつけて消し、ジャネットの空っぽの車回し――彼女の車は証拠品として押収されて今はない――を再び横切った。昼間と同様、貝殻を踏む音がやけに大きく響いたので、既視感をおぼえた。わたしたちはできるだけ静かに進み、何度も立ち止まっては耳を澄ました。わたしはこの神秘的な状況が好きだ。徐々に暗闇に目が慣れて思った以上によく見え、夜と格闘するのではなく夜に溶け込んでいく気がするからだ。

「薄気味悪い場所ね」グウェンがささやいた。わたしは再び押し殺した声で「グウェン」とたしなめた。彼女はいつもこういうことを言う。「どこか別の場所で別のことをしたい」と言いたいのだ。

まあ、それも一理ある。犯行現場へ戻るのは、深夜でなければ夕方とまでは言わないけれど…

「若いのね」マージが言った。

「ウサギみたいにセックスするそうよ。それに――」グウェンが始めた。

「グウェン」わたしは止めた。

「なによ。今の〝グウェン〟はどういう意味?」彼女は〝うるさいわね〟とばかりに鼻を鳴らした。バックミラーの中に、すばやく視線を交わすベスとマージが見えた。

「なんでもないわ」わたしは言った。

車の窓を下ろして走ると、暖かい湿った空気が肌にまとわりついた。弱い月明かりが前方を照らし、路上にぎざぎざ模様を描いた。やがて窓のエアコンがフル稼働しているドリス・ホワイトヘッドの暗い家と、ジャネットの静かな空っぽの家をゆっくり通過し、路肩に寄ってエンジンを切った。

トレイシーに手振りで先頭へ促されると、わたしは拳銃が腰のホルスターに収まっているのをすばやく確認した。他の者たちもそれにならった。わたしたちは丸腰ではどこへも行かない。スーパーマーケットや酒場へ入るときも、くてもどきどきする。何かが残っていて、その細かい振動が空気を淀ませる。今回の事件の残虐行為が、恐怖の影を落としている。

ばかなこと考えないで。わたしは自分を叱って、気持ちを奮い起こした。

月が雲の後ろに見え隠れしている。わたしたちの息づかいと足音以外は何も聞こえず、不自然な重たい静寂があたりを包み、息が詰まりそうな湿気ははぐことのできない分厚い毛布のようだ。わたしの首と背中を汗がつたい落ち、髪の毛先に集まった。

本当はここに来てはいけないことになっている。殺人課の刑事たちが現場保存用テープを撤収するまで、現場には誰も入ってはならない。だから、わたしたちはつねにテープを張り渡した立ち入り禁止区域ぎりぎりに立ち、来た形跡を残さないよう注意する。また、建物内へは絶対に入らない。もちろん、わたしたちは警官だから、行きたい場所へはだいたいどこへでも行ける。だが実際にここに来たことが発覚したら、どう説明すればいいんだろう？　それについてわたしたちはほとんど話し合ったことがない。

見つかったら、最低でも根掘り葉掘り訊かれるだろう。ましてや市警本部はこのところスティーヴ・ダーシーの発砲事件で神経をとがらせていて、規則にことさらうるさい。わたしたちは情緒不安定もしくは感情過多を理由に、内勤に回されるかもしれない。頭の変な女たちだの、迷信的儀式だの、死者を呼び起こす霊術だの、他の警官に何を言われるかわからない。とりわけ男性警官に。惨殺された女性の名誉のため、彼女がどんな人だったかを記憶に刻み、彼女が生きて必死で守ろうとした人生に少しでも重みを与え、「わたしたちはあなたを忘れない、あなたとあなたの事件を一生忘れない」と誓うことの必要性を、いったいどう説明したらいいのだろう？

ベスがくしゃみをして、小声で詫びた。「ごめん、アレルギーなの」

わたしはジャネットの家の裏の、大きなペカンの木と数本の榎の下へ皆を先導した。そして全員で彼女の寝室の窓のほうを向き、肩を寄せ合って小さな円になった。わたしは懐中電灯を後ろのポケットに入れて腕を組んだが、急に一人で来ればよかったと思った。皆がジャネットをただの殺された女性と見るのではなく、彼女の人生の微妙な陰影を感じることが、きわめて重要で火急なことに思えた。

「さあ、始めて」トレイシーが額に落ちた髪をかき上げ、わたしに身振りで合図した。わたしは皆のためにジャネットを生き返らせる方法を探しつつ目を閉じた。

ジャネットの死体を見つけた瞬間まで記憶を戻すと、わたしは目を開け、彼女の人生について知っていることを低い声で語った。彼女がヴィンスに書いた手紙のことや、彼が彼女にしたことを。マージとベスは何度も息と一緒にのしり言葉を吐いた。トレイシーは繰り返しため息をついた。アンジーとキャシーは目をつぶったままで、キャシーは少し顔をしかめていた。グウェンだけが話しているわたしをじっと見つめていた。彼女の青い目の端にさっきの言葉がよぎった。〝わかってるでしょ、あなたのことが心配なのよ〟わたしは大丈夫よ、と彼女に言いたかった。本当よ。ちょっとつまずいただけ、たいしたことないわ。きっと乗り越えられる。

右のほうでかさこそ音がし、全員はっと耳を澄ました。アンジーは拳銃に手をかけた。

「動物か何かじゃない？」わたしはささやいた。

「五分」トレイシーはきっぱりとしているが穏やかな口調で言った。「あと五分で引き揚げるわよ」

わたしはジャネットの家を見つめ、彼女がヴィンスのいないときにロックンロールを口ずさんでいたことを考えた。彼女の車にローリング・ストーンズの音楽テープがあったことを思い出し、曲名にもなっている一文が思い浮かんだ。

〝いつも欲しいものが手に入るわけじゃない〟グウェンの言った悪趣味な言葉がよみがえる——死屍に鞭打つ。わたしたちがやっていることはそれなんだろうか？　これは単なる自分勝手な慰め、無意味な行動なのだろうか？　事実その一、人が死んだ。事実その二、わたしたちが何をしてもそれは変わらない。事実その三、わたしたちは生きていて、ジャネットは生きていない。

月が雲から顔を出してジャネットの寝室の窓を照らした。

彼女も夜にあの月を見たことだろう。ベッドで無言の夫の隣に横たわっているときに、あるいは彼に触れられているが最中に、渇望の声が喉までせり上がって、身体じゅうの骨が叫んでいる状態で。彼女はこの地獄から脱け出すため家を出るつもりだったのだろうか。それとも、なんとかなる、ヴィンスが話を聞いて理解してくれる、と心から信じていたのだろうか？

わたしは目を凝らした。どこか変だ。

わたしが何か音を立てたのだろう、グウェンがこっちを見て、さっと表情を変えた。彼女が疑問と警戒心が半々の声でわたしの名前を呼んだ瞬間、窓の向こうに、室内の影よりも暗いものが動くのを見た。同時に、バーカーとコーワンがここを出る際に下ろしていったはずのブラインドが上がっていることに気づいた。すばやく記憶を探ると、わたしたちがここへ来るときに通った窓は、すべてブラインドが下りていた。

全員がわたしを見て、窓へ向けたわたしの視線を追った。

「ブラインドが上がってる」わたしはささやいた。「下りてるはずなのに」わたしは膝を曲げて銃に手をやり、すばやく右を向いて窓の端のすぐ内側を見た。暗闇の中のものは直視してはならない。思考のいたずらで視界がぼやけるからだ。目線をずらして、見ないことによって見ようとしたとき、トレイシーが動いた。「誰かそこにいる」彼女は差し迫った声で言った。

冷たくて熱い甲虫がわたしの全身を走り回った。

「こんちくしょう」グウェンはわたしの腕をつかんだ。わたしは彼女の手を振りほどくと、喉も口も渇いてこわばったまま、中腰で窓へ静かに走り寄った。マージとベスはわたしの両脇を固めた。グウェンは再び悪態をついたが、すぐ後ろに彼女の足音が聞こえた。

わたしたちは木の茂みに半分隠れて窓の両側に立ち、銃を両手に構えて上へ向け、短いささやきと身振り手振りで会話した。トレイシーはわたしたちと家の南側が見えるオークの木の裏に立った。

「誰か家の正面に回って」マージが言った。

「キャシーとアンジーが行ったわ」トレイシーが答えた。

ベスとわたしは同時に窓をさっとのぞき込み、首を振った。

「サラ」グウェンはわたしの背中に手を置いて、自分がここにいることを知らせ、わたしを後ろへ下がらせようとした。

もし中にヴィンスがいるとしたら、あれが過度の緊張による幻でないとしたら、彼をどうすればいいんだろう。電話だ。電話をかけるためにここから離れなくては。わたしは一歩下がった。

ベスが身をかがめて窓から離れ、わたしがグウェンにTシャツを引っ張られるままさらに数歩下がったとき、複数の音が連続して聞こえた。家の中の小さな衝突音、スクリーンドアがきしむ音、その直後の貝殻を踏みしめる音、家の北側でショットガンに装弾するポンプアクションの音。

とたんに動きがめまぐるしくなった。マージはトレイシーのあとに続いて家の南側へ回り、グウェンとわたしは北側の角へじりじり進んだ。わたしの肩のすぐそばにグウェンの銃があった。ベスはすぐ後ろでアレルギーの荒い息をしていた。

グウェンとわたしは顔を見合わせてうなずき、角を曲がった。ベスもグウェンの背後にぴったりついた。人影がキッチンの踏み段を下りてくるのが見えた瞬間、わたしたちは膝を曲げて踏ん張り、両腕を伸ばし、銃口を二人の男とわかった相手へ向けた。

「このくそったれども!」グウェンが叫んだ。わたしは彼女の後ろから太い声で「動くな、警察だ」と怒鳴り、切れ切れの月明かりの中で彼らの両手を確認しようとした。空っぽだ、何も持っていない、と思った。だが彼らの手は影を出たり入ったりし、身体は止まっているのに手だけが動いているように見えた。二人がわたしの声のほうへゆっくり振り向いたとき、銃口が火を吹いて、銃声がわたしの両耳をひっぱたいた。家から遠いほうにいた男が前へぐらりと揺れ、地面に倒れた。

残ったほうの痩せて背が低くて濃い顎ひげを生やした男は、空っぽの両手を高々と上げた。「なんてことするんだ」彼が数歩下がって言うと、わたしは駆け出した。全員が駆け出した。グウェンとベスはわたしと並んで、マージとトレイシーは家の反対側から、男たちのほうへ走った。

グウェンは地面に倒れている男にかがみ込んだ。背中にあいた大きな二つの射出口から血が流れていた。「銃を、彼は銃を持ってたわ」

「わたし、ショットガンのポンプアクションの音を聞いたわ」ベスが言うと、「わたしも」とトレイシーが言った。

「動かないで。妙なまねはしないのよ」わたしは生きている男に警告した。彼は目を見開いて青ざめ、呼吸が速く、唇を震わせながらうなるような声を出した。

マージとトレイシーはグウェンのそばにひざまずいた。

「銃はどこ?」グウェンはそう言いながら、倒れている男の身体の下を手探りし、あたりの地面を叩いた。

トレイシーは男の首に触れた。「脈がない」動きもまったくなかった。即死だったのだ。

「くそっ、彼は銃を持ってたのよ。この目で見たわ」グウェンの声は小さいが強く、わたしがこれまで聞いたことのない口調で、怒りと不安が一緒くたになっていた。パニックを起こしている。グウェン・スチュワートの声にあるのはパニックだ。わたしは胃がひきつった。

「彼が倒れたときにどこかへ飛んだのかも」マージが言って、トレイシーと一緒にもっと広い範囲を探し始めた。ベスはわたしの後ろのポケットから懐中電灯を取り、二人に加わった。キャシーはかたわらに立って両手を腰にあて、グウェンを見ていた。

わたしは警察バッジを生きている男の顔に突きつけた。

「名前は?」彼は黒いジーンズとダークレッドのTシャツを着て、野球帽をかぶっている。

「ここにいる女ども、全員警官か?」彼の声は疑わしげでいやみっぽかった。

「名前は?」

「ヴィンスだ」

「ヴィンス」わたしは意気揚々とほほえんだ。優しさとはまったく無縁のほほえみだ。「会えて嬉しいわ。で、もう一人のほうは?」

「ロジャーだ。なんだってあいつを撃ったんだよ?」

「銃を持っていたからよ」

「おれたちは銃なんか持ってねえよ、くそ女」彼の侮蔑の表情に、わたしのみぞおちがひくついた。

「ああ、ちくしょう」グウェンはつぶやいて死体を裏返し、ぎくしゃくした動作で身体検査を始めた。

「動くな！」突然マージの声がした。見ると、彼女とトレイシーとベスが銃を庭木へ向けている。懐中電灯の明かりが、オークの木の後ろからショットガンを地面に向けて現われたドリス・ホワイトヘッドを照らし出した。

ああ、なんてこと。「彼女はいいの」わたしは叫んだ。

「怪しい人物じゃないわ」

ヴィンスは身じろぎしてつぶやいた。「けっ、あのお節介ばばあか」わたしは彼を見た。「黙って」と命じた。

「じっとしていなさい」

わたしは目の隅で、マージがドリス・ホワイトヘッドの手からショットガンを受け取るのを見た。彼女はショットガンから慎重に弾を抜くマージにこわばった笑みを向けた。

「これでショットガンの謎が解けたわね」トレイシーが言

い、グウェンは再び悪態をついた。わたしは息苦しくなった。ふと目をやると、ヴィンスは含み笑いしていた。

「ジェフリーズ巡査」ドリス・ホワイトヘッドが口を開いた。「こいつがわたしの言っていた虫けら男よ」彼女の満足げな声はこわばって険しかった。

「この女性を知ってるの？」マージが訊いた。

「名前はドリス・ホワイトヘッド。隣の住人よ」わたしは答えた。

「くそばばあ、こうしてくれる――」ヴィンスががなり、両手を下ろしながら足を引きずって前へ出た。

そうはさせない。わたしは無言で彼の膝にタックルし、両肩で彼を地面に押し倒した。そして体重と怒りをこめてもがく身体を押さえつけ、武器を持っていないか両手ですばやく上半身を探った。彼はひきつった声であえぎながら抵抗したが、ベスが加勢してくれ彼の鎖骨あたりに両膝をぐりぐりめり込ませ、苦痛に顔をゆがめた彼に、動くな、おとなしくしろ、口を閉じろ、と怒鳴った。わたしは彼に股を開かせ、財布、ドライバー、大量の現金、二個の指輪、ペンチ、煙草、重いキーホルダーを彼のポケットから取り出した。わたしがそれを放るたび、ベスが彼の手の届かないところへ蹴り飛ばした。わたしは彼の股間をまさぐり、タマをぎゅっとつかんで悲鳴を上げさせてから、両手で腰、脚、膝の裏、靴下の中を探り、ワークブーツの中へ指を三本入れて調べた。「終わり」とわたしはベスに言った。彼女はうなずき、アレルギーで扇風機のようにぜいぜい息をしながらも、ヴィンスの鎖骨への圧力はゆるめなかった。

わたしは彼の膝に乗ったまま身体を起こした。彼の両手は地面に埋まっていた。野球帽はさっきもみ合ったときに脱げて、急速に後退中の生え際と短く刈り込んだ黒髪があらわになっていた。彼は筋張った体格で鼻梁は細く、鼻の先端にしわが寄り、黒いどんぐり眼は反抗的で警戒心に満ちていたが、同時におののいてもいた。手足が震え、吐く息に恐怖の匂いがする。いい気味だわ。ジャネットの味わった苦しみが少しはわかるんじゃない？

振り返ると、グウェン以外の全員がわたしを見つめていた。グウェンは見つかるはずのない銃をまだ探している。

「自分が情けない」彼女はぽつりと言った。

「みんなそうよ」キャシーが言った。

「アンジーはどこ？」マージが訊いた。

「逃げたわ」キャシーが答えた。わたしがにやりとすると、彼女は静かにつけ加えた。「みんなそうするべきだったわね」

「なのに、こんないまいましい場所にいる」トレイシーはどきっとするほど淡々とした口調で言った。歓喜が薄らぐと、さっきまでの激しい憤りが凝結した。わたしは自分の肉体へ戻って筋肉と骨を感じ、深呼吸し、すべてを取り込んだ。わたしたちが遭遇したこと、グウェンのやったこと、わたしたちが捕らえた者を飲み下して、喉をぱっと閉じた。

グウェンがつぶやいた。「みんな、ばかよ」

ヴィンスがせせら笑い、声を上げて笑おうとしたが、ベスが鎖骨の横に力を加えるとすぐに黙った。

再びわたしの皮膚から怒りが噴出した。ヴィンスへの怒り、グウェンへの怒り、わたしたちが置かれたこの状況への怒り。そして、はっきりと悟った。彼はジャネットをいたぶったときもああやって笑ったにちがいない。わたしはさっき地面に放ったペンチを拾い上げ、彼の顔の前に突き出した。「これを彼女に使ったのね？」自分の声とは思えないほど、どすが利いていた。

彼は強がって再びせせら笑った。「彼女って誰だい？」

彼の顔を血だらけになるまで殴りたくなり、その衝動の激しさに頭がくらくらした。ベスは彼の口を平手打ちした。

「わたしをかっかさせると、ただじゃおかないよ」そのあと彼女はわたしを見た。「続きをどうぞ」

「スティーヴ・ダーシーと同じ末路をたどることになるわよ」トレイシーがそっけなく言った。

「みんな、悪いけど行くわ」キャシーが背を向けて、通りへと歩き出した。

わたしたちは黙って彼女を見つめたが、すぐにベスがくしゃみをして咳払いのあとに言った。「対策を講じないとね」

グウェンは銃探しをやめてしゃがんだまま、無表情で地面をにらみ、片手で自分の太腿を強くさすっていた。


マージのがっしりした身体がすっと近づいて来た。彼女はバンダナと手錠をわたしの足下の地面に落とした。「彼にさるぐつわと手錠をはめたら？　会議はそれからよ」

「こうなることを予想してたの？」わたしは驚いた。マージは躊躇したが何も答えず、元の位置に戻り、まだ冷笑を浮かべているドリス・ホワイトヘッドの横に立った。わたしは立ち上がってキャシーのあとを追いたくなった。

彼の口にバンダナを突っ込んで、両端を後頭部で縛った。さるぐつわがきついことを確かめて、小さな喜びを感じた。彼は怒りを含んだ目でわたしをにらんでいた。グウェンはぴくりともしなかった。わたしは彼女の名前を呼んだ。

「なに？」彼女の目はうつろでどんよりしていた。化粧した顔が汗でグロテスクな仮面に変わっている。

「大丈夫よ」本当にそうだといいのにと思いながら、わたしは言った。

「ああ、ちくしょう」グウェンは全身に怒りをみなぎらせてののしった。

ベスとわたしでヴィンスを転がした。ベスは立ち上がって、テニスシューズを履いた足を彼の尻の割れ目に押し当て、わたしは彼がうめくほど乱暴に手錠をかけた。彼は結婚指輪をしていなかった。わたしは相手が痛がるのを承知で、彼の右くるぶしを踏みつけたまま立ち上がった。次にどうすればいいのだろう。通常は彼に権利を読み上げ、パトカーに乗せ、市警本部へ留置手続に行く。わたしは再び男の死体を見て、かすかに身震いした。事実その一、わたしたちは武器を帯びていない人間を殺した。事実その二、わたしたちは殺人犯を捕まえた。事実その三、わたしたちは大ばか者ぞろいだ。

マージが言った。「こっちへ」彼女は自分の腰のベルトをはずすと、片腕をつかんでヴィンスを立たせ、キッチンのドアの横の手すりへ連れて行き、手錠と手すりにベルトを数回通してから強く引っ張って結んだ。「動いたら殺す。おとなしくしてたほうが身のためよ」彼女は言った。わたしはびっくりして彼女を見た。彼女はもどかしげな身振りで自分がいる木のそばへ皆を促した。グウェンは関節がずれてしまったみたいにぎこちなく動いた。

「みんなで彼を始末する?」トレイシーが言った。

「それも一計ね」マージはテニスシューズの爪先を地面にこすりつけた。

「だめよ」わたしは慌てて言った。マージは爪先を地面で動かしながら、頭を動かさずにわたしをちらりと見上げた。

ドリス・ホワイトヘッドは唇を閉じたままほほえんだ。

「じゃあ、どうする?」マージは分厚い手をさっと死体へ向け、そのあと再び太腿に置いた。

「この男がやったっていう確証はあるの?」ベスが小声で訊いた。

「彼がやったのよ」ドリス・ホワイトヘッドが言った。

「コーワンとバーカーは逮捕状を請求中よ」わたしはそう言って、昼間カークと市警本部の外で交わした会話について手短に伝えた。ジャネットの家で採取した血染めの指紋がヴィンス・ダラムのものと一致したのだ。彼はかなり重いものも含めて前科がたくさんあった。元ガールフレンドの訴えで裁判所から拘束命令が出ていたし、彼女を熱いアイロンで殴って三カ月間服役したこともあった。運送会社の話では、彼とは四日前から連絡が途絶え、彼のトレーラーは会社の駐車場にあるそうだ。バーカーとコーワンは午前中にヴィンスの逮捕状を請求した。

「でも、逮捕状はまだ下りてないんでしょう?」ベスが言った。

わたしは首を振った。「さあ、わからない」

「もう一人のほうはどうなの?」トレイシーが訊いた。

「彼は銃を持ってたわ」グウェンはまた言ったが、今度は勢いがなかった。

「友達のロジャーとかいう男だと思うわ」わたしは答えた。

「家の中にあった指紋はヴィンスとジャネットのだけだった」

「だからって彼が共犯じゃないとは言い切れないわ」とグウェン。

「現実を見て、グウェン」マージが言った。「彼の手に武器は何もないわ」

グウェンは顔を醜くゆがめ、マージに詰め寄った。「わたしは銃を見たのよ。さっきからそう言ってるでしょ」そのあとわたしに矛先を向けた。「元はと言えばあなたのせいよ。こんな男と一緒にいるようなばか女のために、めそめそするからいけないのよ」

わたしは言葉に詰まり、唖然として彼女を見た。そのあと腕を後ろに引いて彼女を思い切りひっぱたいた。

「あら、あら、あら」トレイシーがグウェンの腕をつかんで、後ろへ下がらせた。

一瞬のうちにグウェンは四歳児みたいになった。「ひどい」と小声でつぶやいた。彼女の顔が静かになって硬い仮面に戻ると、わたしは背を向けた。手がひりひりしていた。

ベスはわたしの肩に手を置いた。「サラのせいじゃないわ。わたしたちは来るべきじゃなかったのよ。そうすれば誰も彼を撃たなかったわ。あんなに暗くちゃ、はっきり見えないわよ」ベスの額に深いしわが刻まれ、汗が浮いていた。

「そうね。内部調査局に事情を説明しましょう」マージが言った。

「さっさと決めて、行動を起こしたほうがいいわ」トレイシーがヴィンスに向けた視線を皆が追った。彼は身体をねじって足をてこ代わりにし、ベルトと格闘していた。

「ここでぐずぐずしてちゃいけないわね」ベスが言った。

「死体をどうする？」マージが訊いた。「それからこの男は？」彼女はヴィンスのほうへ頭を振った。

「彼が銃を持ってると思ったのよ」グウェンはジーンズの縫い目を指でつまみながら、地面に向かって話しかけた。頬のわたしに叩かれたところが赤くまだらになっていた。

わたしは不気味なほど黙り込んでいるドリス・ホワイトヘッド、ヴィンス、死体、そして最後にグウェンを見た。彼女と立場が逆だった場合を想像したら、胃がもんどり打って固まった。

「いいわ、じゃあ」わたしが口を開くと、全員が振り向いた。「あなたたち三人はグウェンを連れて車に戻って。ミズ・ホワイトヘッドが警察に通報して、非番警官一名が殺人事件の容疑者を捕まえたため応援を求めている、と伝えてくれるわ」

グウェンはわたしが最後まで言い終わらないうちに首を振った。「なによ、それ。自分が犠牲になるつもり？　わたしの代わりに罪をかぶろうっていうの？」

「無理だと思うわよ」マージが言った。「この男が他にも何人かいたってしゃべるだろうから。それに、銃がないことをどう説明するの？」

「誰か提供できる？」わたしは訊いた。

全員そろって首を振った。

「なんとか調達できるわ」わたしは言った。

「どこでよ？」ベスは指で鼻をこすった。

「時間がないわ」トレイシーが促した。

「とにかく」グウェンは両手を後ろのポケットに深く突っ込んだ。「わたしがやったことなんだから、わたしがここに残る」

「しつこく追及されるわよ」トレイシーが静かに言った。

「事実を隠し通すことはできないわ。あなたは処分される。わたしたちみんな処分される」

グウェンは背を向け、若木を揺れるほど強く叩いた。

わたしは両手を腰にあててヴィンスを、それから死体を見た。事実を並べて、いろいろな選択肢を比較検討した。けれども何もいい案が浮かばず、無性にどこか他の場所へ行きたくなった。

「提案があるんだけど」ドリス・ホワイトヘッドがゆっくりと静かに言った。彼女はわたしたちの頭越しにどこか一点を見つめていた。一瞬、彼女の中に教師の姿が見えた。「あなたたちはここにいなかったことにすれば、一番簡単じゃないかと――」

「当たり前のことを言って、どうするのよ」グウェンが口をはさむ。

「――あとはわたしに任せて。彼を殺すの。それで一件落着よ」

「刑務所へ入れられるわ」わたしは言った。

ドリス・ホワイトヘッドはてのひらを上に向け、両手を差し出した。「わたしは年寄りだし、彼に脅されたことにすればいいわ。彼がジャネットを殺したことを知られて脅したって言うわ。誰もわたしを有罪にできないでしょう?」彼女の唇が半分笑みを描いた。「彼が銃を持っていたことにしましょう。多少の嘘は誰だってつくわ」彼女は最後に暗い探るような目でわたしを見た。「わたしだって」

「やれやれ」わたしは言った。

「きっと――」

「絶対だめ」わたしはできるだけきっぱりと慎重に言った。「今夜はこれ以上殺人はなし。それは選択肢にないの。いいわね?」マージはズボンからしきりと見えない埃を払いながら、「わかったわ」と、わたしと目を合わさずに言った。わたしがベスを見ると、彼女は急いで「賛成」と答えた。トレイシーはゆっくりうなずいた。グウェンはわたしの視線を避けた。

「グウェン?」

「みんな、もう行って。あとはわたしがやるわ」彼女は言った。

彼女の横顔と少し前かがみの肩から、何をするつもりなのかはっきりわかった。わかったとたん気分が悪くなった。

「だめよ」わたしは静かに言った。

「全員ここに残るか、誰も残らないかだわ」ベスがきっぱりと言い、マージとトレイシーがうなずいた。

グウェンが奇妙な音を立てたが、すすり泣きなのか咳なのかわからなかった。

ドリス・ホワイトヘッドは息を吸って肩を後ろへそらし、きびきびとしゃべった。「それじゃ、一つ提案させて。あなた方には考える時間が必要だわ。そのためのいい場所があるの。彼をうちのパールリバーの釣り小屋へ連れて行きましょう。ここから八十マイルくらいよ。夫が使ってたけど、彼はもういないから今はわたしのもの。近くには誰も来ないから、わたしたちや彼がいても気づかれる心配はないわ。そこへ渡るにはボートがいるの。必要なだけ時間を使ってちょうだい」わたしが口を開く前に彼女は続けた。「あなたたち二人はわたしと一緒に来るでしょう？　確認のため」彼女はそこで口ごもり、はにかんだ笑みを浮かべた。「これで万事解決よ」

わたしは当惑して目を細めた。「彼を他の場所へ移すわけにはいかないわ。拉致にあたる違法行為よ」

マージの短いくすくす笑いは楽しそうではなかった。

「これをどう呼ぼう？」

グウェンは奇妙な詰まった笑い声を立てた。「ばかばかしい？」

「だいたい、そんなことしてなんになるの？」わたしはヴィンスをどこかへ移す案に未練を残しながら言った。

「わたしたちが冷静になって考える時間を得られるわ」マージは話しながらヴィンスを見た。

一理ある。わたしたちはここにとどまれないが、ヴィンスを逃がすつもりはない。

トレイシーが咳払いした。「妙案ね。一時しのぎだけど」

「時間稼ぎってことね」ベスが言った。

「死体はどうするの？」とマージ。

「一緒に運ぶ？」ベスが言った。

わたしの思考は〝一時しのぎ〟という言葉に引っかかり、またしても胃がでんぐり返った。「ここに残して行きましょう。グウェン、撃った銃は警察の支給品、それとも個人用？」

「個人用」彼女は言った。

「よかった。登録してある?」

「いいえ」

「ますますよかった」わたしは手を差し出した。「こっちにちょうだい。川に捨てるから」

「あなたには渡さないわ」

ベスは手の甲で鼻をぬぐった。「この辺は人里離れた場所だし、あちこち沼地だらけよ。死体もそこに捨てられるわね」

「だめ」トレイシーが反対した。「サラが言ったとおり、死体と殺人容疑者の両方を移動させる必要はないわ。死体はここに残して、銃を持って行きましょう」

彼女がマージを見ると、マージは言った。「いいわ、了解」

「みんな、頭おかしいんじゃない? 彼を撃つんなら、今ここで撃ちなさいよ」

「だめ」わたしは言った。「きっと何かいい解決法を考えつくわ」

「それじゃ」ドリス・ホワイトヘッドが言った。「わたしは車を用意してくるわね」遠足にでも行くような口調だ。

わたしは車回しの向こうへ消える彼女を呆然と見つめたあと、まばたきし、やるべきことをやるため頭を集中させようとした。時間を巻き戻すことができるなら、なんでもするだろう。警官になる前の大学時代や高校時代までさかのぼりたい。子宮にいた頃や、マーティー・ロビンズの歌を口ずさんで父の靴に足をのせたり彼の腕に抱き上げられたりしながら、キッチンの床でワルツを踊っていた頃まで戻りたい。あの頃は自分の人生はこんなふうにずっと安全で、シンプルで、愛と美に満ちているんだと思えた。結果という言葉とは無縁で、理解することはおろか口にする必要もなかった。

わたしは車の窓を下ろし、強風に顔をなぶられ髪を乱されるまま、制限速度いっぱいで十二号線を東へ向かった。パールリバーへの近道である五十九号線にぶつかったら北上する。ドリス・ホワイトヘッドの古いビュイックのテールライトが前方でちらついていて、彼女が規則にやかましい州警察官に呼び止められはしないかとはらはらした。呼び止められるのはこの車かもしれないが。グウェンは隣の助手席で沈黙している。ヴィンスはトランクに入っている。手錠とさるぐつわをはめられ、マージが自分の車からもう一つの手錠と一緒に出したロープで両脚をきつく縛られて。彼女がそれらを持って来たとき、みんな驚いて首を振った。「あなた、ガールスカウトに入ってたの？」トレイシーが言うと、わたしたちはその晩初めて、短くだが笑った。グウェンさえも一瞬、ロバのしゃっくり笑いをした。

トレイシー、ベス、マージはジャネットの家の裏手に残って現場の後始末をし、グウェンの薬莢も含めて、わたしたちの痕跡をできる限り消すことにした。彼女たちはロジャーの死体は倒れたときのままにしておくと何度もわたしに約束した。わたしはコーワンとバーカーが現場を調べ、カークとワトスンが証拠品を集めて写真を撮り、リッキーもそこに加わる場面を想像した。また胃がねじれた。

ダッシュボードの時計を見ると、午前零時五分だった。わたしたちが堤防に駐車してから三十分が経過していた。ドリス・ホワイトヘッドの小屋はパールリバーのルイジアナ州側とミシシッピ州側、どっちだろう。州境を越えた拉致になるのだろうか。

わたしは煙草を何本も続けざまにふかしながら、行き過ぎていく木々の、濃いダークブルーの夜空にぼんやり浮かぶ黒いぎざぎざの線を眺めた。高速道路の継ぎ目でタイヤがハミングのようにごとん、ごとんと音を立てる。わたしは近づいて来ては消える緑と白の道路標識を見つめた。デナム・スプリングス、サツマ、ハモンド、コヴィントン、アビタ・スプリングス。好きな標識を見過ごしそうになった。バプティスト・パンプキン・センター。

五十九号線に入ったところで、グウェンが咳払いした。「わたし、どじを踏んだわ」ダッシュボードの明かりが彼女の顔の一部分を照らしていた。

「まあ、そういうことね」

二人とも一分間押し黙ったあと、わたしは言った。「ぶつんじゃなかった」

「ぶって当然よ」彼女は鼻を鳴らした。おっかない母親だこと、と言っている。「サラ・ジェフリーズもかっとなるのね。あそこが沸点、分水嶺だったわけね」

ドリス・ホワイトヘッドが左車線へ出たので、わたしもそれにならい、ナンバープレートをつけていないのろのろ運転のダットサンを追い越した。

「彼が銃を持ってるって確信したのよ」彼女は言った。

「わかってるわ」

「銃を見た?」

わたしは首を振った。「いいえ」

「ちぇっ」

車を一台追い抜いた。続いてもう一台。「あなたが一人で引き受けることになって、気の毒だわ」彼女は言った。

わたしは肩をすくめた。

全員で話し合った結果、わたしが最初にドリスとヴィンスの見張り番をすることに決まったのだ。トレイシー、マージ、ベスは昼間の勤務がある。彼女たちは勤務が明け次第、小屋へ行くことになっている。グウェンもわたしも水曜日と木曜日は休みだが、グウェンには世話をしなければならない夫のジョーがいる。

「ジョーはあなたがわたしの車を運転して帰ったら、変に思わない?」わたしは訊いた。

「たぶん気がつきもしないわ」

「彼にこう言うのよ。わたしが酔っ払ったから、アパートまで送って行ったって」

「どじを踏んだのはわたしよ。本当はわたしが番をすべきなのに」

彼女とドリス・ホワイトヘッドがヴィンスのお守をする姿を想像した。わたしたちが抱え込む死体が二つになってしまいそうだ。「いいのよ」

グウェンは窓ガラスに頭をくっつけた。「あなただけね、ややこしいしがらみが何もないのは」

彼女が正しい。要するにそれがわたしの生活だ。ややこしくない。仕事に行って、帰って来るだけ。でもリッキーがいる。そういえば、彼と夕食をともにしたのはたった六時間前だ。彼がカキのパスタとアンドゥーユ・ソーセージを作るあいだ、サラダ係のわたしはアボガドの皮をむいて細長く切った。そのあと二人でピーコックを連れてバトンルージュ高校まで散歩し、ピーコックにリスを追いかけさせ、帰り道は手をつないで夕闇に溶けていく雲を眺めた。家に入るとピーコックを裏のベランダに出して、愛し合った。居間の床で、急がずにじっくり時間をかけて。彼は十時半に帰って行った。わたしの鼻にキスして、「楽しんでおいで。明日また話そう」と言った。

「リッキーはアパートにいないわ」わたしは言った。

グウェンはため息をついた。「ジョーにはメタリーにいる姉に会いに行くと言って、なるべく早く戻って来る」

「わかった」わたしは言った。

彼女はもじもじした。「わたしが行くまで何も決断しないで」

いらだちが皮膚の下で危険なほど激しくつのった。決断？　何を？　わたしは叫びたくなったが、実際にはこう言っただけだった。「わかった」

午前一時半頃、大通り沿いの小さな暗いマリーナに到着した。ルイジアナ側だとわかって、ほっとした。マリーナといっても、水辺に小さなボートがいくつかつないである桟橋と、壊れた掘っ立て小屋があるだけだった。飢えた蚊がわんさと群がっていた。グウェンも手伝って、三人でヴィンスとショットガンと食料袋と衣類袋を小さなボートに積み込んだ。彼は少し抵抗したが、ドリス・ホワイトヘッドが彼の顔をぴしゃりと叩き、グウェンが彼の耳に何かささやくと、おとなしくなった。わたしは目をそむけた。

そのあとグウェンはわたしの車のそばで、わたしの両肩を荒っぽく抱き寄せた。「ありがとう」彼女はわたしに耳打ちした。わたしのほうから身体を離した。

「あなたの銃を渡して」わたしは手を差し出した。

グウェンはためらってから銃を取り出し、てのひらに弾を全部出してからわたしに渡した。

「弾も」

「それはいい銃よ」彼女は弾をわたしの手に落とした。

「彼が銃を持っていると思わなかったら、発砲しなかったわ」

「わかってる」

「お昼頃、戻って来るわ。遅くとも一時までには」

わたしは彼女の肩に触れてから、ドリス・ホワイトヘッドのほうを見た。ボートに坐って静かに待っていた彼女が言った。「準備が整ったわ」

ドリス・ホワイトヘッドがエンジンを回し、ボートは桟橋を離れた。わたしはドリスとヴィンスのあいだに斜めに腰かけ、木立ちを背景にかろうじて見えるグウェンの姿を眺めた。川がカーブして、彼女が視界から消えるまで。

夜にこんな暗くて遠い川に出たのは初めてだった。岸辺にときおり小さな建物の輪郭が見えたが、その中にも周囲にも人影はなかった。月は相変わらず雲間でかくれんぼをしていた。あたりで魚なのかワニなのか水がはねる音がし、大きな鳥が一度羽ばたいたが、それ以外は静かだった。五分ほどすると、わたしは後ろのポケットからグウェンの銃をそっと出し、船べりの外へ持って行った。水に手を入れると温かかった。わたしは水中に銃を放した。

そのあとヴィンスの後頭部と、手錠をかけられた両手を見た。彼は少しもがいただけで、あとは何か待ち構えているように身体をこわばらせ、鼻から静かに吸った息を騒々しく吐き出していた。

ドリス・ホワイトヘッドはますます狭まっていく水路へボートを危なげなく進めて行く。わたしは暗闇の中でこんなことができる彼女の技量に感心した。グウェンたちにはとても無理な芸当だ。正午になったら、ドリス・ホワイトヘッドにマリーナへ彼女たちを迎えに行ってもらわなければならない。

二十分ほどで桟橋に着いた。そこは遠く離れた岸と平行に伸び、真ん中から川に向かって六、七フィートほどの別の短い桟橋が突き出ていた。ドリス・ホワイトヘッドはエンジンを切り、短いほうの桟橋に立っている細い金属の棒にボートをつないだ。棒の脇には桟橋へ上がる四段の踏み段がある。彼女は身振りでわたしに先に降りるよう指示した。わたしはしゃがんでヴィンスの両脚のロープをほどいてから、踏み段を足早に上がった。ドリス・ホワイトヘッドはヴィンスの片足を引っ張って言った。「妙なまねはしないのよ、坊や。あたりにはワニやヌママムシがうじゃうじゃしてるわ。わたしがいつもここを出るときに餌をやってるから、彼らにとってエンジン音はごちそうのサインなのよ」

ヴィンスは踏み段を一瞥してからわたしを見上げた。頬がバンダナで横に押しつぶされている。わたしは彼の両肩をつかみ、ドリス・ホワイトヘッドは彼の背中を手を押さえ、二人で彼を桟橋へ上がらせた。

ドリス・ホワイトヘッドも桟橋に上がると、ヴィンスは立ち止まって何か言おうと口をもぐもぐさせた。わたしはためらってから、バンダナをはずそうとした。「だめ」とドリス・ホワイトヘッドが止めたが、わたしは彼女を無視して、大声を出しても誰にも聞こえないし、そんなことをしたら二度とバンダナをはずしてやらないからねと彼に忠告し、口から布切れを引っ張った。彼は何度か咳き込んで、唇をなめ、顎を前後に動かした。「くそ女どもめ」彼はうなった。わたしがバンダナで口をふさごうとすると、彼は顔をそむけて言った。「小便させろ」

ドリス・ホワイトヘッドとわたしは顔を見合わせた。

「手錠ははずさない」わたしは言った。

「だけど彼のあそこを持ってやるなんて、ごめんだわ」彼女は言った。「ズボンの中にさせましょう」

「そうはいかないわ」わたしは前にかがんで彼のズボンのベルトをはずした。彼はにやにや笑いを浮かべながらわたしの目を見ていた。「そこの先端へ連れて行って、身体を支えててあげるから、自分でしなさい」にやにや笑いが消えた。わたしは彼のズボンと深緑色のブリーフを足首まで引き下ろした。彼のペニスは小さく、青みがかったくすんだローズ色で、タマは縮み上がって黒い濃い陰毛の中でしなびていた。いやな匂いがした。わたしは彼を向こうへ向かせて桟橋の先まで歩かせると、手錠のつなぎ目と彼の肩をつかんだ。「変なまねをしたら、突き落とすわよ」わたしは言った。彼は脚を震わせて小さくしゃがんだ。用足しが済むまで、二人ともその場に立っていた。

彼は自分の身体にだいぶ滴らせた。わたしは彼の股間の黒い茂みと、だらりと垂れ下がったペニスを見つめた。顔を上げたとき、彼はわたしの表情に何かを見たのだろう、開きかけた口を急に閉じ、顎をこわばらせて目をそらした。わたしは顔をそむけながら彼のズボンを乱暴に引き上げ、ベルトを締め、彼の腕をつかんだ。「行きましょう」とドリス・ホワイトヘッドに声をかけてヴィンスを前に押し出すと、彼女のあとから桟橋を進んで、数ヤード奥の暗い森に続く土の小道へ入った。

小屋は予想していたよりも大きく、清潔だった。充分な広さの寝室とメインルームが隣り合い、メインルームは居間とキッチンとダイニングルームを兼ねていた。大きな肘掛け椅子が三脚と古い紺色のカウチが一脚、二方の壁に寄せられ、三つ目の壁にはテーブルと冷蔵庫とガスコンロが並んでいた。絵画や骨董品の類は一つもなかった。ドリス・ホワイトヘッドは石油ランプをともしてからわたしたちを寝室へ案内した。彼女にショットガンをヴィンスに向けてもらい、彼の手錠をはずした。彼はゆっくりと手首をさすって両肩を前へ伸ばし、ベッドに上がれと合図したわたしを用心深い目で見た。「おい、おれをどうしようってんだ?」と彼はすごんだが、その声には怒りよりも恐れのほうが大きかった。わたしは再びベッドへ促したが、彼はためらった。彼を軽く押すと、よろよろとあとずさってベッドの上に尻餅をつき、スプリングが派手にきしんだ。わたしは手錠で彼の右手首とベッドフレームをつないでから、もう一つの手錠で左手首も同様にした。再び両脚を縛り、バンダナで口をふさぎ、後頭部に枕をあてがって彼がもっと楽に呼吸できるようにしてやった。

「コーヒーを淹れるわね」ドリス・ホワイトヘッドが言った。彼女はランプをメインルームへ持って行き、キッチンカウンターにショットガンと一緒に置いた。

ヴィンスの身体に暗い影が斜めに落ちた。なんだか人間でないように見えた——目とバンダナの濃い赤を除けば、黒い蜃気楼だ。

「あなたが彼女のこと、妻のことを一言も口にしないのはなぜかしらね」わたしは静かに言った。彼は一つまたばきし、手錠をかけられた右手を強く引っ張った。「わたしたちがあなたの家にいた理由も、一度も尋ねなかったわね」わたしはあくまで無表情を保った。「不思議だと思わない?」

彼はバンダナの中で何かつぶやいたが、わたしは背を向け、ドアを開け放したまま部屋を出た。そしてメインルームの、寝室が見える肘掛け椅子に腰かけた。ベッドの上の彼は輪郭しか見えなかった。

「ブラックでいい?」ドリス・ホワイトヘッドに訊かれ、わたしはうなずいた。

湯を沸かしているあいだ、彼女は持って来た袋からせっせと食料品を出して戸棚や冷蔵庫にしまい、キッチンシンクの上のブラインドを半分開けた。わたしはヴィンスと彼女の両方を観察した。彼女はオリーブ色のカーゴパンツと栗色のTシャツを着ていて、胸と段々になったおなかの上で生地がぴんと張っていた。ロットワイラー犬を思わせる顔は大きくて眉がぼさぼさだが、慎重で落ち着いた雰囲気があり、顎の下の肉が少したるんでいた。美人ではない。たぶん、若い頃も。もっと似合う髪型に変えて、柔らかい感じにしたほうがいいのに。今は自分でカットしているのだろうか。

彼女が奥の壁のカーテンを開けようとしたので、わたしは「だめよ」と止めた。彼女は一瞬、身をこわばらせてから言った。「そうよね」すぐにカーテンを閉めた。

彼女は今度はシーリングファンのスイッチを入れ、次に床の大きな扇風機をつけた。羽根がかたかた鳴りながら回り始めると、わたしは立ち上がって扇風機を切った。それからドリス・ホワイトヘッドを振り向き、石のような硬い表情でわたしを見ている彼女に言った。「うるさくて、彼が何か音を立てても聞こえないわ」

「日中はかなり暑いわよ」彼女は言った。

「しょうがないわ」わたしはそう答え、椅子に戻って暗がりの中のヴィンスの輪郭を再び見つめたが、急に喉へ酸っぱいものがこみあげた。わたしは立って、かすれた声で言った。「ちょっと外へ出て来る」

わたしは桟橋の先のヴィンスが用を足したのとは逆側に

しゃがみ、吐き気を待ったが、酸っぱい味が口の中に広がっただけだった。唾を吐いて、もうしばらく待った。空を引き裂くほど叫びたかったが、我慢して深呼吸を続けると、やがて吐き気はおさまった。自分の両手を眺めて、手首を曲げ伸ばしした。波が木の杭を静かに洗っている。水に指を突っ込むと、体温に近くて生温かく、魚や濡れた泥の匂いに混じって少し金臭かった。そのあとワニがいることを思い出し、慌てて指を引っ込めた。

空は広大だった。街から離れているので星がよく見え、薄く透き通った雲の裏で星々がいないいないばあをして遊んでいた。わたしは煙草に火をつけ、空中へふわりと漂う煙を見つめた。ヴィンス・ダラムを殺したり半殺しにしたりするのは絶対にいけないと悟った。だが彼を逃がすわけにはいかない。二つの事実にどうしても折り合いがつかなかった。

しばらくして家の中へ戻り、寝室の入口で立ち止まると、ヴィンスの目がこっちを見た。わたしは先に目をそらして、さっきの椅子に戻り、ドリス・ホワイトヘッドがそばの床に置いてくれたコーヒーのマグカップを手に取った。彼女は向かいの壁の椅子に坐り、手の届くところにショットガンを置いていた。石油ランプの明かりが彼女の顔を柔らかく穏やかに見せていた。

わたしはコーヒーに息を吹きかけて一口飲んだ。チコリがかなり効いていて、最初の口いっぱいに含んだ分をやっとのことで飲み込んだ。「ありがとう」と本心から言った。苦味が全身を駆けめぐり、グウェンが発砲してからずっと感じていた凍えを消し去ってくれた。わたしはホルスターから拳銃を抜いて膝のあいだにはさみ、坐り心地をよくしようと椅子の中でもぞもぞした。

ドリス・ホワイトヘッドが咳払いして、ほつれ毛をもてあそぶかのように顎を親指でこすった。「あなたはちがうのね」

「え？」わたしはカップ越しに彼女を見た。

「他の女性たちとはちがうわ。信じる人もいれば、あまり信じない人もいるけど、あなたは強く感じているのね」

「なんの話かわからないわ」

「彼女を見つけたあと、あなたはこう言ったわ。気を紛らわすためにじっとしているって。でも本当はそうじゃないんでしょう？」

わたしは彼女をぽかんと見つめた。

彼女はかすかにほほえんで椅子の背に深くもたれ、片足を小さなスツールにのせた。「あなたが昨日言ったことや、ジャネットやわたしにとても親切だったことを考えながら、ずっとあなたを観察してたわ。それで思ったの。あなたは強大な扉を内側から支えて、それが閉まったままにしてくれてるって」彼女はコーヒーをすすった。「あいにく、あまり運に恵まれないみたいだけど」

「わたしはただ状況に即して考え——」わたしはむっとした口調で始めた。

彼女は顔の前で手を振った。「ちがうわ、こうなる前のことを言ってるのよ。わたしにはあなたの皮膚の下までよく見えるの。あなたはもう一人の男を撃ったあの女友達とはちがう」

「グウェンは優秀な警官で——」

「でも、あなたは彼を撃たなかった。彼女は撃った。しかもあなたは今、彼をどうしようか思案している。そうでしょう？」

わたしはマグカップの縁を指で叩きながら、コーヒーをもう一口飲んだ。

「結婚はしていないんでしょう？」

わたしは首をわずかに振って、彼女を用心深く見つめた。

彼女は満足そうにうなずいたが、正解を言い当てたことに満足なのか、わたしが結婚していないことに満足なのか、わからなかった。「ボーイフレンドはいるの？」

わたしはリッキーのいたずらっぽい笑顔と、わたしのおなかや脚のあいだでそっと動く彼の手を思い浮かべた。

「ええ、まあ」自分の返事に驚いた。わたしはそんなふうにリッキーを見ていたのだ。不確定な相手と。その瞬間は楽しいが、永続的なものではない。言うなれば仕事と睡眠のあいだの解毒剤のようなものだ。過去のボーイフレンドはみんな解毒剤だった。なのに今までそれを自分で認めなかった。わたしは突然こみあげた涙を懸命にこらえた。

彼女は自分の足を見ながらほほえんだ。「ボーイフレンドをしょっちゅう混乱させてるんでしょう?」

わたしはカップをきつく握った。「今の状況のほうがよっぽど混乱すると思わない?」わたしはゆっくりと一語ずつ強調した。四人たちに何があったか本当のことを話しなさいと言い含めるときのように。それから彼女を、こんなたわごとはもうよしましょう、という顔で見た。それは効果があるときもあれば、ないときもある。

ドリス・ホワイトヘッドの顔を感情が次々によぎった。むなしさ、楽しさ、苦しさ、最後は受容らしきものが浮かび上がった。「あなた、物語は好き?」

「え?」わたしは母が読み聞かせてくれた『バンビ』や『ピーターパン』を思い浮かべた。あのあと少年と野生馬の交流をつづった『少年の黒い馬』シリーズを毎晩一章ずつ読んでもらったが、わたしは次が待ち遠しくて自分で読むようになった。今思えば、あんなに急ぐんじゃなかった。母の声の思い出をもっとたくさん集めたかった。

ドリス・ホワイトヘッドはてのひらで耳をこすった。

「あなたにある話をしたいの。暇つぶしにもなるでしょうし。わたしたちが一緒にいる時間はたっぷりあるわ。彼と一緒にいる時間もね」彼女は歯茎を見せて硬い笑みを浮かべ、頭を寝室のほうへ傾けた。「でも彼ではなく、あなたに聞かせる話なの。コーヒーのお代わりは?」

彼女は椅子から立ってわたしの横を通り、自分とわたしのカップを手にキッチンへ行った。わたしはジーンズの後ろに銃を突っ込んで寝室へ行き、ヴィンスの脚のロープとさるぐつわの結び目を点検した。彼は頑なな目をしていた。わたしは思わず彼の頭に手を置いた。彼は手錠をはめられた腕をぱっと上げ、さるぐつわの中で何かつぶやいた。

「いい子ね」わたしはささやくと、部屋を出ながら憎悪と悲しみが等しく混ざり合った感情に揺さぶられた。

ドリス・ホワイトヘッドはわたしに熱いコーヒーがたっぷり入ったカップを渡した。それから顎の下の肉をぴんと伸ばして椅子の背もたれに頭をのせ、天井に向かってゆっくり話し始めた。よく耳を澄まさないと聞き取れないほど小さな声で。

「ニュー・アイビリアで育って、高校卒業と同時に三つのときから知っていた幼なじみと結婚したわ。カールは礼儀正しい人だった。口数は少ないけど、あの頃のわたしたちは話すことをあまり大事だとは思っていなかった。生活していくのに必死だったから。二人とも一生懸命働いたわ。最初の五年間は彼の両親と同居していた。わたしは食料雑貨店で、彼は建設現場で働いた。生活を切り詰めて毎月こつこつ貯金して、バトンルージュに家を買った。当時はあちこち修繕が必要な家には見えなかったのよ。運が向いたら、もっと大きな街へ移ろうと話し合った。夢を持っていたわけ。貧しい者のささやかな夢を。彼は建設関係の仕事を続けて、わたしは河の向こう岸の工場で働いた。ちょうどジャネットのようにね」

彼女は少しのあいだ口をつぐんでコーヒーを飲み、視線を反対側の壁に据えた。「わたしは夜勤のかたわら大学に通って、教員の資格を取り、ブラスリーの小学校で算数を教えるようになった」彼女は弱々しくほほえんだ。「昔から算数が好きだった。まちがった答えと正しい答えだけで、中間はない」

わたしはうなずきながら、自分は警官の仕事につきものの、白か黒かはっきりしないものが好きだと思った。そのとき、わたしがどうしても受け入れられない大きなもてあまし者がベッドで身動きし、ずしんという音とベッドのスプリングが大きくきしむ音がした。わたしは寝室の入口へ行ってから、戻って来て腰を下ろした。「彼は大丈夫」わたしは言った。

「彼はろくでなしよ」彼女は言った。

「ええ」

二人ともしばらく沈黙し、そのあと彼女は再び語り始めた。「夫婦で毎日あくせく働いて、分不相応なものは決して欲しがらなかった。中古車を買い、安売り店で買い物をし、値引きクーポンを集めた。この小屋はわたしたちの夢だった。彼もわたしも釣りが大好きで、川を愛し、孤独を愛していた。ここがあれば充分だと思うこともあった。買ったとき、ここには何もなかったのよ。この小屋はわたしたちの、カールとわたしの手作りなの。子供はできなかった。どっちかに問題があるんでしょうけど、どっちなのか突き止めようとしたことはないわ。そうする理由はないから。でもひたすら倹約と貯金の、長くて苦しい日々だった。彼の両親を亡くなるまで世話した。何を言いたいのかというと」彼女はようやくわたしを見たが、その瞬間わたしの腕に鳥肌が立った。「三十二年間、給料頼みの生活で、年老いたらどうなるのか不安だったの。わかる？」

わたしはうなずいた。

彼女は頭を後ろに倒して再び壁を見た。「三年前、わたしは銀行から届いた封書をたまたま開けた」彼女は静かに語り続けた。わたしは頭の中で彼女が結婚した年齢に三十二と三を足し、びっくりして彼女を見た。てっきり六十代半ばだと思っていたのに、それより少なくとも十歳も若かったとは。

「なぜそんなことをしたのか自分でもわからない」ドリス・ホワイトヘッドは続けた。「なぜちょうどその封筒が来た日だったのかも。運命なんでしょうね」彼女は突然笑った。「でなければ、天がわたしに目を覚まさせようとしたんでしょう。天啓がひらめいたか、魔が差したかのどっちかね。お金は全部カールが管理していた。彼が請求書の支払いをして、月々の生活費とわたしのお小遣いを決めていた。それが彼のやり方で、お金のことは男の仕事、家のことは女の仕事、と言っていた。わたしもずっと外で働いてきて、途中からはけっこういいお給料をもらっていたのに。わたしは毎月、自分のお給料を黙って彼に渡していたわ。ばかね」彼女は唇を突き出してゆがめ、ぷっと音を鳴らした。その音としぐさがあまりに唐突だったので、わたしはびっくりして生ぬるいコーヒーを脚にこぼしてしまった。

「その封書はわたしたちの口座の会計報告書だったの」ドリス・ホワイトヘッドは言った。「預金残高は三十四万二千ドルもあったわ」彼女はその数字を再び思い浮かべているのか、ため息混じりに言った。「一緒に寝てきた、裸の姿も病気の姿も知っている男を、毎晩食事を作ってあげてきた男を、わたしは一日たりとも疑ったことはなかった。彼が言うとおり自分たちはものすごく貧乏なんだと信じ込んでいた。ところが彼はわたしに稼ぎが少ないように思わせて、実はこっそりへそくりしてたのよ。あの人でなし」

「まあ」わたしはつぶやいた。「お気の毒に」

彼女はわたしを鋭い目で見た。「ええ、彼もそう言ったわ。気の毒だな、ドリス。そんなにたくさん貯まっていたとは知らなかったんだよ。許してくれ、ドリス」

「彼はそのお金をどうするつもりだったの？」

「訊く気にならなかったし、訊いたってどうにもならないわ。わたしはたちまち目が覚めた。離婚手続を取り、仕事を辞め、預金の半分と家とこの小屋ともらって、彼にあんたの顔なんか二度と見たくないと言ってやった」

「まあ」わたしは再びつぶやき、これで何もかもわかった気がした。「男性を嫌いになるのも当然ね」

彼女がいきなり椅子から飛び出したので、わたしはとっさに銃に手をかけた。「そうじゃないのよ、男なんか関係ないわ。罠にはまらないで。あなたに言いたかったのは男のことじゃないの。男なんかどうでもいいの。肝心なのは女のことよ。わかる？　わたしたちのこと。あなたやわたしやジャネットや、発砲したあなたの友達のこと。わたしたちみんなのこと。地上で呼吸しているすべての女と、もう呼吸していないすべての女。つまり、自分を知るということなの。自分をごまかそうとしないで、自分に何ができるか、ここにいるのはどんな人間かを知るべきなのよ」彼女は自分の胸を叩いた。「それからここも」今度はこめかみを指で叩いた。「ああ、もう。全然聞いてないんだから」彼女は大股でキッチンへ行き、鍋を乱暴にコンロに置いてマッチを擦った。炎がぼっと大きな音を立てて燃え上がった。

わたしは立ってヴィンスの様子を見に行った。彼はどうやら眠っているらしく、喉の奥から小さないびきが聞こえ、指がぴくぴく動いていた。わたしはドリス・ホワイトヘッドに外で煙草を吸ってくると言ったが、彼女は鍋をじっと見つめたまま、湯が沸くのを待っていた。

わたしは桟橋まで行ってしゃがみ、煙を肺の奥まで吸い込んだ。それをルイジアナの午後の激しい雷嵐のように吐き出してから、前回ぐっすり眠ったときのことを思い出そうとした。あれは日曜日の夜。リッキーの腕にくるまれ、胸を彼のてのひらに包まれていた濃密な七時間。午前五時十五分に目覚まし時計が鳴ると、わたしは起きて仕事へ行き、そしてジャネットの死体を発見したのだった。

事実その一、わたしたちのしたことはまちがっている。事実その二、パニックのせいで保身に走ってしまった。本当ならあの場に残って、結果を受け入れるべきだった。きっとグウェンは失職し、残りの者たちも停職処分になっただろう。もしわたし一人なら、今すぐ彼をあそこへ連れ戻し、すべての責任を負う。だがわたしは他の人たちの決断までできない。グウェンの代わりに決断することはできない。はっきりわかっていることを、もう誰も殺してはならないということを、しっかり守るだけだ。とはいえ、わたしは彼を逃がすことに耐えられるだろうか?

太腿の筋肉が痛くなってきた。桟橋の上に拳銃を置いて寝転ぶと、ジーンズからTシャツを引っ張り出し、素肌で空気の心地よさを味わった。てのひらを自分のおなかに置いて、なだらかなふくらみにそっとすべらせた。一番下の肋骨を二本の指でカーブに沿ってなぞり、中間地点に着くと胸骨を這い上がった。そのとき再び母の声がした。「ちっちゃいクモさん、噴水のぼって……」わたしはもう片方の手を出して指で心臓の横をたどり、首のつけ根のくぼみに出会い、喉を進み、顎の線をなぞった。もう一つの手も反対側で上へ歩いて行く。両手が一緒に指の散歩をする。耳の横を通って、眼窩の硬い尾根を強く押しながらくぼみへ下り、指先でその奥の弾力性のある眼球を感じた。そのあと目の上へ登って、眉間を横断し、鼻を伝い下りた。肉を削ぎ落としたあとに硬い骨が現われる様を想像しながら、頭蓋骨の曲線を感じた。肌を強くこすりながら下へ向かい、なだらかな斜面に指をうずめ、頬を横切り、すべてをならした。

小屋の中へ戻ると、ヴィンスはまだ眠っていて、ドリス・ホワイトヘッドは怒りがおさまった様子だった。彼女は坐ってコーヒーカップを見つめ、もう一杯飲むかとわたしに言った。トイレに行きたいので近くに屋外トイレはないかとわたしが訊くと、彼女はくすりと笑って、それまでわたしの目に入らなかった左側のドアを指した。

ドアを開けて電気をつけると、わたしは息をのんで立ちすくんだ。そこは小さな部屋で、薄い青緑色に塗られ、一方の壁にカーテンもブラインドもないブロックガラスの大きな窓がついていた。正面の壁には、草の丈がふくらはぎまである草原で、カメラに背を向けて立つ裸の女性の白黒写真が飾られていた。彼女の黒っぽい髪はアップにしてあり、ほつれ髪がはらりと肩にかかっている。

ドリス・ホワイトヘッドの足音が聞こえ、すぐ後ろで彼女の声がした。「すばらしいでしょう。ジャネットの写真なのよ」

わたしは急いで振り返った。「ジャネットの？」

「そう、彼女が撮った彼女の写真。彼女がペンキを塗った彼女の部屋。それが彼女の肉体、それがジャネットよ」彼女は穏やかにほほえみ、わたしの背中を軽く叩いた。「さあ、どうぞ用を済ませて。そのあと話すわ」

わたしはゆっくりとドアを閉め、写真を眺めながら長いことそこにいた。彼女の身体の線、ふくらはぎの筋肉、きゃしゃな首、細い肩を目でたどった。できることなら、生きて呼吸しているジャネットを隅々まで見たい。眉間のほくろ、頬の線、肌のきめ、鎖骨、胸、脚のあいだのVゾーン、そして膝の形を。だが今となっては想像するしかない。化粧台の上の写真と、床の上の死体を思い浮かべながら。彼女の表情ははにかんでいるの、軽やかなの、真面目くさっているの、謎めいているの、いたずらっぽいの？　そのとき彼女は何を考えていたの？　わたしは写真フレームのガラスの、ちょうど彼女のうなじの部分に指でそっと触れた。すると一瞬、ほんの一瞬、彼女がここにいる気がした。首に彼女の柔らかい息を感じた。わたしはびくっとして電気を消し、ドアの外へ出た。

ドリス・ホワイトヘッドの足下にウイスキーボトルがあった。彼女はわたしにそれを勧めたが、わたしはいらないと首を振り、寝室のほうへ首を傾げた。勤務中だから、と言いそうになって、ばかなことをと思った。

「話を聞かせて」わたしは言った。

ジャネットは写真家になることを夢見ていた、とドリス

・ホワイトヘッドは語った。だが教養課程についていけず、ルイジアナ州立大学を一年で退学した。そのあとは独学だった。生活のために製油所で働いた。ヴィンスと会って——ポートアレンのバーでね、とドリス・ホワイトッドは嫌悪もあらわに言った——恋に落ちたとき、彼は彼女にもう一度学校へ行かせてやると約束した。だがそれが実現することはなく、ヴィンスはいつもあれやこれや理由をつけて約束を無視した。それでも彼女は夢をあきらめず、ガヴァメント・ストリートのサザン・カメラ店へよくフィルムを現像に出していた。そこの店員と親しくなって、安い値段でプロ向けの現像をしてもらっていた。

「ヴィンスはそれが気に入らなかったのよ」ドリス・ホワイトヘッドは言った。

「その店員のことが?」

「何もかもが。彼女を支配したがっていたわけ」

わたしは寝室へ目をやった。ヴィンスの低いいびきがシーリングファンの音にもかかわらず聞こえてくる。彼の夢はなんだったんだろう。いったい何が理由で、ジャネットの夢の追求を邪魔したんだろう。いったい何におびえて、一度は愛を語りかけた相手の女性をあそこまで虐待したんだろう。

「彼女は一年ほど前から、わたしとここへ来るようになったの」ドリス・ホワイトヘッドは続けた。「わたしと同じく孤独を愛し、川や日の出や木の写真を撮るのが好きだった。シンプルな被写体がね。ここを模様替えしたいから、とりあえず試しにどこかの部屋をやらせてもらえないか、といつも言っていた。それで三カ月くらい前、トイレをやってもらったの。もし出来ばえが気に入らなくても、しょっちゅう見る場所じゃないからいいと思って」

「どうだったの?」

「出来ばえが気に入ったかどうか?」彼女の口と目のまわりに深いしわができた。「大いに気に入ったわ」と小声で言った。「彼女はいつもわたしに物事を新しく見せてくれた。物や人を美しく見せる方法を知っていた。それがジャネットなのよ」彼女の目が遠くなった。「わたしは彼女を自分の娘のように愛していた」彼女は投げやりな感じで笑った。「彼女にも欠点がないわけじゃなかった。強情なところがあったし、金遣いが荒いこともあった。それに」ドリス・ホワイトヘッドは口をつぐんで言葉を探した。「おばかさんだった。単純で、お人よしで、人を信じすぎるきらいがあった。でも彼女には、あなたにもわたしにも見えないものが見えた。物や人、すべての中に」

「ヴィンスを除いて」わたしは指摘した。

彼女はじっと考え込んでから、力なく言った。「そうね。彼に対しては盲目だった。理解できていなかった」

わたしたちはしばらくのあいだ黙って坐っていた。部屋は暖かく、わたしはコーヒーを飲んだにもかかわらず、まぶたが重くなった。眠りかけてはっと気づき、とっさに拳銃に手を伸ばした。腕時計を見ると、三時二十三分だった。

「いいから、ちょっと寝たら？　わたしは全然眠くないから、彼の見張りは任せて」ドリス・ホワイトヘッドが言った。

「ウイスキーを飲んでたら無理よ」

彼女は笑って立ち上がり、ウイスキーボトルを戸棚へしまい、戻って来て膝の上にショットガンを置いた。「ちょっと目を休めるだけ」そう言って、最後にヴィンスの姿をちらっと見て目を閉じた。ドリス・ホワイトヘッドの規則的な呼吸とヴィンスの不規則ないびきと、シーリングファンの音が聞こえ、その向こうに木々のこすれる音や水のはねる音がした。彼を解放できるだろうか？　その考えは渦巻きにとらえられた小枝のようにぐるぐる回り、あっちに引っ張られ、こっちに引っ張られした。

眠るまいと思ったのに、わたしは知らぬ間に眠りへ落ちた。


またいつもの夢を見た。

銃口がわたしに向けられている。誰が拳銃を持っているのかはわからない。ただ手と拳銃が見えるだけ。味がしそうなくらい生々しい恐怖をおぼえ、手足は重たく萎え、喉は締めつけられ、呼吸は荒く浅い。自分の銃をゆっくりすぎるくらいゆっくりとホルスターから抜く。腕がまるでコンクリートのようで、銃はじりじりとしか上がらない。人差し指は骨も筋肉もなく、引き金にぐにゃりと置かれる。なかなか引き金を引けない。さんざん苦労して、ようやく引き、撃鉄が前に飛び出すが、空砲で弾は出ない。すると、わたしを狙っていたもう一つの拳銃が火を吹く。スローモーションで弾が近づいてくる。頭が身体に動けと叫ぶが、身体は反応しない。弾はわたしの胸を貫き、すさまじい痛みが走り、肺から空気が抜ける。わたしは衝撃で後ろへ倒れる。冷たい白い光が射して、わたしの身体の池を波立たせるが、やがて手足は冷たくなり、光は薄れ、あたりは薄暗くなる。わたしは白濁した灰色の中に浮かんでいる。

いつもなら夢はそこで終わり、混乱して口の中に死と恐怖の味が残ったまま目覚める。けれども今回は灰色の海に漂い続け、喪失と後悔の痛みを感じつつもそれを受け入れようとしている。すると突然場面が変わり、見たことのないどこかの警察署にいる。普通の使い古した机と椅子が置かれ、壁はお決まりの緑色で、引き出しがゆがんだファイル用キャビネットがある。床は穴ぼこだらけで砂だらけ、全体的にあまり清潔ではなく、新しくもなく、汗と煙草と腐りかけたコーヒーの匂いがしみつき、なんとなくかび臭く、警官たちの動き回る音や話し声が、遠くに蜜蜂の巣があるように聞こえてくる。

わたしは一方通行の鏡の前に立ち、面通し室を見ている。背後に数人いるが、わたしには見えない。

六人の女性が面通し室に入って来て整列する。若者もいれば年寄りもいて、背の高い人もいれば低い人もいて、黒人もいれば白人もいて、子供もいれば大人もいる。わたしは混乱する。面通しで、こんなふうに年齢や人種や背丈をごっちゃにしてはいけない。彼女たちがこちらへ顔を向けた。わたしはあっと息をのんだ。一人の黒人女性は顔の半分がない。若い娘の顔は青紫色に腫れ上がっている。年配の女性は眼窩が空っぽで、耳が裂けている。ティーンエイジャーの腕と脚には深い切り傷と火傷の痕がある。

「彼女たちは死んだわ」わたしは言う。「この人たちはみんな死んだのよ」

「そのとおり」後ろから声がする。誰なのかはわからない。

わたしは彼を振り返ろうとするが、できない。「どれだ?」と彼が言う。

「なんのこと?」

「どれがやったんだ?」

「ちがうわ、彼女たちじゃない!」わたしは怒って金切り声を上げる。

「次」声の主が大声で命じると、女性たちは向きを変えて左のドアからのろのろと出て行く。新たに六名の女性が右から入って来る。彼女たちがこっちを向き、わたしの喉に苦いものが詰まる。悲鳴を上げて部屋から逃げ出したかった。なのに足が動かない。身体が言うことを聞かない。

「どれだ?」再び声がする。

リティシア・ボールディンはピンクのショートパンツと青いTシャツを着ている。ガムを嚙みながら、活発で好奇心旺盛なあまりじっとしていられない様子だ。骸骨姿の女性、ヴァルは、笑みを浮かべて天井を見上げ、リズムを取るように両手で腿を軽く叩いている。ジャネットもいる。ハイキングブーツを履いて、グアテマラ風シャツとカーキ色のショートパンツを着て、髪は頭のてっぺんで結び、わたしを静かにまっすぐ見つめている。眉間のほくろに光が当たっている。グウェンは怒った顔をしている。ドリス・ホワイトヘッドはいかめしい顔つきをしている。そしてわたしは、別の部屋にいる鏡の中のわたしは、目を充血させ、だらしない髪をして、両手をきつく握りしめている。皮膚から飛び出しそうな自分を見つめている。

わたしの胃がひっくり返って固いこぶになる。「死んだ人と生きてる人が混ざってる」とつぶやく。

「どうちがうんだ?」声が言う。

するとわたしの身体が反応する。振り返って声の主に勢いよくつかみかかる。だが途中で意識のほうへ飛ばされる。わたしはそれと闘う。そこに踏みとどまって闘い抜き、とうとう理解する。

だが、もう遅い。

わたしは目を開けた。ぼんやりして口が渇き、鼓動の音が耳の中で激しく鳴り、首が痛かった。弱い光がキッチンの窓から射し込んでいる。夜明けが近い。ドリス・ホワイトヘッドの椅子は空っぽだった。わたしは寝室のほうに目を凝らし、それから銃を手によろよろと寝室の戸口へ行った。ロープと手錠が一つ、ベッドの上に残されているが、もう一つの手錠とさるぐつわとヴィンスの姿はない。どうして二人の出て行く音に気づかなかったんだろう。疑問が恐怖とともに腹の底から湧き起こった。急いで玄関へ行ってドアを開けた瞬間、肺から安堵の大きなため息が漏れた。

木々と草むらの合間に、桟橋にいる二人の姿が見えた。ヴィンスはズボンを下ろした恰好で川のほうを向き、ドリス・ホワイトヘッドはショットガンを彼の足下に向けている。彼がまた用を足したくなっただけなのだ。わたしはドアの枠にぐったりともたれ、くすくす笑った。気の毒なヴィンス。あの女性にズボンを下ろされて、私的な部分を見られたのね。彼女がどんな顔をして、どんなことを言ったか、だいたい想像がつく。

ヴィンスが振り返って、両手を前へ突き出した。ドリス・ホワイトヘッドが何か言っている。わたしは眉をひそめて彼らの足下を見た。桟橋の上ではマージの赤いバンダナの横で手錠が光っている。すばやく視線を戻すと、ドリス・ホワイトヘッドのショットガンがヴィンスの胸の高さへ上がった。状況がのみこめた。

わたしは脚をいっぱいに広げて全速力で駆けた。「やめて!」というわたしの悲痛な叫びは、ショットガンのドーンという銃声にかき消された。それでも走った。木の枝が顔を叩き、服を引き裂いたが、「やめて!」と叫び続けた。木をかき分けながら、もしかしたら止められるかもしれないと思った——ヴィンスの胸にもう赤い穴があいているのに。彼は脚をもつれさせて川のほうへよろよろと後退し、ドリス・ホワイトヘッドが振り返ってわたしを険しい冷静な目で見つめた。わたしはさらにスピードを増し、桟橋に靴を叩きつけて足を思い切り蹴り上げながら、彼女はチャンスが来たら最初からやるつもりだったのだと気づいて、ぞっとした。わたしがそのチャンスを与えた。彼女はやってしまえばわたしにはどうにもできないと知っていた。

わたしは桟橋の端で止まり、色彩豊かな水面を見下ろした。白、緑、ピンク、茶、赤。ドリス・ホワイトヘッドの静かな満足げな声が、耳鳴りを通してはるか遠くから聞こえてきた。「あとはワニが始末してくれるわ。これでもう、わたしたちは何も心配しなくていいのよ」

わたしは湿った悲鳴をこらえて喉を詰まらせ、涙で曇った目を上に向けた。太陽が木々の梢を照らすと、水面に伸びた光の筋が踊った。人影が対岸の水辺に漂っている。ジャネットだ。彼女は光を浴び、安らかな顔をしている。そして消える直前、わたしをまっすぐ見て、目をきらりと輝かせた。それが意味するのは悲しみか喜びか、哀れみか同情か、わたしにはわからない。

わたしがいた場所
Where I Come From

そこを去って、何日間もドライヴした。潮風で肌がべたつくまで東へ行ってから、大都市を避けて海岸沿いを北上し、そのあとダッシュボードのコンパスの針を北北西に合わせ、ウェスト・ヴァージニア州の険しい曲がりくねった山道を通り抜けた。寝るときはキャンプ場か教会の駐車場で短い仮眠を取った。道路の休憩所では停まらなかった。夜通し運転して朝を迎えたあと、シャワーと本物のベッドのため地元の安モーテルを見つけ、再び日が暮れるまで眠ったこともあった。何日も同じ服を着て、ラジオはめったにつけず、生野菜と果物とクラッカーを食べ、水とコーヒーを大量に飲んだ。やがてアイダホ州の山脈が遠くに見えると、南側へ回り込んでユタ州の焼けつくような赤い砂岩のあいだを進み、ニューメキシコ州へ入った。

何時間もあてもなく運転した。がらんとした二車線の道を制限速度を守って走り、住む人のいない広大な荒地で隔てられた埃っぽい名も知らぬ町をいくつか通過した。わたしをそんなに遠くまで駆り立てたものによってとうとう内面が干上がり、これ以上力を奮い起こせなくなるまで。

見て初めて、自分が何を探していたのかわかった。町の入口に立つ〝人口九八六人〟の歓迎標識にくっついた、小さな手作りの貸家の看板だ。そこは干しレンガと石だらけの町で――くたびれた建物が方々で崩れそうな基礎の上にうずくまっていた――小さな広場と二つの交通信号があった。

町はずれの寂しいあばた道にその貸家を見つけた。通りから引っ込んだ場所に建ち、以前は灰色に塗られていたらしい色あせた木の壁と、腐ったリンゴみたいな色の古い金属の屋根がくっついている。表側の広々としたベランダは、ねじれた発育不良の木が覆いかぶさって半分日陰になっている。

身体から骨や筋肉が消えてしまったような感覚で玄関へ

歩いて行った。ドアは鍵がかかっていなかった。内部は大きな使い古された感じの部屋が、半分までの高さの壁でバスルームに続く広い居室とキッチンとに仕切られ、奥には外へ出るドアがあった。家の裏手では岩がちの空き地が小さなでこぼこの丘へと続き、枯れた茶色や焼けた黄色の背の高い草が午後遅い控えめなそよ風になびいていた。遠くにはハコヤナギらしき大きな林が見えた。わたしはその場にしばらくたたずみ、荒涼とした緑に乏しい風景に呆然としながらも安堵した。これ以上いい場所はないと思った。

　看板の連絡先を見て、通りの向かいの二軒先の家を訪ねた。年老いたメキシコ人女性が出て来た。そんなにしわだらけで黒々とした目の人は初めて見た。黒髪より白髪のほうが多い太い二本の三つ編みが、頭のまわりを二周していた。顎は腫れた拳のようだった。耳は小さくて、生まれたての赤ん坊のように半透明だった。わたしが月極め契約は可能かと訊くと、彼女は痛いような視線でわたしを長いこと見つめた。英語がわからないのかもしれない、と思っていると、彼女は上の二本と下の一本がない前歯を見せ、笑ってうなずいた。

「ちがう、ちがう」彼女は強く訛った。「一ヵ月二百。わかったね？　好きなだけ住んでいいよ」

　わたしは三ヵ月分の家賃を前払いした。彼女は首を振ってお金を受け取り、なんとなく不満そうだった。

「キエレス・ムーチョ（とても気に入る）」彼女は言った。「あんたの中で、エル・ミエド・ティエネ・アンブレ（恐れが腹を空かせている）」そのあと彼女はわたしの腕をびっくりするような力でつかみ、裸足でわたしの横に並んでさっきの貸家へと歩き出した。わたしはスペイン語がほとんどわからない。ずっと前に高校でフランス語を習って、ケイジャン訛を身につけた程度だ。だが〝ムーチョ〟が〝とても〟の意味だということは知っている。その他の言葉は謎だ。とても、なんだろう。わたしはシャワーと寝る場所さえあればよかった。

「空気、きれい」彼女はしゃべり続けた。「ロス・アルボレス・レクエルダン・ラス・メモリアス。ええと、木が……」彼女は両手で何かをすくうような仕草をした。「思い出させる？」

木がどうしたのかよくわからないが、ありがたいことに木で呼び覚まされる思い出は何もなかった。彼女はわたしをそっけなく家の中へ促し、小さなシルバーの鍵を渡すと、背を向けて来た道を戻って行った。スペイン語で何か言いながら、片手で空中に優雅な弧を描いて。わたしはその後何日間も、彼女の熱いエネルギーを感じた。


車から荷物を下ろして家の窓を開け放ち、シーリングファンのスイッチを入れると、車で町の中心部へ引き返した。そして中央広場に中古品店を見つけ、折りたたみ式の家具――カウチ、テーブル、椅子――と鋳鉄製のフライパンと古い図書館のランプと銀器を数個、わたしに値札の数字を読み上げさせたやる気のなさそうな女性から買った。

顔に深いしわを刻んだ腰の細い痩せた男性が、駐車場で小型トラックからオーブンを一台下ろしていた。彼はわたしがテーブルと椅子を車に積み込み、そのあとカウチをどうしようか悩んでいるのを見て、声をかけてきた。「手伝おうか？」

「いえ、けっこうです」わたしは彼を見もしないで答えた。

「まさか車の屋根にのせるつもりじゃないだろうね？」彼の声は笑いを含んでいたが、見ると、顔は無表情だった。鼻は小さくとがり、顎にあとからつけ足したようにくぼみがついている。「警戒することないよ」

わたしは迷った。彼は爪楊枝を口の中で回しながら、いびつな笑顔を浮かべた。「取って食いやしないから」

「そうかしら？」

彼は首を傾げて店のほうを示した。「配達はやってくれないよ」

「ええ、そうでしょうね」わたしはカウチを見て、布団を手に入れなければと思ったが、たぶんこの町の人は布団という言葉を知らないだろう。マットレスなら通じるだろうか？　暑くて疲れた。

「じゃあ、お願いするわ」わたしは生気を吸い取られたかすれ声で言った。彼は爪楊枝を捨て、二人でカウチを彼のトラックの荷台へ上げた。わたしが住所を告げると、彼はぎくりとして目を細め、奥に隠れた薄緑色の瞳でわたしを見つめた。

「ということは、きみは特別なんだね」彼は言った。茶色の髪は短く刈られ、先端にちらほら白いものが混じっている。

わたしは眉を半分上げかけた。

「あそこは二年間、空き家なんだ」彼は言った。「彼女はこれまで借りたいと言った人を三人断わってる」

わたしは彼の視線を避けて肩をすくめた。わたしが駐車場から車を出したとき、彼はトラックの後ろに立って、こっちを見ていた。

暑さは厳しくて情け容赦なく、自分の疲れの匂いがはっきりとわかった。おまけに三日前から同じ袖なしTシャツとジーンズだ。手首にあった腕時計の細い跡が日焼けしている。ハンドルを握っている自分の腕と手を見下ろし、その不思議な肉の塊が自分の一部であることに驚いた。自分が肉体から離れていて、この身体がただの抜け殻に感じられ、一瞬不安に襲われた。

家に戻ると、部屋の真ん中に明るい灰色の猫がうずくまっていた。猫は挨拶代わりに前脚を伸ばしてから、細く鳴いて再び縮こまった。

「ああ」さっきの男性が後ろで言った。「そいつはトミーのところの猫だ」彼の顔は日差しから逃れて穏やかに見え、目のまわりに小じわがあった。最初に思ったよりも若い。たぶん四十代前半だろう。

「どうやって入ったのかしら」わたしは裏口を確かめてから、どこか開いているところはないか、壁に並んだ窓をざっと調べた。

「トミーの猫たちはちゃんと入口を知ってるんだ。近所ではいつも歓迎されてるよ」彼は木の床をブーツでどんと踏んだ。「まだしっかりしてるな。シロアリの心配はないし、表面もきれいだ」

「どうやって出せばいいの？」わたしは訊いた。

男はわたしを見た。「何を？」

「猫。わたし、猫は苦手なの」

「苦手……」彼は低い声でくすくす笑った。「きみは変わってるね」

わたしは猫に近づいて片足でドアのほうへ追い払おうとしたが、猫は背中を丸めてシュッと鳴き、わたしのハイキングブーツに向かって前脚を振り上げた。

「うわ！」わたしが後退すると、猫はこちらをじっと見ながら再び丸くなって、尻尾を小刻みに動かした。わたしは男を振り返った。

彼は肩をすくめた。「先住者の居住権ってやつだ」

わたしたちが残りの家具を運び入れているあいだ、猫は丸まった姿勢のままぴくりともしなかった。

「どこに置く？」彼は玄関を入ったところにあるカウチのほうへ頭を振った。ジーンズと袖口を折り曲げたボタンダウンのシャツという恰好なのに、ほとんど汗をかいていない。筋肉質の腕は日に焼けた金色の毛に覆われている。かすかに肥料と薬の匂いがする。

「いいの、そこに置いといて」わたしは言った。「おかげで助かったわ。ありがとう」

「置き場所を教えてくれ」彼はきっぱりと言った。「それが済んだら帰る」

わたしたちは互いを見た。意外にも彼はくつろいだ様子で、部屋に存在感を充満させ、わたしはそのことにいらだちをおぼえた。彼は手をカウチの肘のせに置いて待っていた。

わたしはうなずいて奥の壁を示してから、箱や大きく膨らんだごみ袋や防水シートや寝袋をどけようとかがんだ。彼が手伝うと言わなかったのでほっとした。すべてを片側に寄せ終わると、二人でカウチを室内の仕切り壁にくっつけて置いた。そこなら目が覚めたときに窓が見える。

彼のためにスクリーンドアを開けて振り返ると、彼は防水シートを爪先でめくっていた。ショットガンと防弾チョッキとホルスターに収まったリヴォルヴァーを見てから、彼はシートをもとに戻した。

銃は装弾していなかったので——少なくともその二挺は——わたしは背後でスクリーンドアがひとりでに閉まるままにして玄関の踏み段を下り、庭へ行った。そこは涼しかった。空は傷んだアプリコットのように柔らかくなっていた。すぐにまたスクリーンドアがぱたんと閉まり、彼の足音が聞こえた。彼の薄い影がわたしの前を通り過ぎて、トラックへ向かった。

「ねえ」わたしは言った。「このへんで何か仕事ない？」

彼は片足をトラックの踏み板にかけたまま、家をちらりと振り返ってからわたしを見た。「きみは何ができるんだ？」彼はそう言って、からかうような笑みを浮かべた。

わたしは答えなかった。

彼は一方の肩をすくめ、トラックに乗り込んでギアを入れた。トラックがちょっと動いたとき、彼が窓から身を乗り出した。「一つ向こうの町で配送会社のUPSがドライバーを募集中だ。きみならできるだろう。興味があればね。あとはさっきの広場のマリアの店でウェイトレスしかない。好きなほうを選ぶんだな」トラックの下の金属部品が、車回しと道路のあいだの傾斜をぎぎっとこすった。彼は手を振ることも振り返ることもなく走り去った。

隣家の二人のメキシコ人の子供が、一番下の横木に足をかけて門柵にしがみついていた。二人とも長く伸びた髪が大きいつぶらな瞳よりも黒々としていた。片方は女の子らしかったが、確信はなかった。目が合い、互いに探り合っていると、彼らの背後の庭がゆらめいて光と影がちらついた。かき回される水が見え、泡立つ音が聞こえ、あらゆる周波数の混ざった雑音がすべてのものから切り離された。やがて小さいほうの子供が腕をぎこちなく胸まで上げ、小さく手を振った。わたしは我に返り、自分の肉体にすっと戻った。そして子供たちに軽くうなずいて見せた。

その晩、例の灰色猫に監視されながらぐっすり眠った。猫はわたしのベッドのそばの床で小さく丸まっていた。遠くで雷が鳴った。夜になるとパニックに襲われるのではないか、以前いた場所の強烈な記憶がよみがえるのではないかと心配だったが、雨が屋根に激しくぶつかる音と松のほのかな甘い香りに一度目を覚ましただけだった。そのあと再び眠りにつき、木立ちの中で身体のないたくさんの手が踊っている夢を見た。パール色の爪をした指たちが、かさかさ鳴る金色の葉のあいだで互いに離れたりくっついたりし、小刻みに踊っていた。

わたしが訪れたその地は熱に支配されているのか、透明できらきらした毛布のような暑さで息が詰まりそうだった。界隈は正午から午後四時まではひっそりとする。鳥のさえずりさえ止むが、それは晴れ渡った空で鷹がしょっちゅう翼を広げて気流にゆったりと身を任せているせいかもしれない。胡桃《くるみ》色の甲虫が地面を忙しく動き回り、硬い身体で網戸やガラスにしがみつこうとしては、努力の甲斐なくぽとりと落ちる。犬たちはベランダの下か木の根元に浅い穴を掘って、そこにはあはあ息をしながら寝そべり、人が近くを通っても頭さえ上げない。目だけ動かして、たまに尻尾を振る。

ＵＰＳへの応募書類は簡単なもので済んだし、面接にもすんなり合格した。臨時雇いだったので、わたしには都合がよかった。三カ月契約だが、たぶん五カ月になるだろう、と言われた。転倒して腕と手首をくじいた正社員の代わりだそうだ。一週間、気短かな態度でつっけんどんなしゃべり方のたくましいメキシコ人に実地訓練を受けた。訓練の基本は規則の勉強だった——走ってトラックから離れ、走ってトラックに戻る、客から食べ物や飲み物はもらわない、誰に対しても笑顔、その日の終わりに必要な書類を仕上げて提出する、背筋をぴんと伸ばす。わたしは二日後から勤務を開始した。

わたしが所属する支社は、ＵＰＳにとって三つの郡にまたがる地域で一番大きな町にあり、人口は三千五百人、スクリーンが一つだけの映画館と〈ウォルマート〉がある。地図によると、北北西へ二時間半ほど行けば人口二十五万人の都市だ。わたしは逆方向のルートを希望したが、担当者に丁寧な口調でこう言われた。ここではそういう要求は受け付けないし、きみは別の社員の代わりとして入ったのであって、彼の担当はこの農道と地方道ばかりの南ルートなんだ、と。

わたしはなるべく口をきかないようにして車に乗り、仕事をし、車を降りた。わたしがこうして働いているという情報はどこのコーヒーショップや理髪店まで広まるだろう、と心配したが、気にするのはよそうと思った。どうせ長くいるつもりはないのだから。

仕事は気に入った。ショートパンツをはけるし、帽子をかぶらなくていい。正確さを要する単純作業は楽しかった。荷物を受け取る、荷物を届ける、書類に記入する。ときどき犬に吠えられることを除けば意外な出来事はなく、一緒に組む相手や責任を取るべき相手はいないし、監督者もいない。自分とトラックと風景だけだ。車の数はまばらで、三分ほどで町を出れば、ほとんど一台も見かけなかった。道路を独り占めできた。山道でギアを頻繁に変えながらスピードを上げ、茶色いパネルトラックの両側のドアを開けて風を入れ、全身の幾層にも重なった汗を乾かした。自分の肌をこの時代の地層模型に見立て、停車のたびに加わる新しい汗の層が再び時速四十マイル以上で乾く様を想像した。

初日が終わったあと理髪店を見つけ、にやにやしている年取ったメキシコ人にどうしてほしいか伝えた。彼はわたしのまっすぐな赤っぽいブロンドの髪を下ろしてチッチッと舌を鳴らしたが、わたしはもう編んだりピンで留めたりしたくなかった。軽くなったら、はねたりカールしたりする部分が出てくるかもしれない、とぼんやり期待していた。

わたしの配送ルートの客はほとんどが白人とメキシコ人で、少しだけネイティヴアメリカンがいた。わたしはUPSの規則の多くをあえて無視した。客と顔なじみになると、暑さや届けた荷物の中身を話題に少しのあいだおしゃべりを楽しみ、アイスティーや水を遠慮なくごちそうになった。おかげで水筒を持ち歩かずに済んだ。嬉しいことに、ほとんどの客がわたしに会うのを楽しみにしてくれた。わたしは少しずつスペイン語を覚えた。オラ、ケ・パサ、グラシアス、デ・ナダ、コモ・セ・ディセ。発音するときの感じが気持ちよかったし、彼らが寛大な笑顔でわたしのまちがいを直してくれたり、わたしが母音の発音を習得できるまで何度も手本を示してくれるのが嬉しかった。わたしは〝r〟の巻き舌にだいぶてこずった。

仕事は朝八時に始まり、夕方の五時から六時のあいだに終わる。肉体的にはきつかった——トラックは猛暑と風にさらされ、ひどいがたがた道のせいでつねに揺れるから、仕事が終わる頃には心身ともにぐったり疲れ、一刻も早く冷たいシャワーを浴びたかった。

家に帰ると、勢いのいいシャワーの下で壁にもたれ、指で全身をこすって乾いた汗が混じった黒ずんだ垢をかき落とし、この下の六つの皮膚層は生まれてくるまでどれくらい待つんだろうと考えた。しめくくりにビールを半分一息に飲み、残り半分は短くなった髪をすすぐときに飲み干した。

例の憎たらしい猫は——実際に憎たらしい性格の雌猫だ——丸まっていた身体を伸ばすと小さく鳴いて横向きに寝そべり、ばかにするように尻尾を不規則に動かしながら、わたしを観察した。追い払おうとしたが、初対面の日と同様、何をやっても威嚇の鳴き声を発して背中を反り上げた。どこから入って来たのかはわかった。クローゼットの中の温水ヒーターのそばに床下に通じる穴があった。ある日の夕方、猫がプレーリードッグかシマリスか小鳥を狩りに家を出て行ってから、その穴を板でふさいだ。一時間後、猫はすさまじい声でギャーギャー鳴いた。わたしは猫の抗議に十分間耐えたあと、板をゆるめた。猫はその隙間からするりと上がって来て、怒ったように毛づくろいを始めた。

わたしはしかたなく猫の間借りを大目に見ることにした。猫は家へ出入りする自由以外は何も求めなかった。わたしは猫の鳴き声や用心深い視線に慣れ、一週間後にはシャワーのあとにベランダで猫とくつろぐようになった。猫はミルクをなめ、わたしはビールを飲んで煙草を吸った。一緒に空を仰いで、アプリコット色からライラック色へ、さらにプラム色の不ぞろいな縞模様に変化する光景を眺め、夜の帳が下りれば、山の湖に降る雨のような星の舞いを鑑賞した。

日没が近づくと通りは活気づき、人々はベランダや芝生にあるビャクシン、松、オークの木陰の椅子へと移動する。二週間経ったある日、隣に住む二人のメキシコ人の子供が恥ずかしそうにわたしのベランダへ近づいて来た。彼らは玄関の踏み段の下からわたしに笑いかけ、わたしも笑い返した。冷たくあしらうわけにはいかないと思ったからだが、じきに二人の夜の訪問が楽しみになった。

　片方は男の子だとわかった。イサエルは七歳で、妹のルイーサは五歳だ。彼らが話し手で、わたしは聞き手。二人のおしゃべりが、暗くなっていく夜の糸を、なごやかな停止した時間の繭に編んでいった。例の灰色猫は二人に顎の下を撫でさせた。わたしが前に同じことをしようとしたら、二回とも拒んだのに。二人は猫に〝光〟という意味のルスと名づけた。

「この子は他の猫みたいに暗くないわ」とルイーサは説明した。「いつも太陽が当たってて、毛がほかほかした光みたい。だからルスっていう名前にしよう」

　遠ざかる雷鳴のようにうなりながら木の床に寝そべっている猫を見て、わたしは相変わらず憎たらしい猫だと思ったが、ルイーサにはルスっていい名前ね、と答えた。ルイーサは口に手をやって、くすくす笑った。

　イサエルとルイーサは、わたしにトカゲやバッタや甲虫やホタルを持って来たり、こしらえたばかりの擦り傷や痣を見せに来た。わたしはハチドリ用の餌やり器を買って、三人でアカフトオハチドリのにぎやかなさえずりをまね、なわばり争いをする雄鳥たちのおどけた喧嘩を笑った。イサエルから植物の名前をいくつか教わった。イトラン、リュウゼツラン、オコチロ、クレオソートブッシュ、メスキートの木、ウチワサボテン。一番気に入ったのはゲッカビジンで、鮮やかな斑のある細長い繊細な花びらの、一夜限りの花だ。ルイーサとイサエルは母親がもう時間が遅いからと呼びに来るまで、うちのホースの水で地面に渦巻きを描いたり、前庭に自分たちの名前を書いたりして遊んだ。

　家主のエヴァ・ポシダスはルイーサとイサベルの母親である孫娘のマリセラを通して、わたしにたくさんの手料理を届けてくれた――豚肉入りのタマレス（挽いて練ったトウモロコシを葉で包んで蒸した料理）、細切れ肉と青唐辛子となんだかわからない緑色の材料と一緒に長時間とろとろ煮込んだ黒豆、ぴりっと辛い赤いソースのチレ・エンチラーダ（挽肉や野菜を詰めたトルティーヤをソースと一緒にオーブンで焼いた料理）。マリセラは自分が作ったトルティーヤと粗引きのトウモロコシのようなものも持って来た。家に修繕の必要なところがあれば、ルイーサとイサエルの父親である夫のホセが手伝うから、とも言ってくれた。「おばあちゃんから、あなたのお世話をするように言われてるのよ、サリータ《アブエリータ》」彼女の言葉には少しだけ訛があった。家は問題ないし、食べることも自分でできる、とわたしは言った。彼女は驚いた様子で、唇を蝶の羽根のように動かして笑った。

　ルイーサとイサエルは自分たちの家族のことをよく話した。曾祖母のエヴァ・ポシダスはメキシコの小さな村で育ち、両親と八人のきょうだいとともにずっと昔にここへ来たそうだ。気性が激しく、イサエルの表現によれば〝ウチワサボテンみたいに怒る〟らしい。

「でも、あたしたちには怒らない」ルイーサは例の猫を逆さの向きに撫でながら言った。「いらいらさせる人たちにだけ怒るの」

「自分が何か忘れたときもだよ」イサエルが言った。「おばあちゃんは忘れるのが嫌いなのに、いろんなことを忘れるんだ」

　ルイーサは手を伸ばしてイサエルをつねった。「人の悪口を言っちゃいけないんでしょう?」

「あらら、でも、つねっちゃだめよ」わたしは言った。イサエルはルイーサに向かってしかめ面をした。「おばあちゃんの家族のこと、もっと教えて」わたしはイサエルの膝のルイーサにつねられた箇所をさすってやった。

「グエリータの家族はここに最初に来た人たちなんだ」彼は妹をにらみながら、ゆっくりと言った。「今建ってる家はほとんどその人たちが造ったんだってさ。この家は大伯父さんが自分で建てたんだよ。それからね、この町にムーン・マウンテンのそばの林にある特別な木の名前をつけたんだ。グエリータがそれはヒーリング・ツリーで、その林にいっぱいあって、近くにはいい草もいっぱい生えてるって言ってた」

「グエリータって?」

　ルイーサがエヴァ・ポシダスの家のほうを指した。「おばあちゃんのことよ」

「おばあちゃんは〝アブエリータ〟じゃないの?」

「そうよ。どっちもおばあちゃんなの」ルイーサが説明した。

「そう」わたしは納得した顔でうなずいた。「それで、ムーン・マウンテンはどこにあるの？」

イサエルは西の方角へ手をやった。「あっちだよ。ぼくは二回行ったことがある。それが歌うのも一回聴いた」

「山が歌うの？」

イサエルは不思議そうにわたしを見た。「ときどきね。サリータって、変なことに驚くんだね」

わたしは頭を少し下げ、ぞっとしたふりをして言った。「そういう話は初めて聞いたからよ、イサエル」

「悪いこと？」

「いいえ」彼を安心させた。「面白いわ」

彼は具体的にどこが面白いのか少しのあいだ考えてから言った。「木があるんだ。歌う木なんだ」

「ほんと？　どんな歌？」

イサエルはゆっくりと首を振った。「歌詞はないんだ」

彼は一方の肩をすくめた。「ただ歌うんだ。実際に聴いたら信じるよ」

「おばあちゃんがあたしたちに教えてくれたの」ルイーサが言った。「自分はクランデラ（治療師）だって」

「そう。クランデラって何をするの？」

「どんな痛みも消しちゃうの」ルイーサは答えた。「おばあちゃんが誰かの頭の上で卵を一つ割ると」ルイーサは手をぱんと叩いた。「その人の痛みはなくなるの。あたしも大きくなったらクランデラになるんだ。おばあちゃんにそう言われたもん」

「それには痛みにあっちへ行ってくれってお願いしなくちゃいけないんだ」イサエルが言った。「頼まなくちゃいけないんだ」

「そうなの」わたしは真面目な表情を崩さずにうなずいた。

わたしは彼らの神話や伝説が好きだった。名前もすてきだと思った。ルイーサ、イサエル、エヴァ・ポシダス、マリセラ、ホセ——舌の上でチョコレートがとろけるような味わいがある。彼らがわたしを隣人としてすんなり受け入れてくれ、わたしが誰でどこから来たか一切訊かないこともありがたかった。誰もが寛容で親切で、わたしが通りかかると会釈したり手を上げたりした。彼らの顔はすぐに覚えた。町民の半分が縁続きだった。人々が質素に暮らすその町は悲劇も犯罪もなく、だいたいいつも静かで、時折わたしの家の裏でダートバイクやオフロード車が山道を走り回ったり、金曜日か土曜日の夜遅くにティーンエイジャーたちの車が大音量の音楽を流して通り過ぎる程度だった。たまに喧嘩が起こったが、ほとんどは口論だった。イサエルから、夜外出するときはヘビとクマに気をつけてと注意された。

通りをはさんだ向かいの、背の高い松の木の下に建つ家に、いつも前庭の古ぼけたベンチに腰かけている老人と、彼の奥さんか娘さんか、おそらくは妹さんと思われる女性が住んでいた。彼女もわたしに食べ物を持って来た——コーンブレッドや、味のない煮すぎた豆とトマトの料理を。彼女はためらいがちにちらっとほほえんで料理を渡すだけで、あまりしゃべらなかった。「あの人が迷惑だったら言ってくださいね」彼女は通りの向こうを曖昧に示した。「ときどき騒ぐかもしれないから」

その老人がどうしてわたしの迷惑になるのか、さっぱりわからなかった。彼はただ坐っているだけだ。禿げ頭は赤褐色のしみに覆われ、中にはコイン大のものもあった。薄青色の目は、作り物めいたふさふさの眉の下に隠れていた。ときどき頭を動かすか、身体の前に立てている杖を握り直す以外はじっとしていた。しょっちゅうわたしのほうを見た。初めのうち、わたしはベランダに出るたびそれが気になったが、どうやら彼はわたしを見ているのではないらしかった。朝夕、仕事に行くときと帰宅するときに彼に手を振ったが、一度も反応がなかった。彼が目を見開き、当惑の表情を浮かべたように見えたのは、たぶんわたしの気のせいだろう。彼の冷静沈着ぶりは揺らがなかった。ルイーサとイサエルは、彼は天使と話をしているのだと言った。

「天使を信じる?」イサエルが訊いた。

「ええ」わたしは答えた。

ルイーサは眉をひそめて、わたしの膝をぽんと叩いた。

「もっと信じなくちゃ」

「そうね、がんばるわ」わたしは彼女の不安げな表情を消したくて言った。

あの軽トラックの男性は町でよく見かけ、顔が合うと互いに軽く会釈した。彼のトラックはエヴァ・ポシダスの家の前にしょっちゅう停まっていた。ルイーサとイサエルによると、彼は二人の母親のいとこのエンリケで、コヨーテやラバやシカ、リス、クマを捕まえるそうだ。

「ときどき」ルイーサはわたしの膝の上で身体をこわばらせ、声をひそめて言った。「ラットまで！」

「ピューマも一度あったよ」イサエルが誇らしげに言った。

「食べるために？」わたしが訊くと、二人はきょとんとした。

「政府のためだよ」イサエルが言った。

数週間後、彼は州の動物管理局員をしているとマリセラから知らされた。彼がそういう職に就いたいきさつを彼女に尋ねると、彼女は珍しく真面目くさった顔で言った。

「人は誰でも何かの才能を持ってるわ。彼の才能はそれなのよ」

「動物を見つける才能？」

「迷子を見つける才能」彼女は言った。

「ピューマやラットやクマは道に迷うの？」わたしは訊いた。

「すべてのものが遅かれ早かれ道に迷うわ」彼女はそう答えて、話題を変えた。

彼の手や、屈託のない笑顔や、触れてくれと言っているような目尻の優しいしわのことを考え始めてしまうと、わたしは大量のビールを飲むか、庭で水の出ているホースを持ってルイーサやイサエルと追いかけっこをした。

実際には考える気力はあまりなく、毎日をただなんとなく過ごすことに満足していた。

窓を開けたまま寝るのがすぐに気に入って、生温かい柔らかな夜風に深い眠りへ誘われたが、しばしば午前二時から三時頃に突然目が覚め、何週間も前に逃亡に駆り立てられたときのように心臓が停まりそうになった。毎回、例のささやき声に恐れつつもあこがれ、そこへ近づこうとしたが、目が覚めると部屋は静かで空っぽで、木々のこすれ合う音と、何かがたった今出て行ったという感覚しか残っていなかった。

そうなるともう眠れないので、車に乗ってライトをつけずにそっと車回しを進む。通りへ出ると、アクセルを踏むと同時にライトをつけ、猛スピードで飛ばす。ダッシュボードの緑色の光が心地よく、風とタイヤの規則正しいハミングがわたしがいた場所の痕跡を消していく。夜のパトロール、銃、簡潔な指令、タイヤの悲鳴、路上の足音。両手を広げて後ろ向きに川へ落ちた男。乾いてひりひりする目、疲労と古い煙草の臭い。ドアに群がるハエ。夜遅くまで濁ったオレンジ色の炎を噴き上げる製油所。コーヒーとアドレナリンによる陶酔感。巨大な金属の怪獣のごとくそびえるビル街をくねくねと縫う、ヘビのような黒い道路。何時間もまやかしの夜明けを演出するピンクのハロゲン灯。

大声で叫び、自分の声と息と喉の引き裂かれるような痛みで、視覚や嗅覚や思考を抹消した夜もある。車を道路脇の暖かい暗闇へ突っ込ませたい誘惑や、正体不明の追跡者に屈したい誘惑と戯れた夜もある。

曙光が訪れた直後に丘の頂上へ達したときは、眼前に広がる大きな光る亀のような町に思わず急ブレーキを踏んだ。自分が今までしてきたことの強烈さにぞっとし、ハンドルに頭を押しつけた。顔を上げると、手が下りて来た。この土地で最初の晩に夢で見た半透明の手が、五つも八つも、わたしの車のまわりで後ろからの光に扇がれて浮遊していた。

どうやって家に帰り着いたのかは覚えていない。気がついたときには家の入口に立っていた。あの灰色猫がまばたきもせずわたしを見ていて、木々のてっぺんに陽光が注ぎ、再び何かが出て行ったばかりの感覚があった。

どこへ行けばいいのかわかっていれば、もう一度逃げ出しただろう。

その町へ来てから二カ月後の夕方、日没前で空はまだ明るく、わたしがペニー・フェイスと名づけた向かいの家の老人といつものにらめっこをしていたとき、薄茶色の車がゆっくりとやって来て、わたしの家の前で停まった。毛づくろい中だった灰色猫は片脚を上げたままの姿勢でぴたりと止まった。わたしはぎょっとはしなかったが、はっとした。遅かれ早かれ、こうなることはわかっていた。もちろん遅いほうを望んでいたが。予期していても、現実への準備ができていたわけではない。過去はわたしを捜し出した。とてつもなく激しい怒りをおぼえた。その瞬間まで、わたしは自分が本気で隠れているとは認めていなかったのだ。

郡保安官助手は車から降りて帽子をかぶり、手に持った紙切れを確認してから、玄関へやって来た。わたしは近所の視線を感じながら煙草を口から抜き、彼を出迎えるため踏み段を下りた。

彼がどうするつもりかはわかっていたので、協力して彼の向こう側へ行き、彼が通りとわたしの玄関を同時に見渡せるようにしてあげた。そして彼に、ええ、そうです、サラ・ジェフリーズです、と認めた。

「一緒に住んでいる人は?」

「猫です」わたしはうずくまって尻尾をなめている猫を指した。保安官助手は面白くもなんともないという顔つきだった。

「あなたのことを心配している人がいます。この連絡先を渡してほしいと頼まれました」彼は言った。いかにも警官らしい人だ。年功袖章から、長くこの仕事をやっていることがわかった。

「心配している人」わたしは言った。

「そうです、この人です」彼はグウェン・スチュワートと書いてある紙切れをわたしに渡した。輪郭から彼がシャツの下に防弾チョッキを着ているのがわかり、胸ポケットが不自然に四角く盛り上がっていた。

「それで、あなたは彼女にどう伝えるんですか?」

「は?」

「彼女と連絡を取るんでしょう?」わたしは彼に合わせて無表情で言った。

「あなたを見つけて接触した、と知らせることになります」

「わかりました」わたしは地面を見下ろしてから再び彼を見た。「社会保障番号ですか?」

「えっ?」

彼はよそよそしくて軽蔑的な、地位と権力の副産物ともいえる態度だった。わたしも同じ任務を与えられたら不機嫌だったろう。わたしたちはこういうのを雑用と呼んでいた。

「彼女はどうやってわたしの居所を知ったんですか？　社会保障番号？　クレジットカードは使ってませんから。もしかして身元照会したんですか？」

「知りません。わたしはただ、このメッセージを届けるよう言われただけです」彼の両手はガンベルトに軽く置かれていた。わたしはその動作が意味するものも知っていた。

「本当かしら。だって警察は」わたしはゆっくりと強調した。「一般市民にわざわざメッセージを届けたりしないでしょう？　人が死んだ場合や緊急事態以外は」わたしは紙切れを彼に返した。「わたしは一般市民ですよ。しかもこれは緊急事態じゃありません。彼女にメッセージは受け取ったと伝えてください。それから、元気にしてる、申し訳なく思ってる、でも二度と連絡しないでほしい。ここにも嫌がらせ防止法があるはずだから、相手が警官だろうと告訴するときは告訴する。わたしがそう言っていたと彼女に伝えてください」

保安官助手は唇を固く結んでわたしを見た。目はサングラスに隠れて見えないが、彼が考えていることはおおよそ見当がつく。〝まったく面倒な女だ。うんざりする。このくそ女め。同性愛者じゃないのか？〟まあ、だいたいそんなところだろうが、バリエーションは他にいくらでもある。彼は事務所へ戻ったら、今日会って来た感じの悪いがみがみ女のことを同僚たちに話すだろう。同僚たちは首を振って、自分が知っている厄介な女の話を持ち出し、彼女たちを冷たい女と蔑むだろう。そういったことが、わたしには瞬時にわかった。

だが一応、彼の名誉のために言っておくと、わたしも彼と同じことをすると思う。彼は背を向けて踏み段の一番下に紙切れを置き、その上に石をのせた。それから黙ってわたしの横を通り過ぎ、車へ戻って行った。わたしは家のほうを向いたまま、彼が走り去る音を聞いた。

犬が数匹吠え、夜の到来とともに吹くいつもの控えめで不思議なそよ風が木々をさらさら鳴らしているのを除けば、あたりは静かだった。わたしがまだ家のほうを向いて立っていると、小さな影が近づいて来て、わたしの影とくっついた。わたしはしゃがんでルイーサにほほえみかけた。

「サリータ、困ってるの？」彼女は額に小さな深いしわを寄せて、ささやいた。

「いいえ」

「前におまわりさんが来たとき、ヘンリーを連れてったの。ヴェロニカと赤ちゃんが死んだあと」彼女は髪を唇に当ててひねりながら、そばに寄らないと聞こえないほど小さな声で言った。

「ヘンリーって誰のこと？」わたしは優しく尋ね、片手を伸ばして彼女が髪をひねるのをやめさせた。

「エンリケ」彼女は当然の口調で答え、通りの向こうを指した。

イサエルがルイーサの横から現われた。「何かあったんでしょ？」彼は丸い顔に大人びた深刻な表情を浮かべていた。

わたしはため息をついた。「いいえ、さっきのはおまわりさんのまちがい。心配しないで」

「警察って迷惑だね」イサエルは力をこめて言った。

「そういうときもあるわね」わたしは言った。

わたしは立ち上がって、通りのほうへ半分振り向き、顔を上げた。みんながわたしを見ていた。例の軽トラックの人も。

「あれがヘンリー？」わたしがルイーサに訊くと、彼女はうなずいた。

ヘンリーは両腕をぶらんと下ろして、トラックの荷台にもたれていた。わたしと目が合うと身体を起こし、通りを渡って来そうなそぶりだったので、わたしはとっさに大きく手を振って家の中へ入った。そのまま裏口から外へ出て、あたりが夜の闇に包まれるまで岩を眺めた。

手紙が届いたのは二週間後だった。返信の宛先はなく、スパイラルノートから破り取って折りたたんだ紙には署名もなかったが、筆跡から差出人はわかった。何年も見てきた字、グウェンのトレードマークである斜めの大文字だ。書き出しの挨拶文はなく、要点が短くしたためられていた。

〝手と前腕がパールリバーの十七マイル下流で見つかった。検死官はワニにやられたと言っている。他に証拠はなし。捜査は終了。いったい何やってるの？　帰って来なさい〟

帰る。わたしはその言葉を長いこと見つめた。

三日後、わたしは一つ向こうの町のエサイ金物店で、スコップと粘着テープと大きな茶色い防水シートを買った。午前二時少し過ぎ、車回しを出た。ひっそりと静まり返った通りを南へ三十分走ってから、自分の配送ルート上の古い土の道路へ入った。入口付近には未舗装の車回しがいくつか並んでいた。ヘッドライトを消してさらに数マイル進むと、徐々にあたりが寂しくなり、やがて山になりそこねた丘のふもとで道が途絶えた。わたしは車を降りて、防水シートをゆっくりと慎重に地面に広げた。まずはイサカのポンプ式ショットガン、銃身四インチのスミス・アンド・ウェッスン三八口径、銃身三インチの三五七マグナムを、それぞれ弾を抜き取ってから防水シートに置いた。次は乾電池五個型懐中電灯、防弾チョッキ、署記章、名札。警察バッジもてのひらにのせてしばらく見つめたあと、そっと置いた。弾はビニール袋に入れてジーンズの後ろのポケットに突っ込んだ。最後に粘着テープを防水シートに何重にも巻きつけた。

木々は緑というより銀と黒に近く、針の形をした松葉が絶え間なく揺れていた。遠くでフクロウが鳴いていた。月は夜空高く浮かび、表面の傷やしわがくっきりと見えた。空気は澄み渡り、葉と土の香りがほのかに漂っていた。わたしはすぐに暗闇に目が慣れ、スコップと防水シートを担いですいすい進み、五百ヤードほど先の林へ入った。そこからは頭を引っ込めて枝をよけながら樹間を縫って行き、左肩にのせた荷物がずっしりと重かった。

地面は思っていたより固かったが、着々と掘り進めた。すぐに汗まみれになり、呼吸が荒くなった。暗闇の中で筋肉を酷使して穴を掘り、徐々に大きくなっていく土の山を見るのは気持ちよかった。夜はクマが出る、ヘンリーはピューマを狩ったことがある、とイサエルが言っていたのを思い出し、作業を中断して耳を澄ました。かさこそいう音が遠ざかったあともしばらく立ちすくみ、選択や運命や仮定になびきそうな思考を頭から追い払いながら、心臓の鼓動が普通のリズムに戻るのを待った。

穴を二つ掘った。小さな穴には弾丸を入れ、そこから五十フィート離れた地点のもっと大きくて深い穴には、防水シートの包みを入れた。そのあと穴の縁に坐って煙草をふかし、地面で踊る木々の影法師を煙草が燃え尽きるまで眺めた。それから二つの穴にてきぱきと土をかぶせ、表面をハイキングブーツの足で踏み固め、松などの落ち葉で穴の輪郭を隠した。大きめの石をいくつか探して来て、大きいほうの穴の上に浅く埋めた。

終わったときには両手がずきずきしていた。まめが右手の親指に一つ、てのひらに二つでき、赤土がブーツやジーンズや腕やシャツにこびりついていた。わたしは地面に視線を落としたあと、すぐに木々のあいだの空を見上げて言った。「終わったわ」

聞こえるのは風のかすかな息づかいと自分の胸の鼓動だけで、返事はなかった。

秋がおずおずと訪れた。夜は涼しくなり、そよ風が少し変わって、どことなくそれまでとはちがう匂いがした。近所は笑い声や音楽でにぎやかになり、わたしの家の裏ではダートバイクが頻繁に走るようになった。犬たちは元気よく歩き回って、嬉しいときや興奮したとき以外はもうあえがなくなった。ペニー・フェイスは日が沈んだあと、よれよれの緑色のスウェットシャツを着た。彼の奥さんだかお母さんだか妹さんだかがそれを持って来て、少し手荒に彼の頭にかぶせた。例の猫は夜になると長いあいだどこかへ消えた。ふと目が覚めると、暗闇の中でベッドの隅から猫の光る目がわたしを見ていた。猫はそのままそこで眠ったが、身体を丸めも伸ばしもせず、わたしが動いたらいつでも逃げられるよう背中を曲げて坐っていた。

イサエルとルイーサは相変わらず毎晩やって来た。イサエルには多少身構えたところがあったが、ルイーサは何もかもわたしにさらけ出したがっているふうだった。彼女を見ていると、以前かわいがっていたピーコックという名の大きなローデシアン・リッジバックを思い出した。ルイーサはあの犬ほど大きくはないし、なめる癖もないが、よくわたしの顔に口を近づけて、ひそひそ話をした。質問や意見や、意味のない冗談を。

「サリータ、どうして」彼女はある晩言った。「そんなにトリステなの？」彼女の指が小さなトカゲのようにわたしの腕を這った。太陽が木より低くなった時刻で、イサエルはそばに坐ってビー玉を玄関のドアへ転がし、それを見つめる猫を観察していた。

「トリステ？」ルイーサの表情からすると、わたしの発音はあまりよくなかったようだ。

「悲しいっていう意味」

「あら、どうしてそんなふうに思ったの？」わたしは彼女の脇腹を突ついた。いつもならそこからくすぐりっこが始まるのに、彼女はぐずるように身体をねじって、土と猫の毛がこびりついた指でわたしの頬を強く押した。「いたっ」わたしは思わず声を上げた。

「ここでわかるの」彼女はわたしのもう片方の頬も押した。「ここでも」次は額だった。「ここでも」そのあとは唇。

「ここでも。だって、への字になってるもん」

わたしは大げさににっこりして見せた。「わたしは幸せよ。ほら、見て。こんなに笑ってるでしょう？」それから普通の笑顔になって、顔の筋肉を気持ちよく伸ばした。

猫がとうとうビー玉に飛びかかると、ビー玉はベランダへころころ転がって行き、猫はそれを追いかけた。

「木はそう言ってない」ルイーサはわたしの膝の上に腕と上半身をのせた。

「木のお告げ？　どの木と話したのか知らないけど、その木はまちがったことを言ってるわ」わたしはもう一度、彼女の脇腹を突ついた。

彼女はきゃっと叫んで、不服そうに顔をしかめた。「木はまちがわない！」

「おばあちゃんが、木はなんでも知ってる、あなたは悲しんでるって言ってるよ」イサエルはわたしに真ん丸いつるつるの小石を手渡そうとするかのように慎重に言った。

「あなたが銃を持ってるのは、悲しみを追い払うためだって」

　わたしはため息をついて首を振った。また木とおまじないか、と思った。だがイサエルは妹とは多くの面で正反対で、もっと冷静で真面目で用心深い。彼の言ったことにはきちんと答えたほうがいい。「わたしは悲しんでないわ」と彼に言った。「それに、銃は悲しみを呼ぶことはあっても、追い払うことはないわ」

「あなたは警官《ラ・ポリシア》だったの？」

　わたしはうなずいた。「以前はね。ここからずっと遠く離れた場所で」

「なんていう場所？」ルイーサが訊いた。

「ルイジアナ州」

「ルイジアナ？」彼女は吹き出した。「変わった名前」

「銃はあなたを悲しませた？」イサエルはわたしを注意深く見つめた。

「ときどきね」

「パパはシカを殺すのに銃を使うよ」

「それとはちがうの」わたしは言った。「それはシカを食べるためでしょう？」

「怖かった？」ルイーサは小さなかすれ声で訊いた。「銃を持って、警官をしてたとき」

　わたしは二人を見た。彼らは汚れた無傷ですべすべの身体を硬くして、大きい静かな瞳に好奇心をたたえていた。

「いいえ」わたしは嘘をついた。

　その晩、また夢にあの手たちが現われた。今回は宙に浮かんで林をすいすい通り抜け、金色の葉っぱの中で激しい祝いのダンスを踊った。指とてのひらがまとった水色のリボンが、何度も静かにくるくる回った。その上に、縁がほんのり白い深くて茶色い目がいくつも漂っていた。目は優しく、我慢強そうだった。やがて低いうめき声が聞こえ、次第に高く大きくなった。鳴き声とため息の中間のような音で、手たちを追いかけているみたいだった。それはさらに大きくなっていき、やがてわたしはそれが夢の外から聞こえていることに気づいた。

　目を開けて起き上がった瞬間、裏口に近い壁の上隅で何かが動いたように見えた。まばたきすると、ごちゃ混ぜの点は消えた。たぶん月と闇のいたずらだろう。だが壁はまだ盛り上がったり沈んだりしていた。音は外から聞こえた。それは現実のものだった。

ペニー・フェイスが吠えていた。左手の杖に寄りかかって、いつものベンチの前に立ち、右手をクモの巣を払いのけるように動かしている。喉の皮膚がぴんと張るほど頭をのけぞらせ、夜空に向かって長く苦しげに叫んでいる。

わたしは急いでTシャツとジーンズに着替え、岩と松ぼっくりにつまずきながら道を渡った。彼に近づくにつれ、わたしの脳のあらゆる空洞に彼の苦悶の声が入り込み、まるで小さな拳骨で殴られているようだった。彼の母親だか妻だか妹だかが、彼の後ろに立って腰をさすっていた。少女じみたラベンダー色とピンク色の、地面にひきずるほど長いガウンを着ている。とても苦しそうなので、わたしは一瞬、老人よりも彼女のほうが心配になった。老人が息を吸うためいったん黙り、遠くの飛行機のエンジンのような音で肺に空気を満たしたとき、彼女はわたしに言った。

「ごめんなさい。ときどきこうなるの」彼女の顔はしわくちゃのティッシュペーパーのようで、深いしわが縦横に刻まれていた。

「どうやって止めるの?」わたしが訊くと、彼女が答える前に老人は再び叫び出した。わたしはその声の中に恍惚とした歓喜を聴き、自分も一緒に参加したくなった。

やがて他の人々がまわりに集まって来て、ペニー・フェイスの腕や肩や背中や胸に手を差し伸べた。マリセラと彼女の夫のホセがいた。エヴァ・ポシダスは厳かな表情で、三つ編みにした髪を大きな胸に垂らし、スペイン語で穏やかにささやきかけた。近所に住む、力仕事をしているらしいたくましい体格の二人の男性もいた。四軒先の痩せこけた少女も母親と一緒に来ていた。わたしの横では、ヘンリーががっしりした身体から肥料と松の混ざった匂いをかすかに放っていた。全員がペニー・フェイスの身体にてのひらを押し当てていた。

わたしはそれに加わらなかった。時間が止まって、彼の声に飲み込まれたように感じながら、目と耳を働かせていた。ようやく咆哮の勢いが衰え、かすれた浅いあえぎ声に変わると、彼は目を閉じ、身体が今にも倒れそうなほど横に揺れた。

エヴァ・ポシダスはわたしを見て「心配ないよ、サリータ」と言ってから、何かスペイン語でつけ加え、ペニー・フェイスの片腕をつかんだ。もう一方の腕をホセがつかんで、二人で老人を家の中へ連れて行った。彼の母だか妻だか妹だかが、ガウンを地面に引きずりながら、のろのろとあとに続いた。他の人々はさっといなくなり、彼らの足音が暗闇に小さく響いた。

「甘い苦しみ」わたしは頭がまだ彼の声でいっぱいのまま、つぶやいた。

「しょっちゅうあることじゃない」背後で男性の静かな鼻にかかった声が聞こえ、わたしはぎくりとして振り向いた。

「おっと、落ち着け」ヘンリーはてのひらをわたしに向けて言った。「おれだよ」

わたしは握りこぶしをゆるめ、両手を下ろした。

「きみはすぐびっくりするんだね」彼は裸足で、胸も裸だ。腹部に傷が何本も走り、一本は右の上腕まで続いている。贅肉はまったくない。彼はにやりとした。「短い髪、似合ってるよ」

わたしは髪にさわろうと手を上げかけ、途中で止めた。

「あなたって、思ったことをなんでも口にするのね」

彼は口をわずかに開けて小首を傾げ、目尻に笑いじわを浮かべた。「そうかもしれない。エヴァおばさんにも前に注意されたことがある」彼はジーンズのポケットに両手を突っ込み、かかとに体重をのせて身体を後ろへ小さく倒した。「ついでにもう一つ聞いてくれ。親切心で言うんだが、硬い殻はきみに似合わない」

「わたしのことなんか何も知らないくせに」わたしは言い返した。

彼は喉の奥で笑った。「観察からいろいろわかる」

「偉そうに——」

「ちょっと待った」彼は目で笑い、数歩下がった。「きみはいつもそんなに身構えてるのかい?」

なぜかそのとき、ドリス・ホワイトヘッドの茶目っ気のある笑顔が思い浮かんだ。わたしは両手を左右の腋の下に差し込んだ。「あなたはいつもそんなに馴れ馴れしいの？」

「なんだって？」

「あなたはわたしをわかったつもりになって、分析しようというわけね」

彼は考える顔つきでわたしをじっと見た。わたしが目をそらすまいと必死に耐えていると、彼はやっと口を開いた。

「じゃあ、きみに謝らないといけないかな。ここは小さな町だ。おれたちは観察し合うことに慣れてる」

「わたしは彼とはちがうわ」わたしはペニー・フェイスの家を身振りで示した。「面倒をみてもらう必要はないの」

「おれたちは互いに面倒をみあう必要があるんだ、サラ・ジェフリーズ」彼が不意に見せた哀れみ深い微笑と、思いに沈んだ真剣な表情に、わたしは思わず熱い涙がこみあげた。

「いいかげんにして」わたしはぷいと背を向け、通りを渡って自分の家へ戻った——彼にフルネームを知られていること、彼との会話の内容、彼に惹かれていること、ペニー・フェイスとさっきのわめき声、この町、自分の人生、それらすべてに動揺しながら。

灰色猫はわたしの家の開いた玄関に坐っていて、わたしが踏み段をのぼって行くと、上半身だけよけて低く鳴いた。わたしがスクリーンドアを開けて、床を足で踏み鳴らすと、猫は家の中へすばやく入った。わたしはドアを勢いよく閉め、猫と一緒に憤然と部屋の隅へ行った。

「いったいどうしたっていうの」わたしは自分に言ってベッドに脚を組んで坐り、煙草に火をつけた。それから、猫の長く突き出た肩と腰骨を見つめた。うっとうしくて、不従順で、気まぐれ。可愛げが全然ない。

わたしはベッドに横たわって目を閉じ、何も考えまいとしたが、ヘンリーの微笑が脳裏の隅々にちらついた。遠い過去に思える場所からドリス・ホワイトヘッドの言葉がよみがえった。〝ボーイフレンドをしょっちゅう混乱させてるんでしょう？〟

うるさいわね、ドリス。わたしは指を耳の穴に突っ込んで、目をぎゅっと閉じ、記憶を強引に押しのけた。喉の奥でうなって、二週間後の日付で辞表を出したとグウェンに告げたときの彼女の呆然とした顔をかき消そうとした。「いつかはこうなると思ってたよ。きみはぼくから去ってしまうと」というリッキーの静かな声、「これでもう、わたしたちは何も心配しなくていいのよ」というドリス・ホワイトヘッドの冷酷な声、そしてヴィンスの死後、夜な夜なわたしの眠りを妨げた静かなささやき声を忘れようとした。

さらに大きな声でうなって、目の前で白い斑点が踊り始めると、ペニー・フェイスの遠吠えが突然わたしの声の下でかすかにこだまし、奇妙な鋭い音色を作り出した。わたしははっと口をつぐんだ。これがイサエルとルイーサが言っていた天使との会話だろうか？　もしそうなら、楽しい会話ではない。たぶんあの老人にとってもそうだったろう。天使は同情心などこれっぽっちもなく、わたしたちを見下しているのだ。栄光や恵みや赦しなど決して与えてくれず、わたしたちのくだらない生き方と罪とぼろぼろの魂を、絶望しながら嘆いているのだ。

九月の終わり、わたしの前任者が職場に復帰することになった。上司のオフィスへ呼ばれたとき、わたしは自分の勤務はせいぜいあと一、二週間だろうと思っていた。ところが意外にも、年内いっぱい働いてほしいと言われた。わたしは迷わず応じた。エヴァ・ポシダスに家をもう三、四カ月借りたいと言うと、彼女はわたしの頬を軽く叩いて答えた。「それがいいよ、娘さん」

気候が涼しくなったうえ身体も多少暑さに慣れたのだろう、掃除の欲求が猛然と湧き起こった。それまでのわたしは、ぴかぴかのカウンターや清潔な床にはこだわらなかったし、たまった埃や汚れた窓やすすけた壁もあまり気にならなかった。ところが、急にその家をきれいにしたくてたまらなくなった。土曜日の朝早く起きて、地元の食料雑貨店へ行き、モップ、バケツ、ほうき、スポンジ、剛毛ブラシ、ビニール手袋、大量の洗剤を買い込んだ。

バケツに湯を張ったところへ、エヴァ・ポシダスが一握りのローズマリーを持って戸口に現われた。「これ、いい匂い」彼女は手をわたしの鼻へ近づけた。「こうやって」両手で葉をすり潰した。「ヴェンタナに置くんだよ」葉を窓敷居の上にばらまいた。「そうすればきれいに取り除ける」

「ありがとう、エヴァおばさん」ローズマリーで何を取り除けるんだろうと考えながら、わたしは礼を言った。

彼女は片手を腰に当てて部屋の真ん中に立ち、あたりをじっくり眺め渡した。わたしはそれを緊張して見守った。彼女と一緒にいると、一歩先を越されている気がして居心地が悪い。何で先を越されているのかはわからないが。一瞬、彼女はイサエルに似ていると思った。「ここを塗っておくれ。ピンタ、えっと、ペンキで。きれいな色がいい。あんたの好きな色でいい」

掃除という単純作業には、目の前のことだけに打ち込むという美点がある。最小限の努力で最大限の成果を得られる、進み続けるべき正道だ。銃や制服の手入れもそうだろう。一番いい道具を買って、必要と思う以上にまめに手入れする。三ヵ月ごとに銃弾を取り替え、豚毛の歯ブラシを使う。安物の銃掃除キットは買わない。良質のガンオイルと亜麻布に大金をはたく。古いTシャツで――まちがってもペーパータオルなど使わない――靴の泥汚れを拭き取ってから綿のボロ布で皮革専用石けんを塗り、そのあと靴墨に自分の唾液を混ぜ、それを柔らかい高級ブラシで靴全体にまんべんなくのばし、ぴかぴかに磨き上げる。真鍮磨き剤をほんの少しだけ――多いと緑色になってしまう――上着のボタンや、バッジや、名札や、優秀射撃手章や、署記章につける。没頭すれば時間を忘れる。自分も忘れる。自分がただ作業するだけの存在に感じられる。

その週末、わたしはただ作業するだけの存在だった。丈夫なスポンジで家の隅々までこすった。壁、天井、窓とドアの枠、木の床、すべての蛇口や栓や照明器具を。窓ガラスは母が昔やっていたのを思い出して新聞紙で拭いた。夜遅くまでやり、日曜日にすべてが終わると、満足感に笑みがこぼれた。その夜は熱い風呂にゆっくり浸かって、ぐっすり眠った。ささやき声を聞くことも、はっと目が覚めることも、夢を見ることもなかった。月曜日の朝、仕事に行く準備をしていると、灰色猫が戻って来た。猫は尻尾を後ろへぴんと伸ばし、鼻をひくひくさせながら床を用心深く横切った。

「気をつけてよ」猫に忠告した。「あんたをお風呂に入れたくなるかもしれないから」

次の金曜日、マリセラに断わってイサエルとルイーサをエサイ金物店へ連れて行き、ペンキ選びを手伝ってもらった。壁には明るい黄色、壁を上下に仕切るトリムには落ち着いた白を選んだ。それから「キッチンは楽しい場所でなくちゃ。だから赤がいい」というルイーサの意見で、トマト色のペンキも少し買った。わたしはその晩遅くまで、ホセに借りた梯子を使って床板と窓にマスキングテープを貼り、夜明け近くになってから深い眠りについた。

朝七時、ルイーサとイサエルが手伝いに来た。だが八時にはもうルイーサが飽きて黄色いペンキだらけになり、九時にはイサエルがどこかへふらりと出て行った。わたしは正午までに三面の壁を塗り終えたが、手首と肩がずきずき痛んだ。

フライパンを温めてトルティーヤを三枚焼き、ところどころ膨らんで焦げ目がついたところで一斉にひっくり返し、白いアサデロチーズと青唐辛子の細切れをのせた。最後にトルティーヤを丸めて皿に移すと、冷蔵庫からビールを一本出し、裏口の外の踏み段に坐って食べた。チーズを顎に垂らして、ビールで唐辛子の辛さを消しながら。例の猫がどこからか出て来て、わたしが食べ終わった皿を念入りになめた。

その日はすばらしいお天気で、からりと晴れて空には一点の雲もなく、わたしは達成感と心地よい疲労感に酔った。コンクリートの上に横たわって日光浴しながら、うとうとし始めた。すると家の裏のダートバイクの音と、近所のどこかの芝刈り機の音にはっと目が覚めた。

なぜ我に返ったのかはわからない。とにかく突然自分の体内に戻り、自分の皮膚と高まる胸の鼓動と興奮を意識した。がばと跳ね起きて、強い日差しに目をしばたたいた。それから喉をこわばらせ、正体はまだわからないが何か変だと確信して立ち上がった。

イサエルが家の裏の小高い丘の向こうから、うつむいて全速力で走って来た。顔を上げてわたしに気づくと、口を開いてあえぎながら、わたしの名前を三回呼んだ。

わたしは彼のもとへ駆け寄った。彼は顔に恐怖を浮かべ、手とシャツに血と土がついていた。わたしの身体の底から激しい不安が湧き起こった。

「ルイーサが」彼は言った。「怪我した」

「どこにいるの？」

ルイーサはもう一つ向こうの丘の、トレイルから少しはずれた谷にいた。頭が二つの岩のあいだにはさまり、片脚が草の茂みの上でありえない角度にねじ曲がっていた。

「ダートバイクのお兄さんたちが」イサエルは細く震える声で言った。「ぶつかって来たんだ」

「意識はあった？　目を開けた？　動いた？」わたしは彼女の脈を探った。止まっていた。

イサエルは首を振った。「ここに来ちゃいけなかったんだ」途中で声が涙で詰まった。

ルイーサは息もしていなかった。わたしはすばやく彼女の身体を調べ、脚の骨折箇所の深い傷と、後頭部のさらに深い傷を確認した。ただし頭をむやみに動かしてはならないので、どのくらいの深さと大きさかはわからなかった。少なくとも出血はあまりひどくない。まだ望みがある。彼女の頭の重みが内出血のせいでなければ。

「いいのよ」わたしはイサエルの腕をつかんで、こちらを向かせた。「あなたのせいじゃないわ。わかった？」彼はしゃくり上げながら、ゆっくりとうなずいた。「じゃあ、助けを呼びに行って。誰かに警察と救急車を呼んでもらったら、その人たちをここへ連れて来て」

「母さんと父さんは出かけてる」

「おばあちゃんか近所の人のところへ行きなさい。もし誰もいなかったら、あなたが自分で九一一にかけるの。自分の住所は言えるわね？　わかった？」

彼は今度はすばやくうなずき、身をひるがえして走り出した。

わたしはルイーサのそばにしゃがんで、手が傷つき、爪が裂けるのもかまわず三つの大きな岩をどかした。脚はそれほど出血していなかった。見たところ頭も同様だった。わたしは彼女の頭をこわごわ後ろへ傾けながら、彼女にこれ以上ダメージを与えませんように、植物人間にしてしまいませんように、と祈った。もちろん彼女が息を吹き返せばの話だが。

彼女の鼻をつまんで、彼女の口に自分の口を近づけた瞬間、人工呼吸の前に口腔内を調べなければならないことを思い出した。二本の指を中に入れて、気道をふさぐものは何もないことを確認したが、息を五回に胸の圧迫を二回だったか、息を二回に胸の圧迫を五回だったか迷った。自分の身体に残っている感触に記憶をたどった。

彼女の肺が小さいことを考慮し、短く静かに二回息を吹き込んだ。そのあと彼女の胸骨の上に両手を重ね、そこを浅く強く押した。

時間の感覚がなくなった。息が二回、圧迫が五回。わたしの背中と脚に日差しが照りつけ、腕と手がぬるぬるし、額と首を汗が伝い落ちた。彼女の口から胸へ移るたび、小さな岩がわたしの膝に食い込んだ。彼女の身体はとても小さかった。わたしは心肺蘇生法を子供に試みたことはなかった。知っている人間にもなかった。たいていは誰だか知らない暴力事件や交通事故の被害者で、一度はスズメバチに刺されてアレルギー性ショックを起こした人だった。それに、いつもそばに助けてくれる者、自分よりも経験豊富な者がいた。わたしは経験不足を自覚していた。息を二回、圧迫を五回。彼女の顎のそばかすと、左耳の下の小さな傷痕と、眉が片方はまっすぐで、もう片方はカーブしていることに初めて気づいた。なんて小さな胸なんだろう。わたしは背中と腕が痛み、手首がずきずきし、太腿が痙攣し始めた。あたりは暑くて汚れて埃っぽく、彼女は呼吸も心臓も止まっている。息を二回、圧迫を五回。

背後で物音がした。足を土に突っ込む音だ。だがわたしは手を止めなかった。

「サラ」ヘンリーの声だ。「どうすればいい?」

「心肺蘇生法を知ってる?」

「ああ」

「心臓マッサージをお願い。わたしが息を入れるから」

彼の両手がルイーサの胸の上に置かれた。わたしは一、二、三、四、五と数えてから、一、二と息を吹き込んだ。

「警察と救急車は?」わたしは彼の手の動きを凝視しつつ訊いた。顔を上げて彼の表情をうかがい、少しだけほっとした。

「来るよ」

「イサエルは?」

「エヴァと一緒に警察と救急車を待ってる」

わたしは黙ってルイーサの顔と胸と彼の手を見ながら、その共同作業を続けた。どのくらい経っただろう、やがてサイレンと人の声と足音が近づいて来た。

救急隊員と警官がそばに集まると、ヘンリーはわたしの両肩をつかんで立たせ、後ろへ下がらせた。わたしは彼から離れ、救急隊員たちの顔を見た。数週間前にうちへ来た保安官助手がいて、わたしに気づくと、そっけなくうなずいた。彼らはルイーサの頭に激しい出血がないか調べ、首に添え木を当て、身体を袋に包み、携帯式ストレッチャーに彼女を移した。わたしは彼らに自分の知っているわずかな事柄を伝えたが、考えてみれば彼らにわからないことがわたしにわかるはずない。

ストレッチャーのあとについて丘をよろよろと下りながら、わたしは自分が三つに分かれてしまった気がした。一つ目は肉体——手に心臓マッサージの、唇に彼女の唇の感触が残り、身体の筋肉があちこち痛み、おなかが焼ける空洞のようだった。二つ目は詳細事項を整理し、状況を判断する冷静なプロ意識。三つ目はずっと奥で吠えている別の自分。

病院——ずんぐりした長方形の、巨大な茶色いレンガの塊——は二十マイル離れた何もない場所にぽつんと建っていた。救急隊員たちは救急車の中で、ルイーサの心臓蘇生に成功した。マリセラとホセはすぐに病院へ駆けつけ、不安を閉じ込めた硬い面持ちで集中治療室へ入って行った。残りの親類や近所の者たちは、緑色のリノリウムの床に硬い椅子が置かれた冷たくて薄汚い部屋へ集まった。わたしたちはそこで待った。しゃべる者もいれば、わたしのように黙って壁を見つめるか天井のタイルを数えるかする者もいた。イサエルは始終わたしをちらちら見ていた。エヴァ・ポシダスは膝の上で両手を握りしめてスペイン語で何かつぶやきながら、じっと坐っていた。ヘンリーは室内を壁際に沿って歩き回っていた。そしてわたしは、自分は誤解していたのではないか、重大な過ちを犯したのではないかと不安に駆られていた。わたしにはルイーサとイサエルのお守をする義務があったのでは？　彼らの両親は、二人がわたしの家でペンキ塗りをしながら面倒をみてもらっていると思ったから、外出したのでは？

イサエルがトイレへ行くため部屋を出ると、ヘンリーは立ち止まってわたしの前へ来た。「ありがとう」

わたしははっとして彼を見上げた。「わたしが目を離したからいけないのよ」と小声で言った。

エヴァ・ポシダスが舌を鳴らした。「ロス・ニーニョス・エスタバン・コンミーゴ。ペルミティ・ケ・エリョス・フガラン・アフエラ。ナダ・エス・ス・クルパ。エリャ・ティエネ・ヌエストラス・グラシアス・ポル・エンコントラル・ア・ルイーサ」彼女はわたしの膝を一つ叩いてから再び両手を組み合わせ、自分の膝の上に押しつけた。

わたしはヘンリーを見た。

「とんでもない、と彼女は言ってる。きみのせいじゃないと」彼が通訳した。「二人は彼女と一緒にいることになっていて、外で遊んでいいと言ったのは彼女だった。きみがルイーサにしてくれたことに感謝しているそうだ」

「わたしは何もしてないわ」わたしはその老女の無頓着さと冷静さに憤りを感じながら、口の中でもぐもぐ言った。

ヘンリーの人差し指がわたしの腕に触れた。「きみはあそこにいてくれた。あの子を生き返らせようとしてくれた」

「ただそれだけよ」わたしは彼に触れられた部分をてのひらでさすった。

エヴァ・ポシダスは小さくふっと息を吐き、片手を空中で振ってから膝の上に戻した。「ア・サリータ・セ・ラ・エスタ・コミエンド・エル・テモル・イ・エリャ・ノ・プエーデ・エンコントラル・エン・シミスマ・エル・ペルドン・イ・テネル・エスペランザ。エリャ・ピエンサ・ケ・エンティエンデ・ムーチョ、ペロ・エリャ・サベ・ポコ。エリャ・ヌンカ・ヴィヴィラ・ビエン・アスタ・ケ・エンティエンダ・ケ・ナディエ・ロ・プエーデ・テネル・トード・オ・ロ・エンティエンデ・トード。エリャ・ピエンサ・ケ・エス・フエルテ、ペロ・エリャ・エス・デビル。ソロ・アル・アブラザル・ヌエストラ・デビリダド・ポデモス・セル・フエルテス」

わたしは自分の名前が出たとたんヘンリーを振り向いた。

「彼女はなんて言ったの？」

彼は廊下を戻って来るイサエルを見ていた。「きみはあきらめが早すぎるし、努力しすぎる」

「まあ！　わかったようなことを言って」イサエルがわたしの表情をうかがいながらそばに来たので、わたしはやんわりと非難した。それから彼に力なくほほえみかけた。

「大丈夫、イサエル。心配しないで」彼はうなずいたが、納得していないのは明らかだった。彼を責められない。わたしも自分の言葉を信じていなかった。

わたしは痛む身体でじりじりして坐ったまま、エヴァ・ポシダスの滔々とした長い言葉と、ヘンリーの短い訳について考えた。〝きみはあきらめが早すぎるし、努力しすぎる〟どういう意味だろう？　謎めいた逆説だ。それに、ヘンリーが訳さなかった部分はどういう内容なんだろう？

わたしがもうこれ以上は一分だってじっとしていられないと思った瞬間、ホセが廊下の向こうから、両手をポケットに突っ込んでやって来た。彼は駆け寄ったイサエルをきつく抱きしめたあと、立ち上がって皆にルイーサは一命を取り留めたと告げた。

心臓は動いているが、まだ自律呼吸はしていないらしい。脳波検査の結果、頭部の傷はさほど深くはないが、脳の周囲が大きく腫れていた。現在は昏睡状態で、今夜にも救急ヘリコプターでラスクルーゼスの大きな緊急外傷専門センターへ搬送されることになった。まだ望みはある、みんなで祈ろう、とホセは言った。

全員が彼のまわりに集まると、わたしは病院をそっとあとにした。太陽を見て面食らった。外はもう暗いと思っていた。

わたしの家のある通りは、ベンチに坐って何も見ないでいるペニー・フェイス以外、誰もいなかった。わたしは車を降りて道を渡り、なぜか彼のほうへ向かった。彼は近づいて来るわたしを目で追っているようだったが、光と影のいたずらでそう見えたのかもしれない。彼の目には理解力や知性はひとかけらもなかった。本人さえいなかった。わたしは彼の前にしゃがんだ。彼は口の端に唾の塊をこびりつかせ、わたしに以前出動した事件現場の湿った川の泥とゴキブリだらけのアパートを思い起こさせる体臭を放っていた。

「あなたは何を知ってるの、ペニー・フェイス?」わたしは静かに話しかけた。「何に追いかけられてるの?」

彼はうつろな青い潤んだ目で、ただわたしをじっと見た。

「ルイーサを知ってるでしょう? 向かいに住んでる小さな女の子。今日、怪我をしたの。ひどい怪我を。彼女はあなたが天使と話すと言ってたわ。でもわたしは、あなたは何か他のものを見てるんだと思う。そうでしょう?」わたしは彼の脛を軽く叩いた。

その瞬間、熱い感情が全身を駆け抜けた。わたしはよろよろと立ち上がり、すばやくあとずさった。ペニー・フェイスに中身が戻って、頭で情報を処理しながらわたしを見つめたのだ。それから、わたしの目の錯覚かもしれないが、彼の唇の端が上にすばやくカーブし、見覚えのある恐ろしい笑みをかすかに形作った。そのあと彼はいなくなり、目は再び空っぽになった。風が地面の落ち葉をかさかさ鳴らし、わたしの胃は鋼鉄よりも硬くなった。

体内の震えと口の渇きをこらえながら、家へ戻った。裏手の踏み段には昼食の空になった皿が置いたままで、裏口のドアは開け放たれたままだった。灰色猫の姿はなかった。わたしは胃がねじれてひっくり返った。しばらくその場にたたずみ、向こうの静かな丘を眺めながら深呼吸した。それから皿をキッチンのシンクへ持って行き、赤ペンキの缶を開けて中身をかき混ぜ、キッチンの腰壁を塗り始めた。特別どぎつい赤ではなかった。

一回目を塗り終えると、煙草とビールを持ってベランダに坐り、ペニー・フェイス以外のすべてのものを眺めた。

やがてヘンリーの車がわたしの車回しに入って来た。彼はトラックから降りてゆっくりとこちらへやって来た。

「ビールをどう?」わたしは自分のビールを掲げて見せた。

「冷蔵庫にまだあるわ」

彼は首を振った。「おれは飲まない」

「あらそう。飲みそうに見えるけど」

彼は手を伸ばしてわたしの頬を指でなぞり、指についたものをわたしに見せた。

「煙が目にしみただけよ」わたしは手首の内側で頬と顎をぬぐった。

「へえ、だったら煙草はやめるんだな」彼はわたしに片手を差し出した。彼のてのひらは大きくて深いしわが刻まれ、長い細い指の表側に毛が少し生えていた。爪はきれいに切ってあり、一枚の下半分に薄くなった黒い点が残っていた。

「どうしたの?」

「ドライヴに行こう」

「ふうん」

「取って食いやしないから」

「それは前にも聞いたわ」

「自分の直感を信じろ」彼はかすかにほほえんだ。

女性と赤ん坊が死んだことで彼が警察に連れて行かれた、というルイーサの言葉を思い出した。「どこへ行くの?」

「きみに見せたいものがある」

わたしはうつむいて首を振った。「ヘンリー」少ししてから顔を上げると、彼はその場にじっと立って待っていた。わたしは彼の目尻と口の横のしわ、顎と頬に生え始めた無精ひげ、そしてわたしの顔の前に差し出されたままの手を見つめた。それから彼の温かくてさらっとした硬い手を取り、引っ張られるままに立ち上がった。「戸締りしてくるわ」家の中へ入って裏口を閉めると、タンクトップとジーンズの上からフランネルのシャツをはおり、ハイキングブーツの紐を締めた。そのあとクローゼットの棚の箱から、どうしても土に埋められなかった三八口径のチーフスペシャルを小さなホルスターに入ったまま出し、腰のベルトに突っ込んだ。シャツのボタンを途中まで留め、再び玄関へ出て、ドアに鍵をかけた。ヘンリーはトラックの中でエンジンをかけて待っていた。わたしは助手席へ乗り込んでシートベルトを締めた。「いいわよ」わたしは過去と現在、二つの世界にまたがっている気分だった。どちらの世界でも自分でいられなかった。「あなたが見せたいと言ったものを見せてもらうわ」

三十分後、彼がトラックを停めたとき、わたしは身動きできなかった。胃が熱い渦を巻いていた。

「地元ではムーン・マウンテンと呼ばれてる」ヘンリーは山になるにはもう一歩という感じの高い丘を指差した。「裏側は月面みたいにごつごつして傷だらけなんだ。草木があまり育たない」彼はトラックから出てわたしを見た。「行こう」

わたしはためらった。

「何を怖がってるんだい？」

「怖がってないわ」

「だったらなぜ銃を持って来た？」彼はわたしの腰を指して言った。「銃を持つ人間はたいがい自分を強く見せたいか、怖がってるかのどちらかだ」

わたしは坐ったままもじもじした。「銃を持って自分が強いと感じたことは一度もないわ。それに、怖がってもないわ。よく知らない男性と森に入るときは用心するのが当たり前でしょう」

彼は肩をすくめて水の入ったボトルをつかみ、それを尻ポケットに入れてトラックのドアをばたんと閉めた。

わたしは彼のあとについて森へ入り、彼があの防水シートを埋めた場所と直角をなす方向へ進むと、いくぶんほっとした。わたしたちは松林の中の急な直登の道を二十分ほど歩き続けた。太陽はすでに木々に隠れ、あたりの空気がぐっと冷えてきた。わたしはたびたび肘で腰の銃を確かめながら、彼の背中と手から目を離さなかった。身体が痛み、胃が焼け、呼吸が乱れた。曲がり角を過ぎて小さな開けた場所に出たときには、苦しくてはあはあ言っていた。

胃がぴくっと跳ね、わたしは大きく息をのんだ。わたしたちは背の高いほっそりした木々に囲まれていた。木漏れ日がうっすら射し、金色の葉が弱々しい何千頭もの蝶のようにひらひらと、かすかな乾いた音を立てて揺れていた。幹は白に近い淡い灰色で、それよりやや色の濃い斑模様が入っていた。わたしは一本の幹にさわった。ひんやりしているのに温かかった。

「学名ポプルス・トレムロイデス」ヘンリーが言った。「別名〝震えるアスペン〟だが、一般にはただアスペンと呼ばれている。州の北部では珍しくもなんともない木だが、この郡ではここだけだ。この丘の高度と涼しさが成長に適しているんだろう」

わたしは枝を見上げた。「震えてるというより踊ってるみたい」

「震えることは悪い意味ばかりじゃないだろう？　人は恐怖に震えることもあれば、歓喜に震えることもある」

彼を見ると、目もとに小さなしわを浮かべ、哀れむようにほほえんでいた。優しさに満ちたまなざしをわたしに注いでいた。彼の目の中のあふれんばかりの感情に、わたしは立っていることができなくなった。胃の中で暴れる液体と同じくらい激しく、熱い涙がこみあげた。わたしは彼に背を向けて吐き気をこらえ、二度嗚咽を漏らした。身体を前に倒し、片手で木にすがり、憤りと敗北感ですすり泣きながら何度も吐こうとした。するとヘンリーがかたわらに来て、てのひらでわたしの額を包んだ。わたしは逃れようとしたが、彼はわたしをしっかりと支えたままささやいた。

「いいから、こらえるな。なすがままになれ」

わたしは膝をついて地面に四つんばいになった。吐き終わったあとも長いあいだ泣いた。ヘンリーは両腕でずっと抱いていてくれ、わたしは最後には力を抜いて彼にもたれた。木の葉がわたしたちの頭上で揺れ、無音の風のチャイムを何百回と鳴らした。わたしの身体のすべての細胞が、重い詰め綿のようになった。

わたしは身体を起こすと、彼が差し出した水のボトルを受け取り、飲む前に何度も口をゆすいだ。水は喉の奥に心地よかった。わたしは坐って煙草に火をつけ、目を閉じた。隣にいる彼のぬくもりが伝わって来た。「なんだか、自分がばかみたい」

「人間にはそう感じることも大事だ」彼は穏やかに言った。

「そうね」

「ルイーサから聞いてた以上だろう?」

「ええ、すごいわ」わたしは言った。

木々が静まり返った。鳥たちが呼び交わしている声と、生き物たちが地面を歩く音が聞こえた。銃を持って来たことが急に愚かしく思えた。彼はわたしを傷つけるつもりなどなかったのだ。わたしは警官の装具一式を埋めた晩のためらいを思い出した。あのときは不安から、万一に備えて一挺だけ手もとに残した。万一とはどんな場合だろう。今、わたしは人生をあとにして、出口を見つけようとしている。出てどこへ行くのかはわからないが、過去の生活の遺物を埋めるだけではなく、何かをつかみかけていることは確かだ。

「きみの向かいに住んでる老人だが」ヘンリーは言った。

「彼について何か聞いてるかい?」

わたしはその質問にはっと目を開けたが、思考力はまだ失ったままだった。ヘンリーは積もった落ち葉を枝でかき分けていた。「ペニー・フェイスのこと? いいえ」わたしは首を振って、病院から戻ったときに見た、彼の潤んだ青い目に表われた意識のひらめきを忘れようとした。

ヘンリーはわたしをちらりと見てほほえんだ。「いい名前だ。本名はルイス・ジョーンズ。きみは物語は好きかい?」

わたしは既視感をおぼえ、彼を用心深く見つめた。「物語によるわ」

「物語の何に?」

「ねらい」

「え?」

彼は小首を傾げて、そっと短く息をついた。「疲れないのかい?」

「いつも身構えてて、疲れないのかい?」

わたしの中にいらだちと何かもっと深い感情が再び湧き、そして消えた。「じゃあ、どうすればいいの、ヘンリー?」

「理解してほしい」

「何を？」

「おれたちは一人じゃないってことを」

彼の真面目くさった表情にわたしは思わず笑った。「まいったわ」

「何がおかしいんだ？」

「あなたよ。SF映画みたい。わたしたちは一人じゃない、なんて。わたしたちは一人よ、ヘンリー。ルイーサは命がけで闘ってて、マリセラとホセはたぶん不安と罪悪感で半狂乱、エヴァは相変わらずうんざりするほど冷静で、イサエルも妹を黙って見てる。そしてペニー・フェイスは何かに向かって吠えてるし、あなたは他人にお節介を焼きたくてしょうがない。わたしたちはみんな一人ずつよ。めいめい自分の悪魔と二人きり。誰かに助けてもらえると思ったら大まちがいだわ」

「きみは全然わかってないよ、サラ」

わたしは怒ろうとしたが、彼の言葉には偉そうな調子はみじんもなかった。「きみはいつもそうやって、すべてに確信を持ってるのかい？」

「自分が知ってるわずかなことについては確信があるわ」

わたしはくたくたに疲れていたし、彼と言い合っても無駄だと思った。手を一振りして、「それはそうと、ペニー・フェイスの物語はどうなったの？」と言った。彼が話し始めると、わたしは地面の落ち葉を見つめた。

「彼には三人の男の子がいた。まだ小さくて、十歳にもなっていなかった。彼はセールスマンの仕事で長いあいだ家を空けた。奥さんはエヴァの姉妹の一人で、あまり健康ではなかった。精神的にもろくて、いつもびくびくしていたそうだ。ある週末、彼が帰宅すると、三人の息子は死んでいた。寝ている間に母親に頭を銃で射たれたんだ」

わたしはぎくりとして、ペニー・フェイスのうつろな目を思い起こした。きっと、そのときの光景は目に焼きついて離れないだろう。彼の中にずっと存在し続けるだろう。わたしが彼だったら、走って逃げ出しただろう。「奥さんはどうなったの？」

「州の精神病院へ送られた。そこで間もなく死んだ。今から五十年近く前のことだ。ルイスはいまだに自分を責めてる。そうなることに気づくべきだった、奥さんの力になるべきだった、子供たちを妻から離しておけばよかった、と」

「そうなの」わたしはペニー・フェイスが叫んで呪っていたのは彼自身だろうか、妻だろうか、それとも運命だろうか、と考えた。「だったら、わたしの言ったとおりだわ。誰も彼の苦痛を取り除けないのよ。彼は自分の中で道に迷ってる。一人ぼっちで」

「いいや、それはちがう。きみも見ただろう。みんなが彼のそばに集まった。だから彼を落ち着かせられたんだ」

「でも彼は相変わらずよ」わたしは言い返した。「叫ばないときは彫像みたいにじっと坐ってるわ。彼を治してあげられたわけじゃないのよ」

「治るというのは比較の問題だ。たとえば穴に落ちるか穴の上にとどまるか、といった選択だ。選択肢はいろいろある」彼は軽く笑って胸の前で腕組みをした。彼の肩がわたしの肩をかすめた。「それに、彼がわめくのは正気に至る過程かもしれないだろう？　おれもときどき、彼と一緒にわめきたくなるよ」

わたしは同感だと言いたくなったが、二人のあいだの沈黙をあえて引き延ばし、内心であれこれ議論した。太陽は沈み、金色の葉は夕闇の中で半透明に見えた。「ルイーサが——」わたしは言いかけて口をつぐんだ。谷で倒れていた彼女の姿が一瞬思い浮かび、わたしにもたれかかったときの彼女の重みと、彼女に頬を指で突つかれたときの感触がよみがえった。わたしは深呼吸した。「ルイーサが、女性と赤ちゃんが亡くなった話をしてたわ」

ヘンリーの笑顔は優しいと同時に苦々しかった。上唇が少しだけ柔らかにゆがんだ。身体の線も柔らかかった。彼はこの話題を待っていたのだとわたしは気づいた。彼はそのためにわたしをここへ連れて来たのだ。わたしやペニー・フェイスのことだけでなく、彼のことのために。結局は、誰もが自分の身の上を語りたがる。

「ヴェロニカ、おれの妻だ。マリセラのいとこにあたる。彼女はおれたちの最初の子供を身ごもってた」彼は自分の脚の上で指をさまよわせた。「当時のおれは大酒飲みだった」再び間を置く。「夕食の帰り道、彼女を乗せて二十四号線を走ってた。別の一台が対向車線にいた。そっちの運転手も酒を飲んでた。彼女は即死だった。おなかの赤ん坊もだ。なのに向こうの運転手とおれはほとんど無傷だった」

べつに珍しい話ではない。それと似たような事故をこれまでいくつも見てきた。普通、誰かが生き残り、それは過失を犯した者であることが多い。世の中の悲劇は大小を問わずあまりに数が多すぎて、理解することも引きずることもできない。悲劇についていつまでも考えていたら、ぼろぼろになってしまう。だからわたしは考えまいとしてきた。そばへ近寄ろうとさえしなかった。だが個人の悲劇は別だ。それが目の前にある場合はとりわけ。不充分とはわかっているが、〝お気の毒に〟という言葉しか見つからなかった。

「お気の毒に」わたしはそう言って、彼の膝に軽く手を置いた。「本当にお気の毒だわ」

彼の両手は脚の上をゆっくりと絶え間なくさまよっていた。ただ生きているという理由だけで動いている生き物のように。「どっちの車が先にセンターラインを越えたか、彼とおれのどっちが悪いのかはわからずじまいだった。二人とも飲酒運転だったから、二人とも刑務所へ送られた。刑期は四年。きみが今住んでる家はおれとヴェロニカの家だった。二年前に出所したとき、おれはあそこへ戻った。エヴァが前のままにしておいてくれた」彼は深くため息をついた。「だが彼女は、あの家を出て別の場所を見つけろと言った。珍しくおれに対して厳しかったよ。恨まれて当然とわかってたから、マリセラや他の家族と顔を合わせるのはつらかった。ところが去年、エヴァから家族の夕食会に招かれた。最初は気まずい雰囲気だったし、そのあともずっと緊張は続いてる。ところがおれは以前より、ヴェロニカが生きてた頃より彼らと近しくなったんだ」彼は再び間を置いて、そのあと穏やかに言った。「一番難しかったのは、おれ自身が自分を赦すことだった」

「赦せたの？」わたしは慎重に尋ねた。

彼は再び笑顔になり、それが目にもあふれた。わたししたちは深まる闇の中で互いに見つめ合った。わたしは自分の中で何かがうごめくのを感じた。

「きみはどうだ？」彼は葉のざわめく音にかき消されそうな声で訊いた。

わたしは言い返したいのをこらえ、グウェンとドリス・ホワイトヘッドのことを考えた。ジャネットの顔と、川へ後ろ向きに落ちていくヴィンスの姿と、地面に転がっていたロジャーの死体が目に浮かんだ。ルイーサの重みが膝によみがえり、短く激しい祈りの言葉が湧いた。〝お願い、彼女を助けて〟ペニー・フェイスと彼の叫び声について思い、この丘のふもとの赤土に埋めた警官時代の装具のことを考えた。そして、わたしの物語は自分だけに、死ぬまで繰り返し語り続けるだろうと悟った。

「いいえ」わたしは静かに答えた。

「こうすれば赦せるよ」彼はわたしに身体を寄せ、頬にそっとキスした。

わたしたちは両手をかすかに触れ合わせ、頭上で震えている葉に耳を澄ましながら、長いあいだ無言で坐っていた。

訳者あとがき

本書は、二〇〇五年MWA賞の最優秀短篇賞に輝いた「傷痕」ほか九篇を収録する ***Anything You Say Can and Will Be Used Against You*** の全訳である。タフで感性豊かなローリー・リン・ドラモンドが十二年かけて完成させた処女作品集で、二〇〇四年二月にハーパー・コリンズ社から刊行されるや、カーカス・レビュー誌、パブリッシャーズ・ウィークリー誌、サンフランシスコ・クロニクル紙、ロサンジェルス・タイムズ紙など数々の新聞雑誌で称賛され、二〇〇五年ペン・ヘミングウェイ賞の最終候補作に選ばれた。エルモア・レナードに「彼女が書くものはこれから全部読む」と言わしめたほど強烈で斬新な、心と五感を容赦なくえぐる作品だ。

原題は、アメリカの警察官が犯人逮捕の際に告知を義務付けられている、いわゆる「ミランダ警告」からとられている。「あなたには黙秘する権利がある（You have the right to remain silent.）」に続いて、「あなたの発言は法廷で不利な証拠として扱われる可能性がある（Anything you say can and will be used against you in a court of law.）」となる。映画やテレビによく登場する言葉なので、ご存じの方も多いかと思う。この被疑者保護の精神と、すさまじい事件現場との皮肉なねじれが、本書の基調となっている。

主な登場人物は、ルイジアナ州バトンルージュ市警に勤める五人の有能な女性警官、キャサリン、リズ、モナ、キャシー、サラ。一人ずつにスポットをあてた短篇が行きつ戻りつし、ときには重なり合い、絡み合いながら、彼女たちの日常生活を浮き彫りにしていく。職務中に警官が犯した殺人、親に虐待される幼友達、警官である夫の殉職、警官である父への殺意、レイプ未遂犯に刺されたうえ、自作自演の疑いをかけられた女性臨床心理士、職務の恐怖による家庭崩壊、若者の無残な事故死、交通事故に遭って辞職した元警官の苦悩など、一篇ごとに織り込まれた緻密で臨場感あふれるモチーフは、主人公を取り替えながら彼女たちをじりじりと追い詰めていく。そして九篇目の「生きている死者」では、とうとう女性警官数名が誤って罪を犯し、とんでもない結末を迎える。この事件に関与した主人公は、最後の「わたしがいた場所」でニューメキシコへ逃げ、神秘体験を通じて赦しを得るための扉を開くが、すべてはこれから始まる、という切ない余韻が読後に残る。

ご参考までに、「わたしがいた場所」の病院のシーンで老女がスペイン語で言ったのは、だいたい次のような内容である。「恐怖を抱えていたら、自分を赦すことも希望を持つこともできない。多くのことを知っているつもりでも、本当は少ししか知らない。何もかもわかっている者などいないと理解するまで、幸せには生きられない。自分が強いとうぬぼれてはならない。人は自らの弱さを抱きしめるとき、強くなれる」

実際にバトンルージュ市警の警官だった著者は、あるインタビューで警官についてこう述べている。どこの警察でも理解不能な悪人と聖人が一パーセントずついるが、残りの九十八パーセントはきわめて困難な仕事に立ち向かう生身の人間なのだ、と。著者は人生の不可解な問題を探るべく、この生身の人間としての警官に熱い敬意のまなざしを注いだ。そして、著者の分身もところどころにちりばめながら、犯行現場に残る暴力の影や被害者の無念に日々直面する警官を赤裸々に描き、死の無残な有様と、生々しい匂いや手ざわりを、写実的かつ生理的に表現している。読者の方々はときに涙を流し、ときに吐き気をもよおしたことだろう。そして同時に、その先にある目に見えないもやもやしたものへ思いをはせたのではないだろうか。

この作品集は人間ドラマとして充分読み応えがあるが、人はなぜ、なんのために生まれてきたのか、という謎につながる〝たましいの問題〟をも終始訴えかけてくる。臨床心理学者の河合隼雄氏は、『日本人とアイデンティティ』（創元社）の中で、〝人間はこの世において財産をつくり、家族をつくり、地位を獲得し、いろいろなものをつくる。しかし、それと同時に、たましいの方もつくりあげるべきではないか〟と述べている。この言葉は、人生における苦闘を体験し、自分の弱さや限界に勇気を持って向き合った者の胸には強く響くだろう。先に記したメキシコ人老女の言葉の〝弱さを抱きしめる〟という表現が、たましいを育てるイメージと重なった。

著者は、テキサス州ブライアンで生まれ、ヴァージニア州北部で育ち、フィールドホッケーやテニスやチアリーダーに励む活発な青春時代を過ごしてからニューヨーク州イサカ・カレッジで演劇を専攻する。やがて家族とともに南部へ引っ越すと、ルイジアナ州立大学警察の私服警官を経て、一九七九年に同州バトンルージュ市警に入り、制服警官として五年間勤務したあと交通事故に遭い三十歳で辞職。一時は人生の目標を失うが、ここで十一歳のときに『風と共に去りぬ』の続篇を書こうとした文学少女が再び目覚めた。ルイジアナ州立大学で英語の学士号とクリエイティヴ・ライティングの修士号を取得し、書くことを新たな使命と決意する。現在はテキサス州オースティンに居を構え、大学で教鞭を取るかたわら執筆に勤しんでいる。

二作目は *The Hour of Two Lights* がハーパー・コリンズ社から刊行予定。バトンルージュで幼い頃に母親を殺された白人女性が同地に戻って警官になり、すでに黒人少年が犯人として逮捕されている母親の事件を一から洗い直して驚愕の真相を暴き出す、というストーリーで、テーマは家族の秘密だそうだ。ジェイムズ・エルロイの『わが母なる暗黒』（文藝春秋）や、ジョイス・キャロル・オーツの *Because It Is Bitter, and Because It Is My Heart* を思わせる、ずしりと重そうな作品である。大いに期待したい。

最後に、入念なチェックと貴重なご助言ご指導に対し、早川書房の川村均氏と校閲課の方々に心から感謝を捧げる。

二〇〇六年一月

HAYAKAWA POCKET MYSTERY BOOKS No. 1783

駒月雅子《こまつきまさこ》

1962年生　慶應義塾大学文学部卒
英米文学翻訳家
訳書
『難破船』ロバート・ルイス・スティーヴンスン
&ロイド・オズボーン

この本の型は，縦18.4センチ，横10.6センチのポケット・ブック判です．

検　印
廃　止

〔あなたに不利《ふり》な証拠《しようこ》として〕

2006年2月15日初版発行　　2006年4月15日4版発行

著　者	ローリー・リン・ドラモンド
訳　者	駒　月　雅　子
発行者	早　川　浩
印刷所	中央精版印刷株式会社
表紙印刷	大平舎美術印刷
製本所	株式会社川島製本所

発行所　株式会社　**早　川　書　房**
東京都千代田区神田多町2ノ2
電話　03-3252-3111（大代表）
振替　00160-3-47799
http://www.hayakawa-online.co.jp

〔乱丁・落丁本は小社制作部宛お送り下さい
送料小社負担にてお取りかえいたします〕

ISBN4-15-001783-2 C0297
Printed and bound in Japan

ハヤカワ・ミステリ〈話題作〉

1763 五色の雲 R・V・ヒューリック 和爾桃子訳

ディー判事の赴くところ事件あり。中国各地を知事として歴任しつつ解決する、八つの難事件。古今無双の名探偵の活躍を描く傑作集

1764 歌姫 エド・マクベイン 山本 博訳

〈87分署シリーズ〉新人歌手が、自らのデビュー・イヴェントの最中に誘拐された。大胆不敵な犯人と精鋭たちの、手に汗握る頭脳戦

1765 最後の一壜 スタンリイ・エリン 仁賀克雄・他訳

〈スタンリイ・エリン短篇集〉人間性の根源に潜む悪意を非情に描き出す、傑作の数々を収録。短篇の名手が贈る、粒よりの十五篇！

1766 殺人展示室 P・D・ジェイムズ 青木久惠訳

〈ダルグリッシュ警視シリーズ〉私設博物館の相続をめぐる争いの最中に起きた殺人は実在の犯罪に酷似していた。注目の本格最新作

1767 編集者を殺せ レックス・スタウト 矢沢聖子訳

女性編集者は、原稿採用を断わった夜に事故死した。その真相を探るウルフの眼前で、さらなる殺人が！　シリーズ中でも屈指の名作

ハヤカワ・ミステリ〈話題作〉

1768
ベスト・アメリカン・ミステリ ハーレム・ノクターン
エルロイ&ペンズラー編
木村二郎・他訳

R・B・パーカーの表題作をはじめ、コナリー、ランズデール、T・H・クックらの傑作二十篇を収録した、ミステリの宝石箱誕生!

1769
ベスト・アメリカン・ミステリ ジュークボックス・キング
コナリー&ペンズラー編
古沢嘉通・他訳

砂塵の荒野、極寒の地、花の都、平凡な住宅地……人ある所必ず事件あり。クラムリー、レナードらの傑作を集めたミステリの宝石箱

1770
鬼警部アイアンサイド
ジム・トンプスン
尾之上浩司訳

〈ポケミス名画座〉下半身不随となりながらも犯罪と闘い続ける不屈の刑事。人気TVシリーズをノワールの巨匠トンプスンが小説化

1771
難 破 船
スティーヴンスン&オズボーン
駒月雅子訳

座礁した船に残されたのは、わずかなアヘンと数々の謎……漂流と掠奪の物語を描く、大人版『宝島』。文豪による幻の海洋冒険小説

1772
危険がいっぱい
ディ・キーン
松本依子訳

〈ポケミス名画座〉必死の逃亡者が出会ったのは、危険な香りの未亡人。アラン・ドロン主演映画化の、意表をつく展開のサスペンス

ハヤカワ・ミステリ〈話題作〉

1773 カーテンの陰の死

ポール・アルテ　平岡敦訳

〈ツイスト博士シリーズ〉いわくありげな人物ばかりが住む下宿屋で、七十五年前の迷宮入り事件とそっくり同じ状況の密室殺人が！

1774 柳園の壺

R・V・ヒューリック　和爾桃子訳

疫病の蔓延で死の街と化した都に、不気味な流行歌が流れ、その歌詞通りの殺人事件が起きる！　都の留守を守るディー判事の名推理

1775 フランス鍵の秘密

フランク・グルーバー　仁賀克雄訳

安ホテルの一室で貴重な金貨を握りしめた見知らぬ男が死んでいた。フレッチャーとクラッグの凸凹コンビが活躍するシリーズ第一作

1776 耳を傾けよ！

エド・マクベイン　山本　博訳

〈87分署シリーズ〉ちくしょう、奴が戻ってきた……宿敵デフ・マンが来襲。暗号めいたメッセージが告げる、大胆不敵な犯行とは？

1777 5枚のカード

レイ・ゴールデン　横山啓明訳

〈ポケミス名画座〉連続殺人に震える田舎町に賭博師が帰ってくる。姿なき殺人鬼との対決の行方は？　本格サスペンス・ウェスタン